U0640971

小·桃·花

-01-

“对了门主，你是怎么认出我的？”

“你看我一眼，我便知道你是我的谁。”

我有特别的卧底技巧

WOYOU
TEBIE DE
WODI JIQIAO

午时茶／著

贵州出版集团
贵州人民出版社

图书在版编目（CIP）数据

我有特别的卧底技巧 / 午时茶著. -- 贵阳 : 贵州人民出版社, 2017.4（2020.3重印）

ISBN 978-7-221-14023-4

Ⅰ. ①我… Ⅱ. ①午… Ⅲ. ①长篇小说－中国－当代 Ⅳ. ①I247.5

中国版本图书馆CIP数据核字(2017)第047731号

我有特别的卧底技巧

午时茶 著

出 版 人：苏 桦
出版统筹：陈继光
选题策划：大鱼文化
责任编辑：唐 博
流程编辑：唐 博
特约编辑：层 楼
装帧设计：Insect
封面绘制：猫君大白
出版发行：贵州人民出版社（贵阳市观山湖区会展东路SOHO办公区A座 邮编：550081）
印　　刷：三河市华东印刷有限公司
开　　本：880×1230毫米 1/32
字　　数：250千字
印　　张：9
版　　次：2017年4月第1版
印　　次：2017年4月第1次印刷
　　　　　2020年3月第2次印刷
书　　号：ISBN 978-7-221-14023-4
定　　价：45.00元

目录

目录

第一章
逐出师门

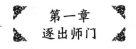

WOYOU
TEBIE DE
WODI JIQIAO

1.

唐小左今天被逐出师门了。原因是昨日晚饭的时候，唐小左喝了些酒，忽然跳起来骂了师父一声老王八，一时语惊四座，惊愕众人。

这件事可大可小，往小了说就是小丫头片子不懂事耍酒疯不能当真，往大了说这叫辱骂师父目中无人师门不幸。

师父为人一向大度，偏偏在这件事上较了真，坚决要将唐小左扫地出门，谁劝都不听，谁求情也不行。

唐小左默默地收拾好包袱，在同门师兄弟和师姐妹不舍的目光中，走到堂中，跪在师父面前同他告别：“师父，徒儿走了。”

师父哼了一声，背过身去：“别再叫我师父！”

唐小左心中委屈，胸口梗了口气一直咽不下去，存心噎他一噎：“老王八，徒儿走了……”

师父猛地转过身来：“你再骂一句为师试试？”

“那老鳖，徒儿走了。”唐小左赌气似的给他磕了一个头，将包袱甩到肩上，头也不回地下了山。

三师兄唐遇追了过来，塞给她一些碎银子：“你别走太远，等几天师父气消了，我就找你回来。”

唐小左瘪嘴，揉了揉眼睛，叹气道：“唉，这次不一样……”

以前惹师父生气，她下山躲两天就好了，可这次真的不一样……

三天前，师父单独将她叫到堂中，神秘兮兮地安排给她一项任务，让她在三天之内找一个理由离开师门，然后去天戮门做卧底。

天戮门是江湖第一魔派，听说天戮门门主凤林染心狠手辣、嗜血成性、杀人不眨眼。他遇鬼杀鬼、见佛斩佛，所到之处，鸡犬不留、寸草不生……

此人已被列入江湖十大恐怖人物之一，寻常人等根本惹不起。

唐小左不解："师父，为何是我？"

师父笑容可亲地解释："整个唐门就你是孤家寡人一个，没爹没娘没对象，连只狗都没有，唐门多你一个不多，少你一个不少。样貌嘛，微胖、脸圆、齐刘海，朴实中透着一股清纯，清纯中又有着那么一点憨，你这形象去当卧底，凤林染肯定看不出来……"

唐小左膝盖中了两箭："师父，我都这么悲惨了，你怎么还忍心让我去做卧底？"

师父拍了拍她的肩膀："最重要的是，你长得像凤林染身边的一个人。"

"谁？"谁这么倒霉地和她撞脸了？

"一个叫茯苓的姑娘。"

"哦？"唐小左登时想入非非，"名字真好听，是凤林染的初恋还是他死去的爱人？"

"是他身边的一个丫鬟。"

"……"这脸撞得也是没出息。

她不想离开师门，她不想去做卧底，但师父的命令又不能不听，一肚子的委屈不知道该找谁说，于是昨晚借着酒劲，骂了师父一句，借此发泄发泄自己的不满，顺便也算有了一个离开师门的原因。

这件事只有她和师父、大师兄唐延知道，大师兄早早地在山下等着她，送她去天戮门，顺便将那个叫茯苓的姑娘的情况给她说了说。

"其实也没什么复杂的，那个茯苓就是凤林染身边的一个洒扫婢女，端茶倒水扫院子，洗衣做饭缝衣裳，你把这些做好了，凤林染肯定看不出端倪来。"

唐小左一脸憋屈：“听着不像是去做卧底，倒像是去打工的。”

“听说月钱是二两银子呢……咳，当然这不是重点，你进去以后暂时不要轻举妄动，先取得凤林染的信任再说。”大师兄看起来很不放心她的样子，皱着眉头叮嘱她，末了还往她手里塞了俩核桃，“吃这个，补补恼，在天戮门可要学着机灵一点。”

唐小左攥着核桃凌乱了：大师兄你这是几个意思？

他们两个在天戮门附近窝了三天，终于看到提着篮子下山买东西的茯苓。

说时迟那时快，大师兄一个箭步上前将茯苓劈晕拖了回来。

唐小左满目惊讶地看着他行云流水般的动作，要哭了：“你才不长脑子，你没看见她手里提着篮子吗？你现在就把她打晕了，我怎么知道她下山要买什么东西？”

大师兄一拍脑袋，才反应过来，抱歉地看了她一眼，然后掐怀中姑娘的人中：“哎，醒醒，问你点事……”

唐小左：“……”

在大师兄的不懈努力下，那姑娘终于清醒过来，刚吐出“买菜”两个字，又被大师兄敲晕了。唐小左同她换了衣服，又梳了一个同她一样的发式。

“大师兄，你看像吗？”

大师兄点点头：“再低眉顺目些，眼神别太张扬。”说着将篮子塞给她，扛起那个姑娘，“她人我就带走了，剩下的就看你的了。”言罢，左右瞅着没人，脚下生风，蹿得飞快。

“哎……”她还有话要说啊。

唐小左抱着篮子发愣：大师兄这个没耐心的，到底买啥菜啊？青菜萝卜，还是鸡鸭鱼肉啊？再说买菜不要花钱哦，好歹把那姑娘身上的银子留下来啊。

没办法，她只好自己掏银子，将市集上所有的菜都买了一遍，然后心惊胆战地回了天戮门。

居然一路畅通，无人发现她是假的茯苓。

事先大师兄给她看过天戮门的地图，她眼睛不敢乱瞟，直奔厨房。厨房中有一个脸圆圆的姑娘，见她回来，一边笑眯眯地打招呼一边接过她手中的篮子，然后招呼她帮忙洗菜。

饭菜端到凤林染房中的时候，唐小左的右眼皮一直跳。

诚然这不是个好预兆。

房门推开，初见凤林染的唐小左惊呆了：这个长得芝兰玉树、玉树临风、风度翩翩、翩若惊鸿、鸿……鸿什么她想不出来了的美男子真的是武林第一大魔头凤林染？

为什么她会有一种他长得这么好看所以不管做什么坏事都可以被原谅的感觉？

“脸圆圆”用胳膊肘捅了她一下：“发什么呆呢？”

唐小左忙将饭菜放到凤林染面前的桌上，然后退到一边，乖乖站着，但眼神总不由自主地往他身上瞄，眼皮也越跳越厉害。

方才只是右眼皮跳，这会儿左眼皮也一并跳了起来。

忽然，凤林染搁下筷子，起身朝她这边走来。

唐小左本就心虚，见状本能地退后两步：怎么了这是？是饭菜太难吃还是自己穿帮了？穿帮不能够啊？明明别人都没认出她来。

“你……”凤林染凤眸一瞪。

“我……”唐小左舌头打结。

“你好大的胆子！”

“……”完了完了，被发现了！“门主饶命，我……”

“你居然敢挑逗本座？”

“啥？”

“你从一进门就给本座抛媚眼，别告诉本座你只是眼皮跳。”凤林染一脸你就是在勾引本座但本座看不上你的嫌弃表情。

唐小左：“……”可我真的只是眼皮跳啊。

2.

凤林染坚决认为唐小左对自己有非分之想，要把唐小左调到别的院子里去。

唐小左颇有种出师未捷身先死的感觉。

眼看凤林染叫来两人要拖走她，唐小左急了，索性破罐子破摔，冲他吼道：“我就是喜欢你怎么了？门主你长得这么好看，还不兴别人喜欢你吗？”

此话一出，众人目瞪口呆，该是受到了不小的惊吓。

她看到右护法悄悄对自己竖起了大拇指，明明是赞许她的手势，但脸上却是一副“你死定了”的幸灾乐祸的表情是怎么回事？

唐小左惴惴不安，想收回刚才那句话也来不及了，只得挺着胸脯咬牙硬撑着。

就在这万分紧张的时刻，众目睽睽之中，凤林染抬起手，制止那两个要拖走唐小左的人，并颇有意味地看了她一眼，忽而笑道：“看在你这么诚实的份上，本座姑且先留着你。”

哎？众人集体掉下巴。

居然这么轻易就放过她了？

唐小左不能置信地看着凤林染，小心翼翼地又确认了一遍：“门主的意思是，不赶我走了？”

凤林染漫不经心地“嗯”了一声。

“呼……”

唐小左松了一口气，拍拍胸脯：吓死本宝宝了。

不过虽然很庆幸凤林染将她留下来了，但这人自恋的程度也是让她长见识了。

很快，她向凤林染表白的这一壮举便在整个天戮门传开了，一时之间各种流言四起。

没进天戮门之前，唐小左还真不知道，像天戮门这种魔派的人也那么喜欢聊八卦。

男人还好一点，至多是多看她两眼，当是笑柄取笑一番。但女人就不一样了，人前人后对她指指点点，永远用白眼球看她，对话也多是这样的：

“她就是跟门主表白的那个女人？”

“对，就是她！”

“不要脸！”

“就是！”

唐小左：“……”

她也不想表白啊，她当个卧底容易吗？

不过，从凤林染留下她的那一刻起，唐小左就彻底开始了她为凤林染为奴为婢的打工生涯。

一大早，唐小左和脸圆圆她们一起将早饭做好，送去凤林染的房内。凤林染看着这些精心准备的早餐，却没有要动筷子的意思。

“茯苓……”他唤了一声。

无人应答。

脸圆圆暗地里推了唐小左一把：“叫你呢。”

唐小左方才反应过来是在叫她，忙应道：“门主，有什么吩咐吗？”果然还是不适应自己被叫另一个名字。

凤林染瞥了一眼桌子上的饭菜，一脸嫌弃道：“这些东西本座吃腻了，你下山去买些别的吃食回来。”

“不知门主想吃什么？”唐小左颔首问道。

“福家肉包、张家驴肉火烧、苏记桂花糕，哦，还有醉仙楼的糯米桂花粥。”他笑盈盈道，“一个时辰内买回来。”

唐小左膝盖一软，差点给跪了：“门主您真会吃，这四样东西一个在城东一个在城西，一个在城南一个在城北……”怎么不吃死你！

凤林染微微一笑很倾城：“快、去、买！”

唐小左飞奔下山，跑到集市上，找到四个车夫，分别给了他们三十文钱，嘱咐他们去买这四样东西，半个时辰内回来的话，还会有二十文钱做酬劳。

车夫们难得见到这么大方的主儿，自然乐得做这种白赚钱的事情。不等唐小左一壶茶喝完，四个人回来两双，各种吃食还温热得很。

唐小左拎着东西回天戮门。

凤林染挑着眉毛问她："亲手买的？"

唐小左拍着胸膛保证："那可不？"

"倒是机灵……"凤林染一声轻笑，不知信还是不信，随即又让她去做另一件事，"我房间有些乱，你去收拾一下。"

方才买来的东西放在桌上他看都不看，也没有要吃的意思，分明就是故意为难她。

唐小左内心咆哮着想将他摁在地上胖揍一顿，表面上却还得作出一副恭敬顺从的模样："是，我这就去收拾。"

忍住，忍住，唐小左！小不忍则乱大谋，你可是要做大事的人。唐小左就这样一边安慰自己，一边攥着拳头朝凤林染的卧室走去。

不过，像卧室这种比较私人的地方，应该会放些有价值的东西吧，比如秘籍、信件什么的，会不会里面还藏着一个密室呢？密室的开关在哪儿呢？床板上还是花瓶下呢？

一进凤林染的卧室，唐小左的目光立马变得不一样了：是你非让我整理房间的，要是真的翻出点什么，那就怪不得我咯。

凤林染的卧室布置得还算有点格调，那花瓶好像是青花瓷的，拿起来看看，嗯，没有机关。墙上那幅泼墨山水画很有意境，掀开看看，嗯，也没有机关……

枕头、被褥、床板、床底，她挨个检查了个遍，仍旧一无所获。

唐小左悻悻地从地上爬起身来，拍拍手，总觉得哪里不对。她一拍脑袋，忽然想起一件事来：凤林染这般轻易地让她进卧室，不会是有意在试探她吧？

这么一想还真有可能，她登时一个激灵，立即往门口看去。

阳光斜斜地从方方正正的门框中穿过，上方还露出一抹蔚蓝的天空来。一个颀长的身影立在这方明亮中，即便逆着光，唐小左也能看见他嘴角挑起的那抹仿佛看穿一切的笑来。

“你在……找什么？”

唐小左当场就蒙了。

他什么时候来的？站在那里多久了？他是不是都看到了？不能够啊，她方才明明看到门口没有人的。

凤林染踱着步子慢慢地走进来，目光也灼灼逼人起来。

唐小左不由得后退两步，抖着胆子撒谎：“你、你床上有只蟑螂，这么大的那种！”

她不忘比出一个手势，信誓旦旦地说：“我刚才就是在找它。”

“哦？”凤林染握住她的手腕，将她来不及拢回的手拉到身前，“这么大，你确定？”

唐小左定睛一瞧：哎呀，比的手势太大了。

正欲抽回手来，凤林染却阖上她的手指，扬着笑容道：“本座最讨厌这种脏东西了，你继续找，今天找不出来不许出去！”

她现在收回那句话也来不及了。

顶着凤林染的目光，唐小左压力山大，又不好说什么，只得硬着头皮继续翻找起来。

上天啊，请赐给她一只蟑螂吧，这么大个的那种！

半个时辰过去……

她连个蟑螂腿都没找着。

她急得满头大汗，忽见凤林染站起身来，眼色迷离地看着她。他修长白皙的手钩住衣襟带子，轻轻一拉，外衣便敞开来。

“门门门……门主，你要做什么？”唐小左本就心虚，这会儿更是吓得气力不足。

凤林染哼笑一声，外衣已经从身上褪了下来。

唐小左一把捂住眼睛：“门主你有话好好说，别动不动就脱衣服！”

头上一沉，那件褪下来的外衣兜头罩在了她的身上。

“你继续找，本座睡个午觉。”

凤林染往床上一躺，闭眸不再看她。

唐小左暗暗自喜：“您睡，您睡……”睡着了她好去外面找只蟑螂凑数。

半个时辰后，凤林染醒来，唐小左用纸包着一只蟑螂给他看。

“门主，看，蟑螂……”

凤林染将将睡醒，眸光不甚清明的样子。他揉了揉额头，看着她捧着的那个黑色物体，忽然嗤笑一句：“如果本座没记错的话，你手里这个，好像叫……知了。”

3.

唐小左每天被凤林染折腾得够呛，她问素素：“门主是不是有病？他怎么老是折腾下人呢？”

素素便是那个脸圆圆的姑娘。

素素将她瞧了一眼，认真地回答：“门主没病，他不折腾下人，他只折腾你。”

唐小左：“……”

素素催促她：“别发呆了，今天有贵客过来，左护法要我们把院子打扫干净。”

唐小左认命地拿起扫帚，一边扫一边腹诽：能来天戮门这种地方的人，肯定不是好人，算什么贵客！

临近中午的时候，果然有一行人穿过院子，往大堂中走去。

为首的那人二十出头的样子，面容冷峻，黑眸如曜，周身像是裹了一层冰，一身黑衣越发衬得他不可接近。

唐小左只看到他的侧颜，便觉一阵恶寒，叫她身子不由得抖了一抖。

“他是谁啊？”唐小左问素素。

“明月山庄少庄主啊。”素素转过头来看她，“他之前不是来过吗，你忘了？”

“是吗，可能是我忘了。”唐小左忙掩下脸来，低头干活，心里却思索起来。

明月山庄少庄主？

左云舒吗？

明月山庄是江湖上独树一帜的存在，唐小左自然或多或少地听过这个山庄的传闻。

自古正邪不两立，江湖亦是如此，偏偏明月山庄正邪两派通吃。说是正派吧，这几年明月山庄一直和武林盟主对着干，也不把其他名门正派放在眼中。说是邪派吧，明月山庄倒也没做什么伤天害理的事情，小打小闹虽然有，但大错还真找不出来。

不过今日明月山庄的少庄主出现在这里，唐小左心里已经自动地将明月山庄划到邪派那一边。

能和凤林染做朋友的，都不是好人，哼！

大堂中，凤林染遣退了所有人，只有左右护法陪在他身边。左云舒身边也只留一人，其他人均在外面候着。

唐小左抻长脖子往里面瞧了瞧，却只瞧见他们动嘴皮子，但具体在说什么，她一点也听不见。

“你瞅啥呢？”素素凑过来问她。

唐小左捋捋头发，自然地撒谎：“瞅美男子呗。”抛开别的不讲，凤林染和左云舒的颜，还是蛮赏心悦目的。

素素嘘了她一声，鄙夷地走开了。

堂中的左云舒似乎感觉到了唐小左的目光，正说着话，忽然往外面看了一眼。

唐小左躲避不及，正巧与他对视。

她看到左云舒倏忽变了脸色，猛地站了起来。他目光紧紧锁住她，竟抬脚往外走来，而且看样子还是往她的方向走。

怎么了这是？难道偷窥也有错？

唐小左慌张地丢下扫帚，抱着脑袋跑开了。

不知道为什么，方才左云舒的目光让她害怕极了，就像是一道索命的符咒，要将她置于死地的样子。

她拼命地跑，忽然眼前一闪，一个人影横在她面前，拦住她的去路。

可不就是左云舒。

唐小左气息一滞，立即掉头往回跑。

没想到凤林染也追了出来，她这一转身，正巧一头扎进他怀里。

她干脆搂住凤林染的腰，脑袋拱在他胸前不肯抬起来，急急道："门主救我。"

嗖嗖嗖！

四面八方射来嫉恨的目光！

凤林染身子一僵，片刻后伸出手去推她的肩膀，想将她从自己身前推开。

唐小左不肯，死死抱住他不撒手。

若是论武功，凤林染绝对甩唐小左十条街还拐弯。如果他想，只需用一分武力，便能将唐小左拎起来丢到院墙外。

庆幸的是，他没这样做，反而好笑道："左兄又没对你做什么，你怎么吓成这个样子？"

"他要杀我……"唐小左闷闷地说。

"哦？"凤林染略有疑惑。

"姑娘误会了。"这个清冷的声音应该是左云舒的，一如他给人的感觉，冰冷没有起伏，“左某只是看着姑娘面熟，像是左某认识的一个故人。”

他这样解释，不仅没能缓和唐小左的害怕与紧张，反而加深了她的恐惧。

似乎只是听到他的声音，她便会感觉一股寒气自心底盘旋而出，漫游周身，叫她战栗不已。

约莫是感觉到她的害怕，凤林染居然伸手抚了抚她的头发，似在安慰她：“既然左兄说你像他认识的人，你便大胆些，给他瞧瞧你的脸，老窝在本座怀里也不是办法。”

唐小左这才探出半个脑袋来，怯怯地看向左云舒。

左云舒往前一步，似乎想看得更清楚。

唐小左不由得又往凤林染怀中瑟缩几分。

左云舒盯着她的脸瞧了好一会儿，方退开，眸中透出几分复杂来：“叫姑娘受惊了，是左某看错了。姑娘的面容虽与左某的故人有几分相似，但并非是左某的故人。”

唐小左重新拱入凤林染怀中，再也不肯抬头了。

凤林染无奈道：“左兄，这丫头前几日刚与我表白说喜欢我，黏人得很，这会儿叫你见笑了。”

“哪里……”左云舒似乎有些羞愧，这会儿便要告辞，“凤兄，山庄中还有一些事情要处理，左某改日再来拜访。”

“左兄有事先去忙，改日本座定当设酒款待。”

两人寒暄几句，左云舒便离开了。

介于凤林染身边还挂着一个大活人，他也不好亲自送左云舒。

直到唐小左确定左云舒是真的走了，她才敢退开身子，一边红着脸给凤林染铺平被她弄皱的衣襟，一边心虚地解释：“门主，我不是故意占你便宜的，我这个人特别胆小，很容易受到惊吓。方才我只是在人群中多看了左少庄主一眼，他便追出来，吓死我了……”

她自顾自说了很多，抬头却发现凤林染正意味深长地看着她。

她默默地收回手来，眼神飘忽不敢直视他："那什么，门主，没别的事情的话，我去干活了。"说罢转身就想走，衣领忽然一紧，凤林染扯着她的衣服将她拽了回来。

"你和左云舒以前认识？"他眯着眸子问。

唐小左使劲摇头："怎么可能，我哪能认识那样的美男子。"

"美男子？"凤林染欺下身来，挨近她的耳边，"是他美还是本座美？"

哎，这么容易就被带跑偏了。

"教主美！"唐小左立马立正站好，大声喊道，"教主美到没朋友！"

这马屁拍得众人纷纷掩面不忍直视。

偏偏凤林染还真吃她这一套，当即放开她。

唐小左正欲逃开，忽然听他没来由地说了一句："你知道你刚才见到左云舒的时候，像什么动物吗？"

"什么动物？"

凤林染摸着下巴，不怀好意地笑道："怎么说呢，像一只见到猫的老鼠，又像一只见到猎人的小鹿，还像一只见到屠夫的猪……"

说谁像猪呢？你才像猪！

唐小左气哼哼地跑开了。

夜晚，唐小左坐在铜镜前发愣，白日里左云舒的话还萦绕在耳边。她像他认识的一个故人吗？

唐小左下意识地摸了摸自己的脸颊。

光滑一片，再没有那些如同盘根错节的老树根般的疤痕。

她原本不是现在这个样子的。五年前，她失足跌下山崖，整张脸几乎都被树枝和石头划伤了。即便痊愈了也留下了条条状状的疤痕，十分恐怖。

那时唐门所有的镜子都被砸了，大家怕她看见自己的真容承受不了。唐门以毒药成名，师父花了三年的时间，试了各种药物，终于熨平了她脸上的疤痕，如今倒是一点都看不出来了。只是面容较之以前有所不同，师父说这是副作用，没办法。

唐小左捏了捏自己腮上的软肉，自我安慰道："才不是胖，是副作用……"

第二章
搜查内鬼

WOYOU
TEBIE DE
WODI JIQIAO

1.

唐小左将左云舒拜访天戮门的信息，塞给阿九，让阿九带去唐门。

阿九是她养的一只信鸽，聪明而且有灵性，她一手将它养大的，来到天戮门以后，她偷偷把它养在天戮门外面的一棵树上。

望着阿九逐渐消失在夜色中的身影，唐小左心中生出几分对凤林染的愧意来。她虽不是天戮门的人，但总有一种背叛的感觉。

然后晚上，唐小左做了一个噩梦，梦中凤林染和左云舒拿刀追杀了她一晚上，以至于第二天她有些萎靡不振，给凤林染倒茶的时候一个不留意，淋了他一手，烫得手背都红肿起来。

凤林染毫不客气地命令左护法把她丢出去接受天戮门众女的目光“洗礼”，她不得不夹着尾巴过了好几天。

这天听说凤林染练功时有些走火入魔，吐了不少血，搞得大家紧张兮兮的。

唐小左偷偷问右护法：“门主走火入魔这件事，应该和我烫伤他的手没有什么关系吧。”

右护法的回答有些高深莫测：“有没有关系，那是门主说了算啊。”

啥意思？门主难不成要赖到她身上？

凤林染顶着一张煞白煞白的脸出现时，顿时揪疼了天戮门中所有姑娘的心，当然不包括努力降低存在感的唐小左。

凤林染坐在桌前，拾筷正要吃饭，忽然手上动作一顿，好似想起什么。

众人的视线集中在他肿了一大片的右手上，随即齐齐瞪向罪魁祸首。

唐小左掩面，正准备顺着墙溜走时，凤林染举起那只幸免于难的手招呼她过来："那个窝在墙角的，对就是你！不要装听不见！你瞅别人干吗？给本座过来！"

"……"唐小左不敢反驳，唯有心中泪千行，"门主，有何吩咐？"

"本座没胃口。"

已经有经验的唐小左见怪不怪："门主，想吃什么您尽管说，我半个时辰内一定给您买……啊！"手臂上忽然受力，她身子一歪，竟被他扯着坐了下来。

"本座的意思是……"凤林染倏忽凑近她，那双含秋带水般的眸子氤氲出一股诱惑来。

太可怕了，难道这就是传说中的"吸魂大法"？

唐小左几欲被他夺了魂之际，忽然手里被塞了一双筷子。

"本座没胃口，你帮本座吃。"

重回现实。

"谢谢门主，我不饿……"她心有余悸地搁下筷子，不想手里又被塞了个汤匙。

"那便喝点汤好了。"凤林染笑意融融地看着她，将一碗汤拨到她眼前，"来，尝一尝，山药鸽子汤……"

山药……鸽子汤？

天戮门什么时候养鸽子了？

等一下！

唐小左瞪大眼睛，瞧着碗中那支离破碎的鸽子肉，为什么怎么看都觉得是阿九呢？

难道……

唐小左胆战心惊地看了凤林染一眼。对方神色不变，眸中清和，嘴角挂笑，叫她看不出任何异样来。可是他不可能无缘无故拿鸽子说事，不会是自己的身份被看穿了吧？

可是鸽子汤散发的香气已经让唐小左顾不了这些了。

阿九嗷，你死得好惨嗷，是谁这般残忍把你肢解了？

她盯着鸽子汤久久不能转睛，悲伤逆流成河。

“凤林染！”唐小左一拍桌子。

凤林染忽然吐出一口血来。

众人惊呆了，唐小左吓傻了：她没用内力啊，怎么还给他震吐血了呢？

左护法冷着脸，当即拎着唐小左要把她扔出去，右护法想阻止但是他不听。这时只听凤林染一声厉喝：“给本座拎回来！”

于是已经吓成小瘟鸡的某人脚不离地又回来了。

右护法请了大夫给凤林染把脉，大夫说没什么大碍，嘱咐他最近先不要练功，然后再吃些补血的东西就好。走时还给开了一张药方，自然也是补血的。

大夫一走，右护法便对着凤林染碎碎念起来：“门主，您怎么还缺血呢？看来属下还得命人再去买几只鸽子……”

正伤心的唐小左猛地抬起头：“早上那只鸽子也是你买的吗？”

右护法一愣：“不是我买的难道是我捉的吗？”

这么说来……

“呼……”幸好不是阿九，方才可心疼死她了。

不过，对于补血这件事，凤林染根本不放在心上，既不肯喝药，也再不肯吃那些补血的食物，特别是鸽子。

“本座十分讨厌鸽子。”

"门主，这种时候就不要闹小情绪了。"左右护法很是伤脑筋，于是为凤林染补血的任务就落在了唐小左身上。

本来事不关己高高挂起的唐小左头疼道："怎么又是我？"

左护法面容冷酷地看着她，一副不容她回绝的样子："你把门主气得吐血，难道不该负责吗？"

"可他明明是走火入魔……"顶着左护法冷厉的目光，唐小左的声音也越来越小。

右护法相对和蔼一些，笑融融道："你不是喜欢门主嘛，自然不能眼睁睁地看着门主身子抱恙，所以总会有办法的，是不是？我相信你。"

别，她都不相信自己。

唐小左推不了，只得硬着头皮答应。

晚上在凤林染睡觉之前，唐小左端了一碗药送过去。

"门主，喝药……"

"烫，先放着。"

"不烫。"

"那你喝一口本座看看。"

唐小左毫不犹豫地喝了一口给他看："门主你看，不烫不凉，刚刚好。"

"嗯。"凤林染头也不抬，言语淡淡，"我从不喝别人碰过的东西，倒了吧。"

"……"唐小左气结，真想把药浇在他头上。

然而也只是想想而已，现实中，她只能将药放在桌上，然后一把抱住凤林染的腿，哭着号："门主，您就把药喝了吧，不然奴婢可心疼了。您的健康就是奴婢的心愿，您一生病奴婢晚上就睡不着觉。看在奴婢一心为您的份上，您就把药喝了吧。奴婢兜里有糖，药不苦……"

一个空碗凌在眼前，唐小左抬头时凤林染正在擦拭嘴角上的药渍。

唐小左惊愕地看着他，不敢相信他居然真的喝了。

“拿着碗快走，本座要被你那些话酸死了。”凤林染别过脸去，眼角眉梢浮现一丝不自然来。

如此算是找到了凤林染的软肋，于是每晚送药的时候，唐小左打开房门二话不说就抱大腿号。有时候她刚号出一个字，凤林染就一脸嫌恶地喝光药然后把她和空碗一起丢出去。

右护法对她这种舍身奉献的精神大为感动，感谢的话说了不止一遍两遍。

唐小左揉着膝盖问：“右护法，能给配个护膝不？我这天天跪得，膝盖都快跪秃噜皮了。”

右护法为难道：“护膝没有，不过有个金丝软甲，护身的，你要不？”

“要要要！”这简直是宝贝啊。

右护法忍痛割爱：“改天送你！”

2.

鉴于鸽子汤一事，唐小左心中更添了几分小心翼翼，每天都要受惊吓一百遍，日子过得委实憋屈。她暂时不敢把天戮门的事情往唐门传，但想不到凤林染走火入魔的消息还是给江湖上其他门派知道了。

往日里与凤林染有怨的、结仇的、看他不顺眼的，这会儿纷纷联合起来，攻到山上，堵在天戮门外，将半个天戮门包围起来。

右护法气得直吹胡子：“呸，一群乘人之危的伪君子！”

唐小左扒着墙头往外面瞅了瞅，黑压压的一群人中，赫然出现几张熟悉的面孔。登时膝盖一软，她差点摔下来：唐门几个相熟的师兄弟怎么也过来蹚这个浑水了？三师兄唐遇居然也在！唐门的生活是有多闲？

唐小左担心那几位师兄弟会认出她来，当即从墙上溜下来，往院内跑去。

右护法喊住她：“你去哪里？”

当然是去躲起来！

不过这话不能说，她只能找借口。

“我去保护门主！”唐小左边跑边扭头回答他。

“可是门主在这里。”右护法提醒她。

就你话多！

此时凤林染正不紧不慢地走过来，闲庭信步般，心情很好的样子，似乎一点也不受外面那些人的影响。

唐小左不得已停下脚步，苦大仇深地瞪了右护法一眼。

右护法被她瞪得有些蒙。

很显然，凤林染方才已经听见了他们的对话，眸中流露出一分惊奇两分怀疑三分调侃：“你说你要保护我？”他看着唐小左，嘴角那抹笑意晃得她眼睛疼。

凤林染勾勾手指：“过来，本座给你这个机会。”

唐小左的内心几乎是崩溃的。

呜呜呜，她不想过去，奈何方才谎话说得掷地有声，这会儿也容不得她反悔。不仅不能反悔，而且还得作出一副“随时能为门主上刀山下火海”的壮烈表情来，以示她的忠诚。

偏偏右护法还过来火上浇油，塞给她一件很有质感的东西：“喏，这是那日我答应要送给你的金丝软甲，你穿上它，若是一会儿有人放冷箭，你可一定要护在门主身前啊。”

你能不能不要这么乌鸦嘴？

外面几大门派的人已经等得不耐烦，开始叫嚣起来。要知道失去耐心的人，即便是名门正派，骂起脏话来也是很难听的。

说起来，他们这次围攻天戮门，也是找了一个正当的理由。五年前位处南海的空灵岛遭受灭顶之灾，岛上的人尽数遭遇毒手，除岛主闾丘客下落不明，其他人无一人生还。

江湖人普遍怀疑这桩屠岛惨案是天戮门的人干的，毕竟天戮门的名声在整个武林倒数第一，而且武林盟主带人去空灵岛调查线索的时候，发现了天戮门的东西。

闾丘客曾是江湖高人，早年隐退，带着家人和几个仆人远去空灵岛，意在躲避江湖恩怨。他本在空灵岛四周设置了诸多阵法，几乎无人能破。无奈五年前还是有歹人不知用了何等手段登上了空灵岛，害了整个岛的人。

按照江湖人的逻辑，那些歹人就是天戮门的人。而岛主闾丘客也并非下落不明，而是被天戮门囚禁了起来。

这些事情唐小左以前听师父讲过，也算是当年一件骇人大事。但事出皆有因，闾丘客手中有一本《玄机妙解》，据说上面画有天底下最精巧厉害的机关和阵法，江湖上很多人甚至包括朝廷，都对这本书垂涎三尺。

可惜的是，这本书和闾丘客一起失踪了。

今日前来围攻天戮门的这几个门派，亦是前来翻这个旧账的。虽然不乏有些人真的是因为正义而来，但不得不说，也有不少人是为了闾丘客和那本书而来。

其实师父派她来天戮门，也是因为这个。

师父与闾丘客是旧识，一直对这件事耿耿于怀。唐小左自然也看得出，师父的确心系闾丘客的生死，对那本书倒并无兴趣。

思及这些江湖往事，不禁唏嘘不已。借由这次天戮门被围攻，唐小左也怀着私心壮着胆子问凤林染：“门主，他们说是你把闾丘客藏起来了，是真的吗？”

凤林染的目光在她身上巡了几道，伸手敲了她额头一记：“是或者不是，本座会跟你说吗？”末了，还不忘恐吓她，“注意力集中点，今天本座要是伤了一分一毫，要你小命！”

“这不公平……”唐小左叫道。

不管公平不公平，反正天戮门的大门打开时，唐小左被凤林染连拖带拽地一并带了出去。

唐小左一直窝在他身后，埋着头不敢抬起来。不然一会儿被唐门的师兄弟们认出来，她两边都说不过去。

在几大门派面前，凤林染也没再难为她，由她躲着。

见凤林染出来，门派中有几个带头的，声音雄厚、嗓门奇大，喊起话来毫不客气，十分狂拽："凤林染，限你一个时辰内把闾丘客老前辈放出来，否则休怪我们不客气！"

凤林染轻笑一声，带着说不出的轻蔑："说得好像本座要跟你们客气似的。"

凤林染擅长一句话噎死人，从不看对象是谁。

"你休得猖狂，若是你执意不肯交出闾丘客老前辈，今日我们便是踏平你这天戮门，也要把人找出来。"

"就凭你们，呵……"

他这一声"呵"，算是彻底激怒了那些人。

唐小左只觉天地撼动、乌云盖顶，转瞬间天戮门的人和各大门派的人交手了。凤林染此时也将她从身后拨到身前："不是要保护本座吗，一直躲着算怎么回事？"

嘤嘤嘤，自己撒的谎，哭着也得演完。

唐小左哆嗦着从袖间摸出一方帕子来，准备系在脸上遮一遮。没想到刚拿出来，凤林染一把抓了过去，动作麻利地捂住口鼻，含糊地夸她："你倒是贴心，这空气，被他们搅得一塌糊涂……"

"门主你……"不要脸。

唐小左伸手想要抢回来，但终究不敢。她转身折了一根树枝，举在脸前。好坏不济，还有几片叶子能挡一挡。

凤林染摘了一片，捏在手中，惊奇道："你要用这个做暗器？飞叶杀人的那种？"

"门主你太看得起我了。"她若是会飞叶杀人，第一个先飞死他！

唐小左和他贫嘴几句，四周已是打得不可开交。她最关心的还是唐门的几个师兄弟，因为今天来的这几个武功都不算好，除了三师兄唐遇。不过唐遇心软，从不肯出狠招，以至于状况有点危险。

不好，左护法好像瞄上唐遇了。

左护法为人冷酷，招式亦是冷厉，出手迅速，转瞬间已经来到唐遇身边。唐遇似乎察觉来者身手不凡，神情严肃许多。

可惜他似乎不是左护法的对手。

她这厢担心得要命，恨不得冲过去拨开他俩。好在唐门一向团结，其他几个同门看到唐遇有危险，纷纷跑过来与他并肩作战，一时之间态势扭转，左护法竟有些招架不住。

唐小左悬着的心稍稍放了下来。

天戮门与各门派势均力敌，一时之间难分胜负。但天戮门还有一个极厉害的角色没有出手，怕是他一出手，胜负立现。

唐小左偷偷瞄了一眼旁边抱臂观战的凤林染，咽了咽口水：阿弥陀佛，他可千万别出手。

好在凤林染真的没有要出手的意思，唐小左只希望这时候不要有人来激发他的战斗欲。

偏偏有不长眼的人在这时候放冷箭，目标应该是凤林染，但却失了准头，十支箭有八支都飞向了唐小左这边。甚至有一支特别惊险，直直穿过了唐小左脑袋……上面的发髻。

唐小左给这一箭吓得魂儿差点飞了，好半天才反应过来，指着射箭那人破口大骂："你特么瞎啊，我身上这么大一块金丝软甲你不射，你射我脑袋干吗？"

"穆烈！"凤林染朝人群中喊了一句。

穆烈是右护法的名字，这还是唐小左第一次听到。

右护法当即脱身而出，奔至他面前。

凤林染声音飘忽如雪："去把那个放冷箭的手指头给本座掰折了……"

右护法："呃……是！"

3.

凤林染最后也没有出手，因为左云舒带着明月山庄的人过来帮忙了。

明月山庄从来都是亦正亦邪，这次主动帮助天戮门击退其他门派，自然引来诸多骂声。但左云舒似乎并不在意，神情倨傲，冷冰冰地解释："明月山庄从不庇护恶人，但也不会纵容仗势欺人之人。左某知道诸位来这里的本意，闾丘客前辈乃是家父的至交，左某比任何人都希望找出当年害闾丘客前辈的凶手。但左某在这里向大家保证，凶手绝对不是天戮门的人，诸位还是散了吧。"

有人不服气，气哼哼地质问："我怎么不知道左少庄主的父亲和闾丘客老前辈是至交呢？少庄主可不要为了袒护某人而撒谎啊。"

左云舒眸中结冰，眉梢染上寒意："怎么，家父要交什么朋友，难道还要向你交代不成？"他负手，斜睨那人，"你算什么东西？"

那人气结，挥着剑就要冲上来，被其他人劝住。

原本一个凤林染他们都惹不起，现在又加上一个左云舒，他们自然不能再猖狂，围攻天戮门也只得作罢。

唐小左瞧着左云舒，不得不感叹：果然人以类聚物以群分，难怪凤林染能和左云舒交朋友，两人简直如出一辙的目中无人啊！

她躲在人群中瞧着他们，忽然觉得有人在瞧自己。

唐小左顺着那目光巡去，便见唐遇那双明晃晃的眸子正满是诧异地盯着自己。

几大门派的人最终还是被凤林染和左云舒气走了。唐遇留给她一个悲痛和惋惜的眼神，也随他们走了。虽然唐小左心中有一百个冲动想跑过去和他解释清楚，奈何自己有任务在身，还是乖乖回天戮门了。

只是不曾想到，天戮门将大门一关，气氛立即诡异了起来。

正是晌午最热的时候，凤林染也没有要进屋避暑的样子，他负手站在堂前院中，目光比烈日更灼人，与方才同她贫嘴时判若两人。

画风变得太快，一时让人承受不来。

思及今日几大门派围攻天戮门的事情，再笨的人也知道是内鬼引来的，怕是凤林染要捉这个鬼了。

左云舒也并未离去，站在一旁等着看好戏。

唐小左虽然心中戚戚，但这次凤林染走火入魔的事情真的不是她传出去的。自然她也脱不了嫌疑，连同她在内的七八个人，都被带到凤林染面前。

唐小左不幸，偏巧站在这七八个人的正中间，与凤林染面对面站着，差点被他盯得灵魂出窍。

右护法命人抬来一个一人多高的篓子，旁边的人揭开上面的盖子。唐小左踮着脚好奇地张望去，顿时手脚冰凉：那篓子里，全是拇指一样粗的蠕动的蛇！

凤林染的声音缥缈传来："给你们最后一次机会，承认自己是内鬼的，自己走出天戮门，本座绝不伤你分毫！不承认的，不妨到篓子里蹲上半个时辰。"

他这摆明了是要把所有被怀疑的人全部赶出去，不管他们中间是否有被冤枉的人。

唐小左低眉扫去：凤林染这话一出来，当场吓跑了俩。

剩下的，第一人刚被投进篓子里，便扒着沿儿哭着喊自己是内鬼，翻出篓子，连滚带爬地跑了。第二个人一见这架势，当即软了脚，自认内鬼，跪求放过……

排在唐小左前面的是与她关系不错的素素，她与素素一直伺候凤林染，这次她被怀疑也并不是惊讶。素素向来胆小，这次却不知哪里来的勇气，居然没有逃走，而是白着脸、咬着牙，硬是由着别人将她投进篓子里。

“奴婢绝对没有背叛门主！”这是素素被扔进去之前的最后一句话。诚然她在被扔进去的瞬间便晕了过去，但这份勇气实在让所有人出乎意料。

然后，轮到唐小左了。

凤林染环臂瞧她，她躲开他的目光，很不要脸地挤到下一个人后面去了。

那个人满面惊愕：“你……”

唐小左拱他：“你丑你先来。”

那人：“……”

旁边的右护法脸上一个兜不住，笑出声来。左云舒也挑了挑眉毛，似乎更有兴趣看下去了。

凤林染指着那人：“那就先扔你……”

那人“扑通”一声跪在地上，恶狠狠地瞪了一眼唐小左，而后无奈地承认自己也是内鬼，起身离开。

凤林染眉梢抬起，再次看向唐小左。彼时唐小左正准备故技重施，再次换到下个人的后面去。那人自然不让，推攘间唐小左不敌他力气大，摔倒在地上。

地上一块小石子，硌得她手心锐利一疼。她“嘶”地抽了口凉气，缩回手来。

抬头时，凤林染那双大长腿便立在她眼前。

她既不想进那篓子，又不能离开天戮门，现下唯一的办法只能是……

男儿尚且能屈能伸，她一个小女子偶尔屈一次也不为过。

思及此，唐小左一把抱住凤林染的大腿，神情悲痛，哀恸不已，哭着哀求：“门主你别扔我嗷，我怕蛇，从小就怕，嗷……”

所有人都呆住了，万万没想到她居然敢抱门主大腿。

唐小左明显感觉到凤林染结实的大腿肉开始僵硬。

左护法第一个冲上来，要将她扯开：“大胆，快放开教主！”

右护法也冲上来帮忙，一左一右拉她，边拉边劝：“你快撒手，你看门主脸都红了……”

“咳……”凤林染呛得咳嗽一声。

唐小左仰头，做出一副委屈万分又楚楚可怜的模样给他看。

“门主，我不是内鬼，别扔我，我不想进那篓子，求你了……”

所有人都在等着凤林染一句话让她死无葬身之地，毕竟凤林染心狠手辣的名声在外，不至于因为她的三两声哭号就软下心来。

不曾想凤林染忽然转移目光，嗓音紧巴巴的：“咳，那算了……”

一阵燥热的夏风，吹得所有人都凌乱了。

凤林染甩甩袖子，抹一把香汗：“这天儿真热……”而后从唐小左手中抽出自己的腿，在众人的目光中，背着手一边看风景，一边走了。

他走了……

走了……

确定凤林染是真的放过她了，唐小左才松了一口气，没了骨头似的瘫坐在地上，方觉得方才手心被硌到的地方，钻心地疼。

她翻过手来看，才发现手心被石子割了一道伤口，满手是血。

右护法好心扶她起来：“好似伤口不浅，你去包扎一下吧。”

唐小左将手放在嘴边，呼呼吹气：“没事，吹吹就不疼了。”

她抱着手转身准备回自己的房间，走了两步总觉得哪里不对。她偏头，狐疑地扫了一眼。

有个人目光胶着她，视线凉如蛇。

那是，左云舒。

第三章
左家云栀

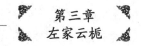

WOYOU
TEBIE DE
WODI JIQIAO

1.

捉内鬼事件过后，唐小左就再也没见过素素。门中人都在议论，说素素就是那个给各大门派传递消息背叛天戮门的内鬼，唐小左不信。

“为什么不信？”右护法走进院子，打断了唐小左和几个婢女的闲聊，“门主说了，只有内鬼才会想方设法地留下来，因为她有留在这里的目的，不然正常人哪有敢进蛇篓子的。”

“可我也留下来了，门主岂不是认为我也是内鬼？”唐小左心虚地说道。

“你例外！”

“为什么？”

“门主说你长得太憨……”右护法摸摸下巴，若有所思，“可我总觉得不是因为这个。”

唐小左朝天翻了个白眼：“右护法觉得是因为什么？”

右护法沉思许久，忽然一拍巴掌：“说不定是因为门主喜欢你！”

“哧！”唐小左撇嘴，“我宁愿相信是我长得憨。”

右护法却好似笃定她和凤林染之间有暧昧，但又惋惜凤林染怎么会看上她这种平凡的丫头。

“丫头，你一点女人味都没有，姿色平平，资质也平平，连身板也平平的。”

往哪儿看呢！唐小左一把搂住胸前衣襟，鼓起腮帮瞪他！

右护法存心逗她，手一伸，撩起她额前的刘海来：“我看看把你这厚厚的头发帘撩起来会不会成熟一点……嗯？”

唐小左忙举手制止他，可是已然来不及，他大手一捋，她那方额头便暴露无遗了。

右护法本是笑着，忽然就凝住了表情。

唐小左慌张地躲开，扒拉下刘海，一点一点地用手熨平。

右护法怔忪了好一会儿，才开口：“丫头，你额头……怎么伤的？”

她额上靠近发丝的位置，有一块疤，铜钱大小。因为当初伤得太重，整块皮肉都没了，露出骨头来，以至于后来结疤也困难。新肉长出以后，即便是师父用了最好的药，也只是将伤疤变得没那么突兀，却再也不能消除。

她从来都是用厚厚的刘海盖住，不然自己看见心里也会不舒服。

“以前不小心从崖上掉下来，石头磕的。”唐小左闷闷地说。

女孩子哪有不看重自己容颜的，当初如果不是师父的妙手回春和同门师兄妹的开导，说不定她早就抑郁了。

右护法似乎有些抱歉，局促道：“恕我冒犯了……”

气氛霎时有些尴尬，唐小左努力找话题来缓和：“右护法，你来这里有事吗？”

这是她们几个婢女住的院子，平日里本就很少有人过来，更何况是护法大人。

原本不过是随口一问，没想到右护法倒真的有事：“我从门主那里来，顺便过来给你捎个话。这次击退几大门派，左云舒帮了不少忙。明日门主去明月山庄登门拜谢，要带你一起。”

“嗯。”唐小左应了一声，随即抬头，“嗯？”关她什么事？

“嗯什么嗯？回去收拾几件换洗衣物，可能要在明月山庄小住几日。”右护法打发她回屋收拾东西，自己也赶忙离开了。

明月山庄？

唐小左忽然就想起那日，左云舒看自己的眼神，未免太过莫名其妙。

虽然她并不是很情愿，但凤林染还是带着她出发了。

原本有两辆马车，但是其中一辆装满了凤林染答谢明月山庄的礼品，已经不能坐人。唐小左原本以为自己一介婢女，没资格坐马车，却得知可以和凤林染同坐一辆马车，不知幸还是不幸。

车厢内有一方小桌子，桌子上摆着一些新鲜的荔枝和甜点，馋得她眼睛差点没黏上去。可凤林染不开口说吃，她又不敢伸手拿，只得眼巴巴地望着。

凤林染持一本书看得专注，根本不理会她。

唐小左壮着胆子，按下他手中的书册，一本正经道："学海无涯，回头是岸，门主你别看了，咱们来聊聊天吧。"

凤林染好看的凤眸上挑，觑她一眼，随即又拾起手中的书："想吃自己拿。"

哎，早这么说该多好，难为她矜持了这么久。

她正吃得津津有味，凤林染状似无意地问了一句："手上的伤好了吗？"

正剥荔枝皮的唐小左一愣，晶莹剔透的荔枝差点没滚到地上。她默默地放下荔枝，举起包扎严实的那只手，认真地同他汇报伤势："伤口长约半寸，很深，因为沾了些尘土，有些化脓，愈合很慢。不能碰水，不敢握东西，不能提重物……"

"所以这就是你这几天偷懒不干活的理由？"凤林染瞥了她一眼，"我看你剥起果子来倒是很利索。"

唐小左装作听不懂的样子，将手里刚剥好的荔枝递到他嘴边："我剥果子剥得可好了，门主要不要吃一颗？"

原本她也只是客套客套而已，料想如凤林染这般挑剔和洁癖的人，不会真的吃她手里的这颗荔枝。不曾想他身子一倾，薄唇张开，竟真的将她手里的荔枝衔了去。

温热的气息在她指尖萦绕片刻便离去，白色的果肉、朱红的唇，看得唐小左心跳骤然加快。

凤林染将果肉卷到口中，不一会儿又优雅地吐出果核，惬意至极："再剥一颗。"

这一剥便再没停下来，两人你一颗我一颗，不一会儿盘子便见底了。唐小左吃饱餍足，揪过一角车帘擦擦嘴角和手，倚靠在车厢里盯着凤林染看。

都说相由心生，他若是个坏人，怎么会长得这么好看呢?

她盯得专注，凤林染似乎也没觉得不适应。他看书看久了，打了个哈欠，唐小左也跟着打了一个哈欠。瞌睡虫袭来，她晃了晃身子，歪头迷迷糊糊地阖上了眼睛，不一会儿便彻底睡了过去。

不晓得过了多久，耳边忽然有声音响起。

"小左，小左……"迷蒙间听到有人叫自己的名字，她睁眼瞧了瞧，眼前却是白晃晃一片，纵然她努力睁大了眼睛，也只是瞧得一个模模糊糊的影子。

"是谁，师父吗？"她忍着刺眼的白光往前走，前面的人影像是用水堆砌的，影影绰绰，变幻不已。原是慈祥的声音，忽然又变得沧桑起来。

"左丫头，左丫头……"声音不一样了，称呼也变了。

是谁在唤她左丫头?

为什么唤她左丫头?

她迎上那团白光想一探究竟，脚下的路却忽然沦陷，露出一个深不见底的大坑来。她身子落空，直直坠了下去。

惊醒!

原来是一场梦。

意识慢慢地从梦境中抽离出来，回到现实，唐小左登时发现了一件不得了的事情。

她她她……她居然趴在凤林染的腿上。

她吓得赶紧直起身子，朝凤林染看去。

凤林染也睁开了眼睛，尚不清明的眸光在她身上绕了几圈，然后一条大长腿甩到她面前。

“腿麻了，揉揉……”

2.

抵达明月山庄的时候已是下午，左云舒等在山庄门口迎接。

听闻老庄主身体一直不大好，这几年都闭门不出。山庄大大小小里里外外的事情，都由左云舒这个少庄主操持，自然接待凤林染一事，也落在他身上。

左云舒先是带着他们逛山庄，对几处格局不错的小院子也介绍了几番。不知是不是唐小左的错觉，她总觉得左云舒在暗中观察她。偶尔目光投过来，虽是坦然，但总带了几分探究，好生奇怪。

逛完山庄，左云舒便和凤林染去别处商量事宜，右护法也随他们一起去了。不一会儿，山庄中的管家过来，表示若是她无聊，他可以派人带着她在山庄中游玩。

方才走马观花看了一遭，倒真是没仔细欣赏，反正凤林染他们一时半会儿也谈不完事情，她这个时间闲着也是闲着，再逛一遍也无妨。

管家叫来一个小厮，名唤阿珂。阿珂模样憨厚，让人生不起戒备心来，和她的气质倒是挺像。

唐小左提起方才还没有看够的地方，让阿珂带着自己过去。阿珂点头，带她去了这几处。

正是夏天，草木最为旺盛的时候，唐小左对这里的风景啧啧称叹。阿珂提道：“有处别院，栀子花开得正好，茯苓姑娘可要去看看？”

唐小左看了他一眼：“那劳烦你了。”

阿珂憨实一笑，走在前面带路。唐小左顿了顿身子，随后跟上。

他说的院子，在山庄的东南方向。而明月山庄的大多数人都住在北边的院子里，这处别院像是被隔绝在外的。

但正如阿珂所说，这院子里种了几棵栀子树，纯白色的花朵缀在叶间，清雅娟秀。

“果然很漂亮。”唐小左称赞，只是她的心忽然跳得很厉害，以至于身体有些不适。明明雅致至极的地方，却让她有种压抑的感觉。她转身，不顾阿珂，自己率先走出了院子。

“茯苓姑娘，”阿珂追了过来，“你还好吧？”

“我很好啊，我为什么不好？”唐小左脸上依旧挂着笑，目光却冷了下来，“你为什么会问我好不好？你为什么要带我来这里？你在试探我？你想知道什么？谁派你来的？”

从他主动提出要带她来这个院子伊始，唐小左便总觉得哪里不对劲，却又想不出缘由来。

她连珠炮似的提问，让阿珂反应不及，茫然地看着她：“姑娘，你、你误会了，我只是觉得这里花开得好看，想着带你来观赏……”

她怎么会期盼他会说实话呢？

唐小左扭头就走。

“茯苓姑娘，茯苓姑娘……”阿珂忙跟在她后面。

唐小左气哼哼地去找凤林染，奈何山庄太大，她竟迷了路，兜兜转转，越走越乱，最后不得已还得求助与阿珂：“哪条路来着？”

阿珂抹一把汗：“茯苓姑娘跟我来，我带你去找凤门主。”

“嗯。”

阿珂带着她穿过一个花园，往一处假山走去。

“茯苓姑娘，我们从假山中间穿过去，可以少绕一些路。”

唐小左点头应着。

这假山她方才跟着左云舒的时候也走过，料想不会有什么问题。只是万万没想到，行至假山中间时，前面的阿珂忽然转身，在她来不及反应时，一把将她推进了一处山洞中。

这里有机关，她被推进去的瞬间，一扇石门落了下来，将那洞口堵得严严实实。

里面顿时漆黑一片，气得唐小左直捶门："浑蛋，有完没完！你到底想干吗？"

可不管她怎么骂，外面却没了声响，悄然安静。

唐小左又踢又踹，但无济于事。她发泄够了，便摸索着坐在地上，憋着一肚子火等着别人来救。

她这么一个大活人不见了，就不信凤林染不来找她。就算凤林染不来，想必平日里待她不错的右护法也会来。

想通了这个，唐小左心里稍稍平静了些，开始思考阿珂为什么要这么做。

他一个山庄的小厮，与她无仇无怨，不可能平白无故地针对她，应该是有人安排他这样做。如今这山庄里里外外、大大小小的事情都由左云舒做主，想来这件事也是左云舒吩咐他这么做的，可是左云舒又是为了什么呢？

唐小左想起那日第一次见左云舒，他说她长得像他认识的一个故人。难不成他是在确认这个？

可是确认这个一定要把她关在这里吗？

这里又黑又闷，惹得她很不舒服。

唐小左抱着双膝，眨眨眼还是看不到任何东西，这让她很是无助。

黑暗总是能让人联想到一些不好的东西，就比如她坐着坐着，忽然耳边有断断续续的女孩的哭声。

她竖起耳朵仔细听时，那哭声便消失不见。可当她稍稍放松下来时，那声音又飘了过来。

如此几番，唐小左浑身的汗毛都要竖起来了。

"凤林染凤林染凤林染……"她开始不停地念着凤林染的名字，

希望他能快点赶来救她。

因为太过害怕，她开始发抖、出汗，心跳快得不可思议，她甚至感觉身上的血在慢慢变凉。

她将这里的每一寸墙壁都摸了一遍，找寻这里是否有机关可以打开石门。除了一些凸出的石头，有一处石壁上还有一些奇怪的纹路。她以为是什么重要的提示，便蹲在那里摸了好一会儿。

令她失望的是，那些纹路好像是有人胡乱画上去的图案，而且就纹路的走向来看，应该是小孩子的手笔，乱七八糟的，没有什么章法可寻。

却是在这时，她的幻听变得更严重，女孩的哭声开始走样，变得诡异起来。

她觉得马上就要支撑不下去的时候，终于有一线亮光忽然照到她的脚上，很快，那线光慢慢扩展，越来越大……

石门竟然开了。

沉闷的声音过后，外面的光线让她觉得耀眼。

外面站着凤林染和右护法，还有左云舒。

她看不清三人的表情，只能模糊地辨认出，站在中间的那人是凤林染。

唐小左挪着绵软的步子，踉踉跄跄地走了几步，还是选择了中间的那个人。她抓着凤林染的衣襟，挂着两行面条泪，咬牙切齿地骂："我丢了，不见了，你为什么才来？你为什么才来？"

凤林染托住她的身子，她便将整个人依附给他，因为她所有的力气都用在骂他的话上了，这会儿已是力竭。

"你还好吗？"一只大手托起她的脸，温热的拇指刮去她额上的冷汗。

她没有力气再回答他，不过有人替她回答了——

"哎呀，晕了晕了，茯苓姑娘晕了。"

3.

唐小左睁开眼睛后，抄起枕头就要找左云舒算账。

她身子尚还软绵，刚下床来没走两步就要摔倒。旁边正在小憩的凤林染仿佛早有预感似的，长腿一钩，将她钩了起来。

他将她手中的枕头抽出来，顺手拿了一根鸡毛掸子，塞到她手中，说："左兄还没过来，不过那个叫阿珂的在外面呢，你先去揍他一顿出出气吧。"

"谢谢门主！"唐小左气冲冲地走向房外。

外面的阿珂见到她，脸色唰地就变了。

"茯、茯苓姑娘……"看见她手中的物什，阿珂差点吓哭。

唐小左勾勾手："你，过来，吃我俩鸡毛掸子先！"

阿珂艰难地挪起步子，却是越挪越远，而后忽然转身跑了："茯苓姑娘，我去告诉少庄主说您醒了！"

长得挺憨，跑得倒是快。

总归是在别人的山庄里，她总不能追在人家屁股后面撵吧。唐小左只得悻悻地回到房内，穿鞋。

想打人的冲动来得太猛烈，还没来得及穿鞋呢。

不一会儿，左云舒来探望她。

凤林染默默地将鸡毛掸子扔窗户外面去了，唐小左心中仍旧气愤难平，气鼓鼓地看着左云舒，质问："你是否应该给我一个解释？"

坐在旁边的凤林染咳嗽一声，轻斥她一句："注意身份，怎么跟左兄说话呢！"

"无妨，是我试探茯苓姑娘在先，惹她不悦。"左云舒并未气恼，他安抚了唐小左几句，甚至给她道歉，然后开始解释他这么做的原因。

不曾想到，这看似恶作剧的背后，竟是一段让人唏嘘的往事。至少从左云舒的口中，唐小左听出了几分无奈与悲凉。

他说："我曾经有一个妹妹，名唤左云栀，人如其名，十分喜欢栀子花。但许是她生母早逝的原因，云栀性格有些阴郁，喜欢偷偷躲在别人找不到她的地方。我自小便喜欢钻研机关之术，便在假山中间替她做了一扇石门，她不开心的时候，就喜欢躲在里面。我把石门一关，任何人便找不着她了，只有我知道。”左云舒眼帘微垂，神情浮上一抹忧伤。

“五年前，云栀突发奇病，时常出现疯癫之状，请了诸多大夫也无济于事。我父亲的好友，也就是闾丘客老前辈听闻此事后，来信邀请云栀去他的空灵岛养病。不曾想消息走漏，有歹人尾随云栀的船登上了空灵岛……”他顿了有一会儿，似在回忆的沉痛中努力保持冷静。

“后来的事情想必茯苓姑娘也听说了，空灵岛的人全部被歹人所害，闾丘客前辈不知所终，而云栀，也消失在那场灾难中。”他扯出一个苦涩的笑来，“茯苓姑娘样貌与云栀有几分相似，那日初见姑娘，还以为是云栀活着回来了，一时吓到姑娘实在抱歉。今日之事也是在试探姑娘，是否真的是小妹云栀。直到现在，我仍是认为姑娘有可能是云栀，不知姑娘现在有何感觉，是否能想起什么？”

往事哀伤，他言语又这般恳切，纵然唐小左心中有再大的委屈，这会儿也不好表现出来了。可是若问起她是否是他口中的左云栀，她摇头：“没有，什么都没有想起来。我不喜欢栀子花，也不喜欢那个山洞。我去那种有栀子花的院子里，只觉得压抑。在那假山的洞中，只觉得恐惧……”

她这些话本是打消他的疑虑，却不知怎的，她好像发现左云舒看她的目光变得更复杂起来。

晚餐的时候，似乎大家的心情都不算畅快。左老庄主一直没有露面，左云舒陪着凤林染，两人喝了不少酒。

唐小左也想喝酒，只是手刚碰到杯子，便被旁边的右护法夺了去：“小丫头片子，大庭广众的哪能喝酒。”

唐小左瘪嘴，正要反驳他，却又听他压低了声音，笑着说：“一会儿我搬一坛子送你房间去，你关起门来喝个痛快。”

“也好……”唐小左感激地看着他。

这一顿饭下来，左云舒和凤林染都喝高了，一俊一美两张脸，被酒气熏得更加诱人。天色不早，左云舒命人送凤林染回房。凤林染潇洒地摆手，而后绕过右护法，一把将唐小左捞到身边，对左云舒说：“茯苓扶本座回去就好，不劳烦左兄的人了。”

左云舒一副“我明白”的表情，看她和凤林染的目光，微妙得很。

被忽视的右护法更是一脸受伤，想来这种事情从来都是他做，如今凤林染却将他冷落一旁，自然生出几分落寞，看向唐小左的目光也悄然变了，怎么看怎么有种吃醋的意味。

可是这种体力活有什么好抢着干的？

凤林染虽不及右护法虎背熊腰分量重，但好歹是个男人，这样斜靠在唐小左身上，让她很是吃力。

“右护法，您也过来扶一扶嘛，我一个人好辛苦。”

右护法闹起小情绪，傲娇道：“门主要你扶，又没让我扶。你不是要喝酒吗，我给你找酒去……”

“哎哎哎，我不喝了还不行吗？”

然而装听不见的右护法已经走远了。

唐小左只得认命，一手揽住凤林染的腰，一手拉过他的手臂搭在自己的肩膀上，步伐沉重地往早先备好的客房中走去。路上，她还不忘抱怨两句：“门主你能不能自己也走两步，我这么拖着你跟拖着一头大狗熊似的……”

这一抱怨，咋感觉身上又沉了几分呢？

左云舒为凤林染准备的房间，与她方才躺过的房间挨着。她好不容易走到床边，报复似的将凤林染往床上一丢……

方才一直醉眼蒙胧的凤林染，眼睛忽然清明起来。在唐小左摆脱他的瞬间，他长臂一挥，揽过她的身子，一个旋转，将她压在身下。

唐小左惊得尖叫一声，随即被他捂住了嘴巴。

他他……他想干吗？不会想酒后乱那什么吧？

完了完了，师父曾经交过她的女子近身防身术是哪几招来着？是攻击上半身还是下半身来着？

唐小左一边拨动脑袋呜呜直叫，一边推攘着、挣扎着想从他身下出来。

“别动！”凤林染俯在她耳边，身子岿然不动，“方才本座一直想告诉你……”

告诉她什么？

唐小左睁大眼睛，绷紧了身子，时刻防备着他有下一步动作。

凤林染见她老实许多，便松开捂住她嘴巴的手，侧过脸来，盯着她，半晌才说：“左云舒的话，不可全信。”

唐小左万万没想到，他要说的竟是这样一句话。

可是为什么？“为什么你会怀疑左云舒的话？”唐小左问他。

“你有没有想过，如果那个左云栀还活着，她就是除了闾丘客本人以外，唯一一个有可能知道那本《玄机妙解》下落的人了。”

一语惊醒梦中人。

她一直觉得左云舒给人的感觉很奇怪，不像坏人，也不像好人。今日听他讲起左云栀的事情，有一个细节她现在才想起来。

左云舒说，左云栀喜欢躲在别人找不到的地方，为此他专门在假山上做了一道机关。这是否说明，左云舒也是个机关能手，他是不是也对闾丘客那本《玄机妙解》感兴趣？

这样想来，左云舒也不是个简单的角色呢。

“可是门主，”唐小左推推他，“这些话，为什么你要用这样的姿势来说？”

凤林染却是头一偏，枕在她耳边，用手拍了拍她的脑袋，答非所问：“对不起，今天下午，来晚了……”

唐小左呼吸一顿，心跳骤然加速。

第四章 不寒而栗

WOYOU
TEBIE DE
WODI JIQIAO

1.

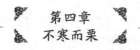

唐小左从凤林染房间出来的时候，院里站着怯生生的阿珂。

“你又来这里做什么？”唐小左没好气地问。

阿珂挠挠头，不好意思道：“茯苓姑娘，我们少庄主有事找您，可否随我走一趟。”

“我能不去吗？”她满是戒备，思及下午经历的事情，仍觉得心有余悸。

“姑娘放心，不会再发生今天下午那种事情了。”阿珂做出请的姿势。

如此便不好推掉，她本想回房告诉凤林染一声，以防再出什么意外。正好右护法抱了一坛子酒往这边走，唐小左心中一喜，跑到他身边，说道：“右护法，左少庄主有事找我，邀我过去一趟。”然后挤眉弄眼，小声加了一句，“你懂的。”

右护法当然懂，他拍着酒坛，大声道：“你先去，一会儿等你回来喝酒。”

他这般毫不犹豫地护着她，叫她心中好一阵感动。

唐小左随阿珂去见左云舒，诚然他今晚也喝了不少酒，方才离席之时也是醉醺醺的，但这会儿却并未见醉意。

尽管左云栀的事情，让她生出一些同情心来，但是方才凤林染的一番话又提醒着她，左云舒这个人，不得不防。她在离他三步远的地方站定，介于身份问题，还是端端正正给他行了一个礼：“少庄主，您找我有何事？”

左云舒虚扶一把：“左某有一事想请姑娘帮忙。”

“什么事？”

“姑娘随我来。”他带着唐小左进了一座院子，“姑娘也知道，家父身体一直不好。小妹云栀的失踪让家父深受打击，如今已经缠绵病榻五年之久。姑娘和云栀长得甚像，能否假扮一次云栀去探望一番家父。”他边说着，人已经走到房门前，只要一抬手，便可以推门进去。他转过身子，恳切地又问了她一遍，“这件事不会很困难，姑娘可愿帮左某这个忙？”

都已经走到这里了，还有选择的余地吗？

所幸也不是什么为难的事情，不过是去给人家装一回女儿，又不是装孙子。

唐小左点了点头：“少庄主客气了，能帮少庄主这个忙，是我的荣幸。”

“如此，便谢谢了。”他推开房门，请她进去。

很难想象，曾经在江湖上叱咤一时的明月山庄庄主左浩天，如今竟被疾病折磨成这个样子。双目结翳、形容枯槁、骨瘦如柴，俨然是一条腿踏进棺材之人。他无力地倚靠在左云舒肩上，如果不是左云舒托着他，他连坐都坐不住。

丫鬟打来水，蘸湿了帕子递给左云舒。左云舒接过，熟练地擦去左浩天嘴角流出的涎水。

“爹，你看，谁来了？”左云舒指着唐小左，温柔道，“云栀回来了，她没有死，她好好地回来了。”

唐小左犹豫片刻，上前一步，生硬地叫了声“爹”。

她这一声叫完，便见左浩天的眼睛一动，循着声音看了过来。

他面如死灰的脸上忽然有了表情，虽然极为细微，但明显和方才不一样了。

左云舒示意她多说几句话。

唐小左深呼一口气，将左浩天幻想为师父，终于调动起情绪，眼泛泪光：“爹，您为什么病得这么重？女儿不孝，现在才来看您……”

许是她演技感人，左浩天竟激动起来。他缓慢而艰难地向她伸出手，喉咙中发出含糊的声音，似乎是在叫“小栀”这个名字。

唐小左很配合地握住他的手，顺势坐在床沿上。

“爹，我在这里……”

这时候丫鬟端着熬好的药过来了，左云舒接过来：“我来喂吧，你先退下。”

可他一只手扶着左浩天，一只手持着药碗，很是不方便。唐小左担心这药洒出来烫着左浩天，便主动说道：“还是我来吧。”

左云舒看她一眼，将药转到她手中。

唐小左用调羹慢慢搅动碗里的药，让它凉一些。热气裹着中药的苦涩扑鼻而来，熏得唐小左蹙了蹙眉。

好苦的药……

左浩天很配合地吃完药，而后又重新歇下。他睡之前，眼睛一直是望着唐小左的。左云舒看出他心中所想，说道：“爹，您先休息，云栀明天还会来的。”

左浩天这才闭上眼睛睡去。

左云舒帮他掖了掖被角，而后送唐小左出门。

“左庄主得了什么病？怎么会这般严重？”唐小左问他。

“家父年轻时曾与人决斗，胸膛被刺了一剑。大夫说那一剑伤到了心脏，本就折人寿命。云栀出事后，家父一时承受不住，旧疾复发，自此卧病在床，一直不见好。”他稍稍抬头，望月兴叹，“前几日大夫来看过，说家父已经灯尽油枯，如今也只能凭着药物勉强续命……”

“少庄主心里想必也不好受……”唐小左安慰道，“生死不由人，少庄主看开一些……”

左云舒笑笑："今晚多谢茯苓姑娘了，方才左某承诺父亲，明日云栀还会过来看他，不知茯苓姑娘明早可愿再帮左某一次？"

"可以。"唐小左点头答应，"不过是说几句话叫几声爹，很容易做到的。"

"那左某送姑娘回去休息。"

"不劳烦少庄主了，您今日也辛苦了，让阿珂送我回去吧。"

"也好。"

左云舒唤来阿珂，将唐小左送回客房。

唐小左一路无言，直到见到站在她房间外面的右护法。

"右护法，您还没休息吗？"

"这不等着你回来喝酒吗？"

"对哦。"唐小左一拍脑袋，"走，喝酒去！"

今天知道的东西太多了，她得喝点酒压压惊。

明月山庄是一个充满秘密的地方，而左云舒就是山庄中最大的秘密。如果她不是从那碗喂给左浩天的药中闻到了马钱子的味道，她差点就认为左云舒是个大孝子了。

她在唐门插科打诨这么多年，好歹对毒药也了解一些。而马钱子，既可以做药用，也可以制毒用。

以她对左浩天病情的判断，这马钱子很明显不是给他治病的。

她不相信左云舒会不知道那碗药里面掺了微量的马钱子，他肯定知道，又或许，这本就是他授意的。

此番举动，真叫人不寒而栗。

2.

说来奇怪，第二日唐小左依照约定再一次去探望左浩天，竟发现药里的马钱子成分没有了。

疑窦又起。

接下来两天亦是如此，而左浩天的病情也随即好转些许，至少精神看上去比那晚要好上一些，也能简单说一些话。他果真把唐小左当作自己的女儿了，每日都要见一见，絮絮叨叨地说上好一会儿。

诚然这些话有一大半是唐小左听不懂的。

凤林染调侃她："看来左老庄主对你甚是喜爱，不若你留下来做他的女儿，也省得在天戮门当丫鬟干粗活了。"

"我若真是他的女儿，自然要留下。"唐小左耸肩，"可惜我不是呀。"

"茯苓姑娘若真是想留下，明月山庄定当好好招待姑娘。"左云舒不知从哪里冒出来，插话进来，"左某也希望姑娘能留在山庄，这样父亲的病说不定很快就好了。"

见他过来，唐小左心中乍惊，本能地往凤林染身后躲了躲。

左云舒察觉到她这个动作，似有些疑惑，但很快淡去，转而拱手对凤林染行了个礼："如果左某愿以十个姑娘，换凤兄身边这位茯苓姑娘，凤兄可愿意？"

唐小左唯恐凤林染答应，不顾尊卑，暗暗地往凤林染腰间掐了一把。凤林染身子一绷，一把将她行凶的手捉住，锁住手腕，按在背后。

从左云舒的角度看去，也只是以为他在背着手而已。他抬眸对左云舒笑道："左兄客气了，十个姑娘换这么个小人儿，实在是不划算。况且平日里我由这丫头伺候惯了，若是换成十个，当真消受不起。"

"凤兄若只当茯苓姑娘是个使唤丫头，左某可以挑一个更会伺候人的丫头送给凤兄。"左云舒直直望着凤林染，不像是恳求，倒像是要求，"还望凤兄看在家父的病情上，让茯苓姑娘留在山庄。"

他执意要，若是凤林染执意不给，岂不是要破坏两人的友谊？不晓得凤林染心中要如何权衡？

唐小左仰头眼巴巴地看着凤林染：门主，求不给。

仿若察觉到她的心思，凤林染忽然偏下头来，冲她一笑，而后将锁住她手腕的那只手松开，在她来不及撤离的同时，大手一包，将她的小手包在自己的手中，而后攥着她的手，将她整个人带到身前。

“左兄，若是我和这丫头是这种关系，左兄还要夺人所爱吗？”他晃了晃两人相握的手。

左云舒一愣，锁眉盯着两人的手，半晌，嘴角牵起一个勉强的笑来：“是左某强人所难了。”

唐小左万万没有想到凤林染会以这种理由留下她，惊得她大脑一片空白。

“门主你帅呆了！”在回天戮门的马车上，唐小左兴奋地扒着他的袖子，感激之情溢于言表。

凤林染嫌弃地抽回自己的衣袖，鄙夷她：“本座帅呆了还用你说？你的重点难道不应该放在本座这样一个风华绝代的美男子对你这样一个烧锅炉的土丫头表白这件事上吗？”

唐小左“嗯嗯”点头，捧着脸笑嘻嘻道：“虽然听到门主对我表白，我有那么一瞬间的羞涩，但这只不过是门主瞎编乱造的理由，我又怎能当真。”

“你当真也没关系，反正当不当真由你，喜不喜欢由我。”他转过身子，正对着她，冲她勾勾手指，“过来给本座看看……”

“看什么？”唐小左不解道。

凤林染直接抬手捏住她的下巴，让她挨近自己。他倾过身子，与她眉眼相对，眸中流光溢彩，极尽暧昧之色。

唐小左心中顿时锣鼓喧天鞭炮齐鸣，咚咚地要从胸腔里跳出来。

“门、门主，你离我远、远些，我喘不过气来了……”

“哧！”凤林染一声轻笑，终于放过了她，揉着额头道，“对着你这样一张肉呼呼的脸，本座还真是下不去嘴。”

你下不去嘴就对了，要是下去嘴了那还了得！

唐小左捏捏自己的脸，还是弱弱地给自己辩解了一句：“门主你别看我脸上有肉，其实我身上特别瘦，真的。”

凤林染笑得更欢了。

马车忽然一顿，停了下来，右护法过来敲敲窗子。

唐小左将窗帘撩开：“右护法，怎么了？”

“遇到唐门的几个小兔崽子。”右护法越过唐小左，问凤林染，“前几天围攻天魁门的人中，就有几个是唐门的。倒是冤家路窄，趁他们形单影只，门主，要不要过去削他们一顿？”

唐门？

唐小左探出头去望了一眼，不禁脸色一变：可不就是唐遇他们。

那么多条路不走，偏偏跟天戮门的队伍撞上了，也是点背。

看右护法这暴脾气，正摩拳擦掌，目光如鹰隼。再看凤林染，凤眸微眯，嘴角一抹冷笑，透出危险的气息来。

“本座向来是锱铢必较之人，今日他们撞到本座手里，不把他们削成土豆片不足以让本座消气……”他言语一顿，看向唐小左，唐小左的心霎时提到嗓子眼，“茯苓，你觉得呢？”

“我……”唐小左心中悲愤又不敢叫他看出异样来，要哭不哭，“我以后再也不吃土豆片了……”

右护法得到凤林染的许可，当即开始组织人去和唐遇他们交手。

唐小左心中焦急不已：同是唐门手足，她怎么忍心看唐遇他们受到伤害呢？

可若是直接请求凤林染放过唐遇他们，不仅成功率低，而且还容易引得他的怀疑。她需要找一个理由，既让凤林染信服，又能让唐遇脱险。

就在外面传来第一声惨叫的时候，唐小左一把抓住了凤林染的手臂：“门主，我们能不能不跟他们计较，立刻回天戮门？”

“哦？”凤林染眸光一转，“为什么？”

“因为、因为……”哎，这谎要怎么撒？唐小左咬着嘴唇，欲说还休，“因为我……”

她将他的手臂抓得越发紧，脸上越烧越红，声音含糊："我……月事……肚子疼……"

凤林染没听明白："你再说一遍？"

"我……"唐小左声音提高一些，捂住肚子，咬着牙硬生生挤出一句完整的话来，"我来月事了，肚子疼……"

凤林染："……"

为求逼真，她暗里狠狠地掐了一把小腹上的肉，当即痛得眼泪飙出来。

半晌后，凤林染撩开帘子，冲外面刚与唐门交手的右护法喊了一声："穆烈收手，立刻回天戮门！"

右护法一刀劈偏了位置，惊讶道："门主你说啥？"

凤林染的马车从他身边擦身而过，唐小左看见右护法凌乱的脸。

不一会儿，右护法带着人追上，隔了老远听见唐遇他们骂："几个意思啊？不带这么吓唬人的！"

3.

此后一连三天，凤林染都没让唐小左干活，唐小左心中居然有些过意不去。这天看到凤林染胃口不大好，便主动提出下山给他买些新鲜清爽的蔬菜，凤林染"嗯"了一声，算是应了。

她在山下遇到一个乞丐，拦住她向她讨钱。

唐小左从荷包中倒出两个铜板给他，谁知他不仅没有走开，反而继续拿着破碗在她面前抖啊抖。

唐小左瞅了一眼那小半碗的铜钱，拿眼瞪他："公共场合别炫富！"再说就这个金额，有啥好炫的。

他一愣，扒拉扒拉盖在眼前的乱发，露出一双唐小左十分熟悉的眼睛："小左，是我！"

唐小左不能置信地退后一步："大师兄？"

"跟我来！"

僻静处，他脱去破衣、束起头发、擦干净脸庞，终于恢复原本的样子，除了身上有点臭。

“你怎么过来了？”唐小左问他，顺便从他碗里抓来一把铜板，留着给自己买零食吃。

大师兄瞪她一眼，心疼地揣好钱，这才同她说起来：“我找你有两件事，一是唐遇那小子发现你在天戮门了，前两天一直在唐门哭着求师父呢，非说你自甘堕落误入歧途，要师父带人来拯救你……”

唐小左嘴角一抽：虽说三师兄是好心，但这用词未免太……

什么叫自甘堕落误入歧途？她又不是去青楼了！

“师父怎么说？”

“师父啥也没说，被他闹烦了就三脚把他踹出门外了事。”

诚然三师兄是个十分极端的，整个唐门就他敢跟师父撒泼打诨。

“不过这样下去也不是办法啊？”

大师兄抱臂，扬起下巴，一脸骄傲：“所以最后还是你大师兄我出马，把这件事情解决了。”

“哦？”唐小左好奇，“怎么解决的？”

大师兄矮下身来，神秘兮兮地解释：“你不是假扮那个叫茯苓的姑娘吗？她和你长得一模一样，你能假扮她，为什么她不能假扮你呢？”

“你的意思是？”

“我跟师父商量过了，给她喂了些噬魂散，暂时让她忘却记忆，而后告诉她，她的名字叫唐小左，唐门弟子，前几日不小心从崖上摔下来磕到脑袋才失忆的，她倒深信不疑。”

“从崖上摔下来？你还真是会找理由。”唐小左皱了皱眉头，“我当初从崖上摔下来，不仅记不起往事，脸都刮花了。如今你用这个理由骗她，难不成也要刮花她的脸？”

“自然不用。”大师兄，“你的脸又不是因为这个原因毁的。”

“什么？”她刚刚听到了什么？什么叫她的脸不是因为这个原因

毁的？

“咳咳……”仿佛意识到自己一时口快说错了话，大师兄忙乱七八糟说起别的话来，“我是说，毕竟人家姑娘也是无辜的，哪能因为这个就毁人家的脸呢，糊弄过去就得了，何必较真。”

唐小左撇了撇嘴：“你不会告诉我，她现在就在唐门，用我的身份同大家相处，而所有人都没发现她是假的？”

大师兄拍拍她的肩膀：“毕竟你在唐门的存在感极低，就算有些许异样，大家也不会察觉到的。”

“这话听着真让人高兴不起来。”

唐小左白了他一眼，转身要走，被他拉住。

“别走啊，我还有一件事没说呢？”

“有屁快放！”

“前几日你和凤林染去明月山庄了对吧，师父让我过来问问你，你有没有在明月山庄发现什么？”

“说起这个，倒是真有些发现。”唐小左面色严肃起来，将那几日在明月山庄发生的事情在脑中捋了一遍，把那些令她印象深刻的事情说给他听。

“明月山庄老庄主左浩天身子不好，我怀疑是有人故意给他下毒，使他不能自由行动。少庄主左云舒看起来是个很有野心且城府很深的人，他爹的毒说不定就是他给下的。他也在找寻闾丘客前辈的下落，所有人都在怀疑五年前空灵岛的惨案是天戮门做的，唯独左云舒不信，而且和凤林染的关系看起来也是很不错的样子……”

“左浩天居然中毒了。”大师兄啧啧惋惜，“想当年他也曾叱咤江湖，和现在的武林盟主江亭尊平分秋色，没想到短短几年过去，竟是落到这般田地了。”

唐小左附和着点点头：“左浩天有个女儿叫左云栀，五年前被送到空灵岛治病。有歹人尾随她上了空灵岛，破了闾丘客的阵法，这才有了那年的屠岛惨案。不过现在左云栀和闾丘客一样，都失踪了。这是左云舒说的，我觉得这种事情应该不会是假的。”

“他……”大师兄正要说什么，忽然脸色一变，“哎哟，天戮门的人来了。”

唐小左扭头一看，是左护法和两个天戮门的弟子。

这几日右护法受凤林染的吩咐，出门调查左云栀的事情了，只剩左护法一人守在凤林染身边。可是奇怪，他不在凤林染身边好好待着，怎么也下山来了？

“大师兄，你先走吧，有什么事情，我让阿九捎给你……”她扭回头对大师兄说。

大师兄揉揉她的脑袋：“你好好保护自己，我走了。”说罢拔足狂奔。

唐小左也赶紧回到街道上，假装买菜。不一会儿便听到一冷嗓子叫她的名字，她转过身来做惊讶状：“左护法，您怎么也下山了？”

“有些事情要处理。”他面无表情道。

“那您去忙，我买完菜就回去。”唐小左心虚道。

“已经处理完了。”左护法并未离开，站在原地冷冰冰地叮嘱她，“这几日山下常有其他门派的人出入，不甚安全，你买完东西跟我一块回去。”

有左护法站在这里，唐小左不敢磨蹭，连讨价还价的过程都省了，不一会儿篮子便装满了。她心有戚戚地跟在左护法身后往天戮门的方向走，一路无言。

原本以为他说山下有其他门派的人出没只是说说而已，没想到竟真的给他们碰到了，而且对方人还不少，数了数，竟有十六七人。

上次那几大门派在天戮门吃了鳖，以为他们这些日子会收敛一些，没想到他们居然不死心，卷土重来。

只是今日这帮人，比起那日各大门派的参差不齐，显得更有准备一些。他们大都身板结实、目光狠戾，不是善茬。

左护法往唐小左手中塞了一把匕首，然后将她往身后一拨，自己率先上前同那些人打起来。

唐小左认得这把匕首，那是凤林染时常拿在手中把玩的，应该不是普通的匕首。她抽出来，按住匕首柄上的一个按钮，那匕首刃嗖的一下，弹出半米长来。

好宝贝！

唐小左得了新利器，一时有了勇气，与攻上来的人打起来。那匕首诚不负她的期望，削铁如泥。

左护法只带了两个人，左右他们不过四个人，与对方的十几个人比起来，人数上确实不占优势。但左护法武功奇高，与左护法交手的那人虽也是个中高手，但与左护法比起来尚且差了一点。左护法与他对打之余，偶尔也能腾出手来，帮唐小左一把。

唐小左虽然武功平平，但作为唐门的人，出门的时候身上带着迷药和痒痒粉是习惯，今日也不例外。她不喜欢杀人，但更不喜欢被杀，实在打不过了，便往那人身上撒药，不一会儿便药倒了三个。

正得意扬扬时，对方却忽然改变了战略。与左护法交手的那人拼尽全力，死死地缠住左护法，不让他得空保护唐小左。再有三四人缠住其他两个天戮门弟子，余下的七八人，竟全部朝她袭来。

自然她是应付不了这些人的，怀中的迷药也无暇掏出，因为四面八方都有刀剑刺过来。左护法硬生生冲进来替她解决两个，不曾想被那人得了机会，往他身后捅了一剑。

左护法堪堪避开，背上却还是被划了一个大口子。他身子猛地一颤，应该是痛极了，转身反击，可身后围攻唐小左的人却换了方向，也朝左护法刺了一剑。

唐小左忙举剑劈开，左护法才避免再挨一刀。

只是她却躲不开了，四把长剑从前后左右四个方向朝她刺来，背上、腰间、胸腹，疼痛来得密集而锐利……

唐小左痛得眼前一阵一阵犯黑，匕首一挥，身前的剑尽数被斩断，啷当落地。她趁那几人错愕的瞬间，掏出怀中所有的药粉，一股脑地撒了出去，不论对象是谁。

白色的粉末洋洋洒洒，在阳光的照射下染上了颜色，平添几分绚丽。片刻工夫，众人纷纷失了力气，瘫在地上。

她备有几粒解药，趁着左护法他们还未昏迷过去，一人喂了一粒，然后吃力地扶起左护法："我们快些回去。"

左护法反手抓住她的手腕："你没事？方才我明明看见……"

"我穿了金丝软甲。"唐小左狼狈的脸上扯出一个笑来，"我没事，就是被戳得骨头疼……"

第五章
面红耳赤

WOYOU
TEBIE DE
WODI JIQIAO

1.

唐小左和左护法回去以后，将山下遇到的事情告诉凤林染。

凤林染没有预想中的大发雷霆，但眸中分明有一丝嗜血的红色游走。他声音凉凉的："很好，本座本想息事宁人，他们偏来挑战本座的耐心。"

唐小左拖着身子正要走，被凤林染叫住："你做什么去？"

她扶着墙，艰难地道："门主，我能回去躺一会儿吗，骨头疼……"

原本坐着的凤林染站起身来，大步朝她走来，将她打量一番："你也受伤了？"

"没受伤，就是疼……"身上被剑戳到的地方，疼得想揉又下不去手，唐小左难受得五官都皱到一起了。

凤林染忽然一个打横将她抱了起来，吓得她一个激灵，抓着他的衣襟紧张道："门主，你做什么？"

"你不是疼吗，本座抱你回去休息。"

打从凤林染抱着她一出门，周围所有女人的目光便自动聚焦到他们身上。那些目光落在凤林染身上是爱慕，到了她身上便成了刀子，分分钟要凌迟了她。

唐小左忍不住提醒他："门主，你能不能走快一些，被她们这样瞪着，我压力好大。"

可是凤林染好似并没有把她的话当回事，而且为什么有一种他走得更慢了的感觉？

唐小左被凤林染放到床上，方才给左护法包扎伤口的大夫也随即而至，替她看起伤来。她有些害羞，只撩起衣服一角，给大夫看了一眼疼痛的地方就马上盖好，然后躲在帷帐里自己看了几眼，形容给大夫听。她身上几处青紫瘀血，看上去甚是吓人，但好在并无大碍，大夫说，抹一些化瘀膏药即可。

凤林染隐隐皱眉："这是怎么受的伤？"

"用剑捅的呀，还好我穿了右护法送我的金丝软甲。"想起那时的情景，唐小左仍是心有余悸。

凤林染若有所思，然后嘱咐她好好养伤便离开了。

再见到凤林染已是三日后，他神态轻松、步履轻伐，摇着扇子笑容可掬地过来看她。

唐小左难得见他露出这样的表情，不由得奇怪道："门主，有什么好事发生吗？"

"嗯，出去放松了一下，心情好多了。"他踱着步子走了过来。

他这一放松不要紧，后来唐小左才知道，他将那天在山下袭击他们的人，全部暴揍了一顿。而且揍人的手法相当奇特，一点外伤都没有，却是用剑鞘将他们的筋骨都捅断了。

当然，这些都是后话。此时，凤林染拎起衣袍坐在床边，问她："身上的伤怎么样了？"

"全好了！"唐小左原本坐在床上，就等着他问起这个问题。她站了起来，光着脚踩在被子上蹦了蹦，"门主你看我现在能蹦能跳，啥事没有，能下床了吗？"

那天他走之前，留下两人伺候她养伤，还命她伤不好不许下床。那两人也是听话，牢牢看着她，不许她双脚沾地，可怜她除却解决一些私人问题，其余的时间都是在床上度过，实在无聊。

凤林染拉她坐下，捏捏她的小手和胳膊，顺势又捏了捏她的脸，满意道："恢复得确实不错，比走之前胖了些。"

这是多么令人难过的夸奖啊，世界上还有哪个像她一样三天胖六斤的？

不过凤林染接下来的一句话，又让她重新开心起来。

“你救了左护法他们，也算大功一件。你若有什么心愿，本座可以满足你。”他眸含笑意，不像是骗人。

心愿？唐小左听他这样说，当即挺直了身子，兴奋地吐出一长串的心愿来：“碗能不刷乎？衣服能不洗乎？洗脚水能不倒乎？”

凤林染一愣，似乎不能想到她会说出这样的话来。

“你就这样浪费本座给你的心愿？”

“这不是浪费啊……”这三件事她实在是做够了。

“你确定？”凤林染稍稍挨近了些，盯着她的眼睛。

唐小左点点头。

“好吧，本座满足你。”凤林染似乎有些失望，但随即抬手挑起她的下巴，与她四目相对，声音染上些许蛊惑，“本座再给你一个心愿，你这次要清楚了，你想要什么？”

还有一个？

唐小左仰着头，努力看着他。他眸中有潭，面若桃花，俊美绝伦的面庞如今离自己咫尺距离，忽就惹得她呼吸不畅起来。

“门主……”

他慵懒地挑起一个音符：“嗯？”

“什么心愿都可以吗？”

“嗯。”

唐小左咕咚咽了口口水，红着一张脸，磕磕巴巴地说：“那我想、想……”

“想什么？”

“我想住到你的院子里去！”唐小左鼓足勇气说了出来。

毕竟她还没有忘记自己卧底的身份，离他越近，越好监视他的行为举动。

凤林染眸光流离，在她脸上游离几番，修长的手指划过她的脸庞，最后往额头上一点：“有出息，准了！”

唐小左乐得咧嘴一笑。

如此，唐小左不仅免除了杂役劳作，甚至堂而皇之地搬到凤林染的院子里，挨着他的房间住下，只有一墙之隔，简直不能更亲近！

天戮门的女人看唐小左的目光更是骇人，恨不能将她揉扁了搓碎了烧成灰烬埋进地里做肥料。连刚一回来听说这件事的右护法都十分惊奇，对她啧啧称叹：“你这待遇，分明是要做门主夫人的节奏。”

唐小左吓了一跳，忙解释：“话可不能乱说，这可是我豁出这条命换回来的。”随即她又扬扬得意道，“不用刷碗洗衣服的日子真是美好，我要去院中晒个太阳……”

“你也就这点追求了。”右护法哭笑不得地看着她。

唐小左冲他嘿嘿一乐，怀里揣着几个新鲜的果子，送给他一个，然后蹦蹦跳跳地跑开了。

右护法不由自主跟着咧嘴笑了，想着还要去找门主汇报正事，便不再耽搁，转身向凤林染的房中走去。

刚一转身，他便看到远处立着一人，红衣傲然，端的是风姿卓然、俊美无双。

正是凤林染。

右护法瞧着凤林染，又追随他的目光，一同望向院中，那个窝在石桌旁啃果子啃得一脸忘我的小人儿身上。

唐小左没有发觉，凤林染也没有发觉，大概只有右护法这个旁观者看到了，江湖上令人闻风丧胆的天戮门门主，面对一个傻姑娘，竟也会情不自禁流露出一抹温柔的、宠溺的笑来。

2.

右护法此番回来，已经将左云栀的事情打探了个七七八八。凤林染觉得此事既然和唐小左有些牵连，便也叫她进来听一听。

根据右护法打探来的情况，那日左云舒对唐小左说的那番话，果然有些不对劲。

按照左云舒的说法，他们兄妹俩的关系应该很好才是，可事实并非如此，左云栀虽是他的妹妹，但两人并无血缘关系，而且两人的关系不仅不好，简直可以说是差到了极点。

左云栀的生母名唤十三娘，是左云舒的父亲也就是左浩天的初恋。只不过两人后来并未走到一起，而是各自成家，生儿育女。

十三娘生下女儿后，丈夫因病暴毙，婆家嫌弃她们娘俩不祥，将她们赶了出来。

十三娘带着女儿回到娘家后，日子也并不好过。她本也是个心高气傲的人，受不过这种日子，便带着女儿离家出走了。

左浩天听说了此事，找到她们娘俩，并带回了明月山庄，安置在山庄南侧的院子里，也便是那日阿珂带唐小左去的那个院子。

“所以左浩天娶了十三娘？”唐小左好奇地问。

右护法摇摇头：“左庄主并没有娶十三娘，因为十三娘到明月山庄不久便去世了。”

“去世了？为什么？”

“明月山庄的人只道十三娘是突发疾病，可这其中究竟是何原因，的确引人遐想。”右护法喝了杯茶润润嗓子，对唐小左说，“你想，一个已经成家立业的男人，把自己的初恋接到自己家中，第一个不舒服的人会是谁？”

唐小左稍一思索便脱口而出：“自然是左庄主的夫人。”

“正是！”右护法搁下杯子，继续说，“十三娘究竟是怎么死的我虽没有查出来，但是自从十三娘死后，左庄主便认了十三娘的女儿做自己的女儿，并取名为左云栀。左夫人也被他一纸休书，赶出了明月山庄。随后左夫人的尸体在崖底被人发现，又抬了回去，以明月山庄庄主夫人的名义下葬了。”

右护法顿了顿，才说：“如此，你觉得左云舒会对他这个妹妹好吗？”

此事听得唐小左一身冷汗。

回想起左云舒的话，唐小左不禁有些细思极恐。

他说：“云栀生母早逝，性格有些阴郁，喜欢偷偷躲在别人找不到她的地方。我自小便喜欢钻研机关之术，便在假山中间替她做了一扇石门，她不开心的时候，就喜欢躲在里面。我把石门一关，任何人便找不着她了……”

他说：“五年前，云栀突发奇病，时常出现疯癫之状，请了诸多大夫也无济于事。我们送她去空灵岛养病，不曾想消息走漏，有歹人尾随云栀的船登上了空灵岛……”

唐小左不知道自己为何会对左云舒说过的话记得这般清楚，但这些话就是深深烙印在她的脑海中。

所以，那假山中的机关，很有可能是左云舒整治左云栀的一个法子，甚至，左云栀的疯癫之病，都有可能与他脱不了干系。

右护法将他打探到的所有关于左云栀的事情尽数说了出来，而后盯着唐小左看：“茯苓，既然左云舒觉得你和左云栀十分相像，不若你说说自己的身世，看看是否真的和左云栀有关系。”

“我……”唐小左整个身子都在颤抖，她不是茯苓，怎么会知道茯苓的身世呢，这谎话应该怎么编？

“茯苓，茯苓？”右护法见她不回答，又唤了她两声。

“啊？”唐小左觉得身子发冷，她抱着手臂，不敢看他。

其实编个谎话并不是什么困难的事情，可是偏偏此时她大脑一片空白，什么也想不出来。

“你在发抖？”左护法第一个发现她的异常，握住她的手腕探她的脉搏，“你不舒服？”

凤林染倏忽走到她的面前，捉住她的手将她从凳子上拉了起来：“手怎么这么凉？”

“门、门主，”她哆嗦着抬头看凤林染，“不知道怎么回事，突然觉得很冷……”

凤林染和左右两个护法对视一眼，三人眼中不约而同浮现几分怀疑——“你难道真的是……”

“是、是什么？”唐小左白着一张脸问。

“没什么，本座带你去找大夫。”凤林染不再说什么，拥着她走了出去，留下左右两大护法面面相觑。

唐小左这症状来得莫名其妙，大夫也说不出个所以然来，凤林染甚至怀疑她在假装。

“你这是什么病，连大夫都看不出来？”

唐小左冷得牙齿都在打战，快要哭出来了：“大夫，我这是绝症吗？还有救吗？”

凤林染给她后脑勺一巴掌：“瞎说什么！”脸上却是比她还要紧张几分。

大夫也是愁眉不展，拈着胡须思索半天，还是摇摇头：“恕老夫才疏学浅，老夫的确看不出这病症是何缘故。”

“那现在该怎么办？”凤林染不悦道。

大夫叹气：“找不着根源，只能先用些土法子缓解一下症状。”

“什么法子？”

“自然是火和热水。”

唐小左瞪大眼睛：“啥？你要炖了我？”

凤林染听懂了，但是懒得和她解释，立即吩咐人制作火盆，再烧几桶热水过来。

唐小左方才明白不是要炖她。

初秋刚入，外面尚还有蝉声聒噪，唐小左房间里却是摆了一排火盆，暖烘烘的，如置火炉中。

浴桶很快被抬了进来，灌进几桶热水，凤林染试了试水温，而后将她丢了进去。

“这样好些了吗？”

水虽不是滚烫，但要比平常沐浴时热了好几分。唐小左在浴桶中扑腾了几番，终于适应了这个温度，于是扒着浴桶边缘，感激道："好多了，谢谢门主……"

方才还因为她而变得脸色苍白的凤林染，忽然玉面生津，面颊变得更红，呼出的气息与氤氲的热气不相上下。

他身子僵了好一会儿，屈指松了松衣领，嗓子略哑："嗯，你在这里多泡一会儿，本座有些热，先走了。"

唐小左乖乖地蹲在浴桶中，挥挥手："那门主您慢走……"

身上冷意渐渐消退，唐小左望着那扇阖上的门，想起方才右护法的话和他们眼中的怀疑，不禁陷入沉思。

3.

如果不是大师兄突然来找她，唐小左都快要被自己纠结死了。

左云舒说他的妹妹左云栀五年前去空灵岛的时候遇害，从此失踪。而她恰恰也是五年前从崖上跌下来，摔得小命差点归西，醒来后以前的事情忘得一干二净。

她也曾好奇自己以前的记忆，可是怎么也想不起来。师父对此也无能无力："想不起来便想不起来，天意如此，不必强求。"

倘若她真的是左云栀的话，虽然时间对上了，但是地点对不上啊。左云栀是在南海的空灵岛遇害的，可是唐门却在北方的雁回山上，两者相差何止千里。

如果她不是左云栀，却长着和左云栀十分相像的脸，而她和真正的茯苓又长得一模一样，难不成……真正的茯苓才是左云栀？

这种巧合简直让人想抱着脑袋尖叫。

阿九从窗子中飞进来，落在桌子上，蹦跶着小爪子引来她的注意。唐小左看见它，立即跑过来，抱起它来左看右看，却并没有发现什么字条。

她正疑惑着，又听见窗户边一声极轻的落地声，扭头看去，竟是大师兄唐延。

“大师兄？”唐小左惊讶出声，“你怎么来了？”随即她跑到窗户边，警惕地看看外面，而后关上窗子，将大师兄拉到一边。

“你胆子真大，天戮门也敢闯？你应该提前告诉我一声的。”

“我若提前告诉你，你会接应我？”大师兄拍拍衣服，笑融融地看着她。

唐小左羞愧道：“好吧，我胆小，我不敢……”随即又眼睛放光地看着他，“大师兄，你来得正是时候，我有问题想问你。”

“什么问题？”大师兄自顾自找了凳子坐下，见她还站着，便拉她一把，示意她坐下说。

唐小左哪有心情坐，在房里转了一圈，确定没有人听墙角，方放心地说：“大师兄，还记得我上次跟你提过的左云舒的事情吗？”

大师兄点点头。

“左云舒的妹妹，也就是左云栀不是五年前在空灵岛遇害失踪了吗，正巧我也是五年前被师父捡到的，而且我和左云栀长得还特别像，你觉得我会不会就是左云栀？”她神秘兮兮道，“而且凤林染他们现在也在怀疑我就是左云栀。”

大师兄微微一怔，而后问她：“那你想做左云栀吗？”

“不想！”唐小左想也不想就回答道，而后压低声音说，“她好惨的，亲爹亲娘都死得早，左云舒也恨她，唯一对她好的只有左浩天，可惜左浩天现在病得下不了床。”

“那不就得了。”大师兄揉揉她的脑袋，笑道，“你既不想做左云栀，便不是左云栀。纠结那么多作甚？”

一语惊醒梦中人。

不管她是不是左云栀，如今她只想做唐小左，以往的事情已成过去，她为何还要纠结这个。

几日以来的愁云被大师兄一句话化解，唐小左心情放晴，抱着阿九嘿嘿地笑了，方才想起他来这里的目的。

“大师兄，你来天戮门，是要做什么事情吗？”

“上次见过你，回去之后便听说天戮门的左护法被人打伤。我想起那日你走时便是和那个左护法一起，便有些放心不下，所以过来看看你。”大师兄端的是一脸温暖。

唐小左“咦”了一声：“大师兄，你什么时候这么关心我了？”

大师兄“扑哧”一声：“好吧，其实因为你许久不往唐门传递消息了，师父让我过来看看你有没有暴露身份，顺便在天戮门转一遭。”

唐小左白了他一眼——就知道“暖男”和他一点关系都没有。

“对了，小左，你知道什么时候凤林染身边的人最少？”大师兄问她。

唐小左狐疑道：“你要对他做什么？”

“你这么紧张他做什么？”大师兄别有意味地看着她，好在并没有说破，“我不过是想探一探他的虚实，你帮我一把咯。”

唐小左绞着衣服，半晌才答：“好吧。”

要问何时凤林染身边的人最少，唐小左埋头想了好一会儿，然后抬起一张红扑扑的脸来，整个人表情不能管理中，小声答：“他洗澡的时候，身边不许有人的……”

凤林染一向重视沐浴这种东西，不像唐小左，和衣扔进热水里都无所谓。凤林染本就是个极讲究的人，沐浴的时候一定要用一个能盛下三四个人的大浴桶，他说这样水凉得慢，而且能舒展得了身子。

想那时她初来时，晚上给他烧洗澡水就得烧半个时辰，不然灌不满他那大浴桶。

真不是什么美好的回忆。

大师兄一个响指将她的思绪拉回来：“他今天晚上沐浴吗？”

唐小左算算日子，凤林染每隔三日沐浴一次，今天晚上正好是沐浴的日子。

于是，晚上的时候，两人爬上房顶，猫在瓦砾上，等着凤林染沐浴。

不知道为什么，总有种做流氓的即视感。

有哗啦水声传过来，唐小左揭开一方瓦砾，透过那一方小孔，看到下面的房间里坐在浴桶中的凤林染，濡湿的发丝、白玉的肩膀、健硕的胸胸……胸肌……

鼻子好痒，好想流鼻血。

“你在这里盯着，我下去探一探。”大师兄悄悄退开身子，跳了下去。

唐小左想看又不好意思看，捂着眼睛又忍不住拨开指缝，羞得面红耳赤头昏脑涨，只愿大师兄能动作快些，早点结束。

一刻钟的时间简直比一个时辰还漫长。

大师兄仍是没上来，唐小左已经羞得快要晕厥过去了。

下面的凤林染正泡得舒服，双臂往浴桶上随意一搭，仰头靠着桶臂闭目养神，沾着水渍的胸和胳膊晃得唐小左眼前一花……

滴答！

一个红点正好落在他的眉心，好生魅惑。

至于那红点是什么，唐小左捏住鼻子不说话。

“什么人？”凤林染猛地睁开眼睛，抓起旁边的衣袍往身上一裹，水花顿起，向上腾来。

这一番动作发生在一瞬间，唐小左还来不及逃开，便被他破空而来的手钳住脖子，整个人被他拖了下去。

“咳咳……”

四溅的水花，破碎的瓦砾，和落回浴桶中的凤林染，外加一个扑腾着四肢的唐小左。

“门主，是我……”

“茯苓？”捏着她脖子的手一松。

外面的人听到动静，立即冲了进来，然后在距离浴桶之外三尺的距离刹住步子，瞪大了眼珠子，下巴差点掉下来……

勉强披着一件衣服的凤林染比不披衣服更诱人，虽然穿着衣服但已经完全湿透的唐小左露出半个玲珑的身段来，凤林染的手还放在唐小左的脖子上，唐小左的鼻下两道红，那画面，太过香艳不敢看。

凤林染见是唐小左，眸光一沉，将她锁在怀中背过身去，挡住那些人看向她的视线，沉声道："你们先出去！"

"是！"众人退下。

唐小左瑟缩在他怀中，感受到来自头顶滔天的怒火："门主，你听我解释……"

她余光瞥见一个灰色的身影，竟是还没来得及撤走的大师兄。

凤林染身上滚烫，一把推开她，欲站起身子出去，唐小左急得一把钩住他的脖子。

"门主……"

凤林染一愣，竟僵在那里。

那灰色的身影已经到达窗边，唐小左紧张得直发抖："门主，我喜欢你！"

她这话说得响亮，正好将窗子打开的细微声音掩盖住。

呼，幸好……

她刚要松一口气，蓦地眼前一暗，竟是凤林染亲了过来。

他气息有些乱，湿漉漉的手指捏着她的下巴，凑上一张俊脸来："胆大包天的丫头……"

"门……唔……"

第二天一早，右护法在凤林染房门外见到了被罚跪的、恹恹的唐小左。

"你做错什么事了？"右护法问她。

唐小左叹了口气："偷看门主洗澡……"

右护法笑得扶着腰进去找凤林染，然后唐小左听见他大呼小叫的声音："门主，你嘴唇怎么了？"

"本座自己咬的不行吗？"

第六章 采花大盗

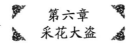

WOYOU
TEBIE DE
WODI JIQIAO

1.

唐小左不知道大师兄有没有在凤林染房中查到什么，好在后来凤林染也没有察觉到这件事，只是那晚大家都留下了一些后遗症。

至于后遗症是什么，便是从那天起，凤林染看唐小左的眼神就变了。不只是凤林染，左右护法和院中其他的人，看她的眼神都变得微妙起来。

然后唐小左在天戮门中有了一个新的称谓：女流氓。

那晚的事情经众人口口相传，越传越瞎，以至于演化为这么一个版本：样貌普通身份低下的婢女心怀不轨且垂涎门主的美色，妄图染指正在沐浴的门主，以为得到了门主的身子就能得到门主的心，好在门主拼死保住了自己的清白，并做出严厉处罚。但此等流氓行径实在是令人发指可恶至极！必须严重鄙视！

唐小左听得两行面条泪：这都是哪儿跟哪儿啊。

更不幸的是，凤林染似乎也是这么想的，他不止一次对她旁敲侧击："本座知道你喜欢本座，但你偶尔要克制一下自己的感情，不然本座很为难的……"

克制你妹哦克制！

此后几日，唐小左见到凤林染就绕道走，赶上凤林染沐浴的日子，她就更加不敢露面了。可是她不露面也不行，如果不露面吧，众人就笃定她又去偷窥了，她露面吧，众人又调侃她怎么不去偷窥，闹得她很是崩溃。

“门主，我想请假。”不堪折磨的唐小左终于受不了了，她精神上受到了很大的压力，准备出去躲一躲。而且出来有些日子了，她想师父他们了，偷偷回去看两眼也是好的。

“为什么要请假？”凤林染好笑道，眸中装的尽是了然之色。

唐小左又不好说实话，只能顺着上次的谎话往下编：“因为我知道我喜欢门主是不对的，为了消除对门主的喜欢，我决定出去散散心，说不定遇到另一个让我动心的人，我就不喜欢门主了。”

“你敢？”凤林染听她这话，当即身子一正要站起来，但似乎想到了什么，又松松懒懒地重新倚靠在椅背上，挑了挑嘴角，无奈的语气中竟沾了些微的宠溺，“好了，本座准许你喜欢本座，不要苦恼了，也不用请假出去散心了。”

“可是……”唐小左嘟嘴，小声道，“我还是想请假几日。”

“是不是觉得在天戮门的日子很无聊？”凤林染问她。

唐小左点点头，随即又摇摇头：笑话，怎么会无聊，简直太“有聊”了。

“不若这样，”凤林染摇着的扇子一阖，“听闻武林盟主过两日要召开英雄大会，顺便给自己的女儿择婿，本座带你去凑个热闹，你也权当散心了。”

“英雄大会？”以往的英雄大会唐门都会参加，想必这次也不例外，这样她不用回唐门也能见到师父他们了。

“如此甚好，甚好。”唐小左开心道。

凤林染也跟着扬起了嘴角。

不过听闻凤林染要去参加英雄大会，天戮门的人表示非常惊讶，特别是右护法，心直口快，兜不住疑惑，问他：“门主，这种英雄大会你一向不屑于参加，怎么今年要去？”

“武林盟主要嫁女儿，这种事情可不是随便能碰上的。”凤林染倏忽将话题引到了旁边默默不语的左护法身上，“你说是吧，南星？”

南星是谁？

唐小左顺着凤林染的目光望去：左护法吗？

这位大叔还有这么一个清风优雅的名字哪？

唐小左疑惑地看着左护法：可是武林盟主嫁女儿，和左护法有关系吗？

左护法端得是面无表情，硬邦邦地念了声“是”。

这反应未免太反常了，难不成左护法和武林盟主一家有什么渊源？

按捺不住好奇心的唐小左跑去找右护法求证。右护法本就是心中藏不住事情的，耐不住唐小左的软磨硬泡，终于对她袒露了一些事情：“你可知道左护法的名字？”

“我听门主唤他‘南星’？”这还是唐小左第一次听到左护法的名字，从来都是“护法护法”地叫，还真没仔细研究过他的名字。

“那你可知南星的姓氏？”

唐小左摇摇头：“这就不知道了。”

“南星姓‘厉’，厉害的厉。”右护法挑挑眉，“想到什么没有？”

“厉南星？”唐小左念了一遍，这个名字好像在哪里听过。

她用力思考起来，忽然张大了嘴巴，惊讶道：“厉南星，那个采花大盗？”

三年前，江湖上曾出现一个采花大盗，糟蹋了不少良家女孩，江湖上很多能人义士义愤填膺，不捉住他不罢休。

这采花大盗也是猖狂，居然将脏手伸到了武林盟主的女儿林蓁蓁身上。好在武林盟主及时赶到，将他制住，揭了他的身份，断了他的筋骨，绑在山庄外的树上曝晒三天，遭受众人唾弃和羞辱。

那时唐小左并未见过厉南星，只是听同门师兄弟提起过，说这厉南星可惜了，长得好看，武功也高，做什么不好，偏偏做采花大盗。

如今听说左护法就是采花大盗，实在是不能相信。

“我看左护法不像是采花的人哪。”

左护法周身都弥漫着一种女人勿近的禁欲气息，哪里像是采花大盗。

右护法点了点头：“他只是担下了采花大盗的名声，真正的采花大盗却另有其人。”

说到这里，右护法有些愤愤不平：“只不过武林盟主的话，那些人都深信不疑，愚昧得很，南星那时候差点被那些人折磨死。”

“你的意思是说，武林盟主误会了左护法，把他当成了采花大盗？”

“不是误会，根本就是武林盟主有意栽赃陷害，他就是想整天戮门一把。”右护法气得捶桌子，“明明后来真正的采花贼落网了，武林盟主也只是草草道了个歉，再不提这事。”

“那左护法和林蓁蓁是什么关系？”

“南星曾经喜欢林蓁蓁。”右护法啐了一口，“果真是舍不得孩子套不着狼，那时为了陷害南星，连自己的女儿都能利用，呸！”

唐小左听完，不禁陷入沉思：倘若右护法说的是真的，那么那些所谓的江湖道义，所谓的名门正派，所谓的武林盟主，当真做什么都是对的吗？

“这次去参加英雄大会，左护法会去吗？”

“他不去门主也会命令他去。”右护法摩拳擦掌，恨恨道，“多么难得的一次机会……”

后面的话他没说，但意思却再明显不过：此番前去，是要找他们秋后算账的。

晚上的时候，左护法来找凤林染，两人在房中谈了好一会儿。唐小左听了会儿墙角，大概是左护法不愿意去参加英雄大会，而凤林染坚决要带他一同前去。

自然他不能违背凤林染的命令，最后只能妥协。

左护法出来的时候，唐小左没躲开，她也没想躲。他看见她，也并不惊讶的样子，只淡淡扫了一眼便要离开。唐小左叫住他："左护法，右护法让我把这个给你！"

左护法停住脚步，稍稍侧过身子。

唐小左弯腰抱起一坛子酒，塞给他。

右护法知道他心里不痛快，但又不好当面安慰他，猜到他会来这里，便早早送来酒，让唐小左转交给他。

左护法接过酒，道了声谢，转身走了。

唐小左目送他离开：她在酒中掺了些安神的药，希望他今天晚上能睡个好觉。

2.

凤林染留右护法穆烈在天戣门中守着，他带着唐小左和左护法去参加英雄会。

马车上，唐小左与凤林染左拉右扯地聊了些不着边际的话，而后尽量表现自然地问凤林染："门主，左云舒也会去参加这个英雄会吗？"

"约莫会去吧。"凤林染斜着身子靠在车窗上，撑着头看她，"你莫不是还在纠结左云栀的事情？"

"倒不是纠结，就是有点好奇。"

是与不是，她心里总要有数才是。

"本座派人调查清楚了，你不是左云栀。你十岁的时候被人贩子拐卖，几经转手被卖到天戣门。而左云栀十三岁之前都住在明月山庄，所以很显然，你不是她。"他抬手，捏捏她的脸，笑容中微微带了些心疼，"倒是个可怜的人，难为你在经过这么多困难之后，还能保持这般开朗的性子。"

唐小左却僵住了。

他口中说的这些，应该是真正的茯苓的身世。如果茯苓不是左云栀的话，那么她唐小左就更有可能是……

可是她真的是左云栀吗？为什么那些过往，她一点都想不起来呢？

“嘶……”脸颊一疼，是凤林染捏着她的腮肉，不满地看着她。

“想什么呢？”

“啊？”她神思游离，想的事情太多了，可是一件都不能告诉他，只得低头道，“没什么，只是在想左云舒会不会也查到这些事情了。”

“他是个不容小觑的人，本座能查到的东西，他自然也不在话下。不过这样也好，他知道了你的身份，便不会再对你有什么非分之想了。”他点点她的额头，不满地说，“你早说出来该多好，本座也不用费时间派人去查了。”

“对不起……”她低下头来，心绪有些低落。

凤林染挑着她的下巴将她的脸抬起来：“做出这般可怜的神情做什么，本座又没怪你。”

唐小左怔怔地想事情。

这次的英雄大会在鸣鹤山庄举行，也就是武林盟主的山庄。这次虽然天戮门不在受邀之列，但并不妨碍他们进入鸣鹤山庄。眼下天色已晚，他们在山下找了个客栈住下，明日一早直接参加大会。

然后他们在客栈中遇见了左云舒。

真是怕什么来什么，唐小左之前对左云舒一直有种莫名的恐惧感，如今想来，她对左云舒的害怕更像是一种本能反应。

她越来越怀疑自己真的是左云栀了。

诚然这不是一件好的事情。

“凤兄、左护法、茯苓姑娘……”左云舒走过来，一一问候。

凤林染冲他点点头，左护法对他抱拳，唐小左下意识地抓住凤林染的衣袖，勉强对他笑了笑。

凤林染并不排斥她的小动作，脸上笑容更甚，与左云舒寒暄起来：“真巧，左兄也在这里。”

“是很巧，你我二人几日不见了，不若今晚左某请客，咱们一起喝一杯。”左云舒看了左护法和唐小左一眼，清清淡淡笑道，“左护法和茯苓姑娘也一起吧。”

他好意邀请，自然不能推托。

此番在酒桌上，他很少提及她，唐小左便知，他约莫也将她这个“假茯苓”调查了一番，确定“茯苓”不是他的妹妹左云栀。

倒是可笑。

酒过半巡，左护法起身致歉告辞，顺带看了唐小左一眼，示意她出来一下。

唐小左乐意至极，她本就不愿意在这里坐着，当即搁下筷子，跟了出去。

不过左护法找她也没什么大事，不过是向她讨要昨晚喝的那种酒：“那酒我以前不曾喝过，比寻常的酒多了几分苦涩，倒也不难喝，你可知穆烈是从哪里弄来的？”

那本就是普通得不能再普通的酒水，不过是掺了些安神助眠的药，当然苦涩几分。不过唐小左并不打算把这件事告诉他，毕竟对于他的过往，她还是装作不知道的好。

“那种酒我也知道，这里应该也有卖的，你等着，我给你买去！”说罢，她便风风火火地跑了出去。

不远处就有酒铺，她随手挑了一坛付钱，然后找一个无人处，将安神药倒了进去，再送去左护法的房间。

左护法已备好两只青瓷小杯，待她放下酒，便将其中一只推到她面前：“茯苓，可否陪我喝一杯？”

这酒她可不敢喝！

“左护法，我酒量不好，恐怕不能陪你喝。”唐小左为难道。

“罢了。”左护法也不强求，兀自倒了一杯喝下，落寞的神色叫人看了不忍。

唐小左一横心，坐了下来，给自己倒了一杯。

“这样吧，你喝一杯，我喝一口，也算是陪你了。”

安神药又不是毒药，少喝一点，也当给自己促进睡眠好了。

“多谢！”左护法仰头饮下一杯，唐小左哧溜抿了一小口。

纵然左护法平时海量，可这坛子里的酒喝去一半的时候，左护法便有些抵不住了。他开始频繁地揉额头、掐眉心，最后无奈地对她说：“好似是醉了，困得紧。”

“那我扶你休息吧。”唐小左将他扶到床边，一松手，他便滑到床上去，倒是省了她的工夫。扯过枕头塞到他的脑袋下，拉过被子帮他盖好。他还未睡过去，半睁着眼睛看她，嘴中咕哝念着一个人的名字：“蓁蓁……”

“蓁你个头哦蓁，那种女人有什么好挂念的！”唐小左替他抱不平，正想骂两句，忽然脑后传来一阵钝痛，她身子一震，倒了下去。

哪个浑蛋给了她一闷棍？

她恰好倒在床边，伏在床沿上，尚还有一丝意识。模糊中看见一个黑色的人影，倾下身子，唤左护法的名字：“南星，南星……”

是个女人的声音。

唐小左虽然很努力地想看看这个人是谁，但终究抵不住眩晕，闭眼昏了过去。

3.

“茯苓，茯苓……”有人唤她。

唐小左迷迷瞪瞪地睁开眼睛，她这一醒，后脑的痛感顿时传来，忍不住吸了一口凉气。

左护法揉着额头，显然这会儿也是醉得头疼，他疑惑地问：“怎么睡在地上？”

还好意思问？

“不是睡在地上，是被人打昏了。”唐小左捂着后脑勺，吃力地站起来。尚还有几分眩晕，叫她站立不稳。

“谁打的你？”左护法扶住她，眸光骤厉。

唐小左抓着他的手臂，缓了好一会儿，才说：“是个女人，我晕前还瞧着她深情地唤你的名字，你没有印象了吗？”那时他应该还没有完全睡着吧。

左护法脸色忽然变得很白。

“我觉得你应该知道那个女人是谁。”唐小左观察着他的神色，心中约莫也猜到了几分。

算算时间和地点，怕来者就是那个叫林蓁蓁的女人吧。若真是林蓁蓁的话，这个林蓁蓁和左护法之间的事情，应该不止那天右护法说的那样简单。

唐小左并不说破这件事，待她觉得好一点了，便踉跄着往外走。

左护法仍旧站在原地，表情晦暗。

外面传来凤林染慵懒的声音：“南星，你见茯苓那丫头了没，她不在房间里……”

唐小左打开房门，抱着门框，有气无力地叫了声：“门主，我在这里。”

“你……怎么会在这里？”凤林染走过来，扶住她，眼神凌厉地看向左护法，“南星，你对她做了什么？”

现在这情形，是蛮让人误会的。

唐小左一头拱进凤林染的怀里：“门主，一言难尽，你先看看我后脑勺，是不是流血了，怎么那么疼呢？”

凤林染一手拢住她的身子，一手在她的头发上拨弄几番：“鼓了个大包，还有些破皮，南星打的？”

“不是，他打我干吗呀。”唐小左抓着他的衣襟，口齿不清地解释，“昨天有人闯进来了，是那个人把我打晕的，可是我没有看清楚是谁。”

“那你为何在南星的房中。”

“我、我昨晚跟左护法喝酒来着。”

凤林染瞥见桌上的酒坛和杯子，眼中几分明了，拢在她腰上的手一用力，托住她的身子让她看着他：“以后离这个怪叔叔远一点，知道吗？”

谁是怪叔叔？左护法吗？

可惜怪叔叔这会儿正陷在回忆里拔不出来，根本没听见他的话。不过唐小左还是懵懂地点了点头，凤林染这才抱着她找大夫去了。

下楼的时候遇到左云舒，他见状，也问了句表示关切：“茯苓姑娘怎么了？”

“磕破脑袋了。”凤林染替她回答。

唐小左抱着自个儿的脑袋缩在他怀中不说话。

“严重吗？”

“凤某正要带她去看大夫。”

“左某的马车就在外面，凤兄需要的话……”

“那就多谢！”不等他说完，凤林染便道谢一声，抱她出去，上了马车。左云舒给那车夫交代一声，车夫便带着他们去找医馆。

医馆内，大夫查看了一下唐小左的伤势，倒并不是十分严重，有点眩晕感也实属正常，晕几天就好了。破皮流血的地方经过一夜，已经结痂，伤口也小，简单上些药便好，只是这几日先不要碰水。

可是凤林染却偏偏小题大做，坚决要求大夫在她脑袋上缠七七四十九圈纱布以保安全。

大夫辩不过他，照做了。

唐小左蒙了：方才脑袋疼，这会儿脑袋沉。

包扎后，唐小左正欲拢好头发，凤林染却指着她后颈对大夫说：“这里也流血了，你也给包扎一下。”

大夫凑近一看，笑道：“那是块红色的胎记，不是伤口。”

凤林染低头确认一遍，这才放下心来。

唐小左下意识地摸摸自己的脖子，她后面有块胎记吗？她怎么一直不知道呢？

唐小左扶着脑袋回到客栈，脑袋上那抹耀眼的白色频频惹人注目。凤林染要她回房休息，今天的英雄大会不参加了。

唐小左急了："那不行，跑了那么远的路赶来这里，怎么能说不参加就不参加了呢？"

她不参加怎么见到师父和大师兄他们？她不参加怎么见到昨天敲她闷棍的林蓁蓁？再说这么热闹的事情，不参加太亏了。

"门主，我挺得住！"她拉着他的袖子使劲晃，"带我去嘛带我去嘛……"

"打住！"凤林染按住她的手，冷喝一声，"大庭广众的撒什么娇！"

唐小左瘪嘴，哭兮兮地看着他。

凤林染扶额，拿她无可奈何："回去换身衣服，一会儿出发！"

"谢谢门主！"要不是脑袋疼，她肯定要蹦起来表达她发自肺腑的喜悦心情。

这英雄大会原本并没有为天戮门留位置，可是凤林染人都来了，纵然他是武林公敌，但他今天敢出现，就料定这些人不敢对他怎么样。毕竟没有打探出虚实之前，谁都不敢轻举妄动。加之左云舒也同他站在一处，武林盟主林云龙也便留了几分薄面，临时给天戮门加了两把座椅。

这两把座椅，按理说应该是由凤林染和左护法来坐，但凤林染落座后，左护法却将唐小左按在椅子上。

"原来受个伤就有这么好的待遇……"唐小左乐呵呵。

凤林染瞥了她一眼，懒得说她。

唐小左坐在这里什么都好，还能看见师父他们，唯一不好的是，左云舒与他们挨得很近，和她的距离只隔了一个凤林染。

唐小左每次看见他都会觉得浑身不舒服，如今也是一样，总有种不好的预感。

心中萦绕着这种感觉，眼睛又时不时往唐门那边看去，这个英雄大会在她眼中倒显得有些索然无味了。

且不说在座的人是否全是英雄，本来他们也是醉翁之意不在酒。今天林云龙为自己的女儿择婿，才是他们来的目的吧。

说起来这个林蓁蓁，据说她是江湖中难得一见的美人，而且她爹还是武林盟主，人美家世好，追求者简直趋之若鹜。

也正是因为她太优秀了，挑来拣去，如今已过双十年华，仍花落无家。三年前采花贼一事虽没有坏了她的名声，但显然已经过滤掉了一大批优秀的青年才俊。

到底是被采花贼碰过的姑娘，某些人恐怕心里还是有些顾虑吧。

唐小左将所有人扫了一遍，啧啧，长得好看的人确实不多。

英雄大会接近尾声时，林蓁蓁方姗姗来迟。她眉心一点朱砂，半透明的纱巾也掩不住她清丽出尘的容颜。

唐小左小心翼翼地去看左护法，发现他竟微微垂着眼帘，神态安和，并不看那林蓁蓁。

可那只垂在身侧的手，明明在颤抖。

想娶林蓁蓁的仍旧大有人在，但是总要有个甄选条件。年龄、样貌、品行、家世，这些能配上林蓁蓁的，也只有寥寥几人了。

唐小左看见大师兄唐延、三师兄唐遇居然也在这几个候选人之中。这两个人是她在唐门中关系最好的师兄，往日里对她照顾有加，一想到他们也想娶林蓁蓁，唐小左便觉得一身恶寒。

爱美之心，人皆有之，但这林蓁蓁，唐小左对她的印象实在不怎么好。

正想着，忽然三师兄唐遇往前走了一步，对林云龙抱拳：“盟主，实在抱歉，在下心中已经有了喜欢的姑娘，没有资格站在这里，还请盟主见谅。”

有喜欢的人你还上来亮相？嘚瑟啥呢？

唐小左撇撇嘴：她离开唐门才多久，三师兄居然恋爱了，也太快了吧。

林云龙并不生气，笑呵呵道：“年少儿郎，有个意中人实属正常，你肯坦言，也是对我女儿的尊重。”

唐遇感激一笑，退了下去。

唐小左一直盯着他看，直到他回到师父身边，与同门弟子站在一起，然后拉了一个姑娘的手，对她温柔宠溺地笑着。

那个姑娘羞涩地抬起头来，红着脸对他说了一句什么。

唐小左脑中轰地炸开。

那个姑娘长着一张同她一模一样的脸。

那是……茯苓，顶替着唐小左身份的茯苓，与她身份对调的茯苓。

唐小左简直不敢相信自己的眼睛，她僵僵地转过头去看凤林染，却见他亦是一副惊讶万分的样子。

“茯苓，是本座眼花了吗？怎么那里也有一个茯苓？”

唐小左没有回答他的问题，因为在他身后，有一个人瞳孔皱缩，正死死盯着那个茯苓。

那是，左云舒。

第七章
两个茯苓

WOYOU
TEBIE DE
WODI JIQIAO

1.

英雄大会共三天，今日过后，还有两天的时间，明天会有几场对决，那些想娶林蓁蓁的人要经过相互决斗，从中选出武功最好的，林云龙将女儿嫁给他。后日摆宴席，庆祝喜事。

今日的大会结束后，左云舒竟没冲到那个真正的茯苓身边，而是带着自己的人匆匆走了。

约莫是要安排人调查那个茯苓了。

可那个茯苓，她现在叫“唐小左”。

不晓得命运是眷顾她还是开她玩笑，唐小左觉得庆幸，又觉得有些荒谬。

凤林染也让左护法去打探那个“茯苓”的消息，诚然这是一件很简单的事情，唐门的人谁不知，唐小左是五年前被师父捡回来的，刮花了脸，像只奄奄一息的小猫。

一个“五年前”，能证明太多的事情。

果然，晚上的时候，凤林染一脸轻松地将唐小左叫过去，告诉她：“白日里那个与你长得一模一样的丫头，叫唐小左，五年前入的唐门。听说是被唐门门主捡回去的，受了重伤，好不容易医治过来。前些日子好像从崖上摔了下来，磕到了脑袋，什么事情也想不起来了，懵懵懂懂的，唐门上下都很爱护她。”

“所以呢？”唐小左努力地压住心头的恐惧，她害怕接下来的答案。

凤林染没能发现她的异样，扬唇笑道：“所以，她才是左云栀，你不是。”

唐小左止不住地开始战栗，她的声音已经有些走样：“单凭这些就确定她是左云栀，会不会太武断了些？”

“是不是武断，我们可以等左云舒那边的消息。如果他也确定了，那便真的是八九不离十了。”凤林染伸臂将她扯进怀中，“她是不是左云栀不重要，重要的是，本座已经确定你不是左云栀了……嗯，你在发抖？”他脸色稍变，“是不是又冷了？南星，去准备火盆和热水！”

唐小左想叫住左护法，她并非是因为冷，而是因为她就要确定自己真的是左云栀这个可怕的事实了。

可是倘若她说不冷，又要编造什么谎言来瞒过凤林染。

如此，只能将错就错，辛苦左护法了。

凤林染敞开外衣将她裹在怀中，搓搓她的手臂：“是不是冷得厉害？这样有没有好一点？”

唐小左眼眶一热，抱住他，呜咽着哭了起来。

“门主，我害怕……”

她害怕她真的是左云栀。

“不怕，你得的又不是绝症，有本座呢。”凤林染以为她在担心这莫名其妙的病，拍着她的肩膀安慰。

唉，这乱七八糟的安慰，倒叫她破涕为笑，哭不下去了。

左护法带人抬来一个浴桶，倒进几桶热水，凤林染便将唐小左小心翼翼放了进去。

可她害冷这事本就是装出来的，刚一进去，便被烫得想跳出来。可是自己撒的谎，哭着也要演完，她只能含泪在里面蹲着。

凤林染还奇怪：“方才不是不哭了吗，这会儿怎么又要哭了？”

废话，都快烫熟了能不哭吗？唐小左咬牙硬撑着：“门主，我不是哭，是感动！”

“感动就多泡一会儿……”

于是这一泡就泡了半个时辰，期间左护法还往里面加了一次热水，烫得唐小左想上天。

第二日再次见到左云舒时，他脸上的表情有些微妙。凤林染上前与他说起那个“唐小左”的事情来。

“左兄，凤某昨晚打探到那个姑娘的一些事情，不晓得对你是不是有帮助？不过，你打探到的，应该也不比凤某少吧。”

左云舒笑了笑：“叫凤兄挂心了，左某的确也打探了一番，今日正想去找那唐姑娘谈一谈，若她真是我的妹妹，倒真是皆大欢喜。”

唐小左冷冷地看着左云舒，觉得这个人真不是一般的可怕，只愿那个茯苓姑娘，不要落入他的魔爪。

今日的英雄大会，因为有了决斗场面，所以比昨天要有趣很多。但有几个人的心思却并不在这上面，比如唐小左，比如左云舒，比如……左护法。

今天就会决定到底是谁能娶走林蓁蓁，唐小左很好奇，接下来凤林染或者左护法会做出什么事情来？

经过几场对决，终于只剩下两人，一个是五官硬朗的壮汉，一个是清秀俊雅的年轻人，一黑一白，倒是十分醒目。大师兄唐延在倒数第二轮被刷了下去，满是不甘又无可奈何，站在师父旁边生闷气。三师兄安慰了他几句，扭头继续和“唐小左”说笑。

唐小左盯着三师兄和茯苓，怎么看怎么觉得别扭：三师兄一定是喜欢茯苓的内心，才不是喜欢茯苓的脸，不然，自己和三师兄待在一起这么长时间，怎么没见他跟自己表白呢。

想来又莫名有些心酸，不知道为什么，总有种被抛弃的感觉。

她这厢惆怅几番，台上那两人已经交手，正打得酣畅。台子那边，林蓁蓁端端坐着，面上并无多少表情。

最后竟是那个清秀的看起来稍有孱弱的年轻人获胜，他向林云龙抱拳作揖：“盟主，晚辈这厢有理了。”

“好好好！”林云龙一连说了三个好字，爽朗笑道，“以后就是一家人了，不必这么客气。”

林蓁蓁脸色骤白，看向左护法这边。

唐小左好奇左护法怎么一点反应都没有，她甚至提醒他：“她在看你哎……”

左护法却像根木头桩子，而且是那种泼了水结了冰的木头桩子。

说好的来秋后算账的呢，为什么一点表示都没有？

今日过后，明日林蓁蓁便会和那个年轻人成亲，难不成要等到明日喝喜酒的时候再动手？

若真是这样，难不成要抢亲？

一想到这里，心情还有点小激动是怎么回事？

会后众人纷纷离开，唐小左看见左云舒往唐门那边走去。她远远听了几句，好像是左云舒在邀请师父他们晚上一起吃个饭。

晚饭的地点定在唐小左住的那家客栈，设在二楼的一个包间内。

唐小左早早地蹲在旁边守着，凤林染问她干吗呢，她说：“嘘，我在听墙脚。”

“瞧你这点出息。”凤林染扇子一摇，冲她眨眼一笑，“走，本座带你进去光明正大地听。”

“我不去！”唐小左抱着柱子，不愿跟着，“我在这儿听就很好。”

“你这是什么毛病？”凤林染用扇子挑起她脸上的纱，“你就这么不能见人吗？”

唐小左放开柱子，一把抱住他的腿：“门主你也别去好不好，我不喜欢左云舒，我不想看见他！”

凤林染抽了抽自己的腿，见抽不出，便拿扇子敲了她脑袋几下：“抱上瘾了是吧？撒手！”

“那你还去不去？”唐小仰头看着他，一脸祈求。

“本座回去睡觉！”

唐小左这才嘿嘿放开了手，凤林染走时还不忘恐吓她一声：“一会儿被逮住了别来找本座！”

“门主慢走……”唐小左挥手送他走。

凤林染一脸鄙夷地离开了。

唐小左继续蹲着，矮着身子往前又蹭了些距离。听里面的动静，师父他们已经入座，酒菜已上，正要开吃。

左云舒做东，自然少不了一番客套。

饭过半晌，左云舒便说出自己真正的目的来。

他的目的，就是“唐小左”。

他说的话，唐小左之前听过，便是那时他在明月山庄对她说过的话。

他说“唐小左”像他的妹妹，他说父亲生病了，很是想念自己的女儿，他说他笃定，“唐小左”就是左云栀。

一时静默。

唐小左伸长了耳朵听，听见一个带有丝丝欣喜与雀跃的女孩的声音：“左少庄主的意思是说，我是你的妹妹吗？”

“左某肯定你是！”

“太意外了，我竟有个哥哥！”女孩的声音更加兴奋起来，“师父、大师兄、三师兄，我竟然有个哥哥……”

哥哥你个头！这个哥哥不能认！

2.

唐小左在天戮门中做卧底的事情，只有师父和大师兄知道，所以当左云舒一口认定“唐小左”就是他的妹妹时而且要带她回明月山庄时，只有他们两人不同意。

“左少庄主不若再等一等，待事情进一步明确，再带小左回去也不迟。”师父说。

左云舒却是笃定道：“无需再等，左某不会弄错的，唐门主还请放心将云栀交给我。”

“毕竟是老夫带了五年的徒儿，若是就这样被你带走了，老夫也会担心。”听得出来，师父十分为难，“还请左少庄主体谅！”

“既然我们这样争执无果，不若我听一听云栀的想法。若是云栀愿意同左某回去，还请唐门主念在我们兄妹二人好不容易相认的份上，将云栀还给左某。”左云舒轻飘飘地将问题抛给了“唐小左”，十分有信心的语气，“云栀，你愿不愿意同大哥回去？”

外面的唐小左急得想捶墙：不能答应，绝对不能答应！

可里面的“唐小左”却是羞涩而为难的语气：“左少庄主，倘若你真的是我的大哥，小左自是十分愿意回去。但是师父他老人家对我有恩，小左不能不听师父的话……”

这样听来，她竟是想跟左云舒回去的。

唐小左头好疼。

晚上，唐小左越想越睡不着觉，她换了身利落的衣服，拆了头上的纱布，找块帕子掩住半张脸，揣了满怀的药粉，趁着夜色过半，悄悄溜了出去。

她小心翼翼摸到那个假“唐小左”的房间，侧耳听了听，里面还有些许动静，想来里面的人还没有睡着。唐小左往里面吹了些迷烟，等了有一会儿，才用匕首拨开里面的门闩，潜了进去。

唐小左蹑手蹑脚地走到假的“唐小左”也就是茯苓身边，趁她吸入的迷烟不多正迷糊要睡去之际，赶紧给她嗅了嗅醒神的药，然后用自己方才拆下来的纱布，将她双手绑了起来。

茯苓渐渐地苏醒，身子也恢复力气，见有人闯进来，第一反应便是尖叫。

唐小左早有预料，捂住她的嘴巴，压低声音道：“别叫，我不会伤害你，我是来帮你的！”

茯苓一脸恐惧，一边摇头一边仍是要喊人。唐小左只好用匕首抵住她的脖子恐吓她：“敢叫的话我就割破你的喉咙！”

茯苓这才老实了。

唐小左不敢松懈，一边留神周围的情况，一边对她说：“我现在跟你说的话，你要一字一句听清楚记明白了，知道吗？”

茯苓惊恐地点头。

唐小左深呼一口气，严肃地说：“你不是左云栀，不要相信左云舒的话，即使你跟他回明月山庄，他也不会对你好，他只是想利用你！”唐小左不能告诉她，她们身份对换的事情，只能强迫她听自己的话，“听见没有？不要相信左云舒！”

茯苓吓得全身发抖，只能不住地点头。

唐小左不放心，又威胁她一句：“如果你跟左云舒回明月山庄，我就杀了你，我不是开玩笑的！”诚然这不是玩笑，这充其量只是无可奈何地吓唬她罢了。

唐小左不知道她会不会真的听自己的话，但现下她实在没有别的办法。说完这些，她慢慢收回匕首，准备撤身回去。

正在这时，房外忽然有轻微的脚步声，似乎有人往这边走来。茯苓大叫一声：“救命啊……”

唐小左心中咒骂一声，便见房门被踹开，竟是左云舒闯了进来。

他看了一眼唐小左和床上被绑着的茯苓，当即拾招攻向唐小左：“哪里来的贼人，居然敢碰我的妹妹？”

碰你妹？你妹的！

唐小左执匕首反抗，但她哪里是左云舒的对手。好在她反应够快，也早早地做好准备，与他勉强过几招后，便掏出怀中的迷粉撒了出去。

她并未直接撒向左云舒，而是朝床上的茯苓撒了去。左云舒自然是上前护着茯苓，如此她便有机会冲向房门逃走。

只是万万没想到，茯苓的尖叫不止引来了左云舒一个。唐小左刚一踏出房门，迎面撞上一人。那人毫不客气地一掌打来，唐小左不妨，生生挨了这一记。她退了几步才堪堪站稳身子，胸内气血翻滚，口中溢出一口血来。

“大胆小贼，看招！”唐遇大喝一声，再一次向她袭来。

唐小左心里骂死他的心情都有了！

可是这种时候绝对不能被他们捉住，不然，她就算有十张嘴也说不清。

身后的左云舒暂时放下茯苓，也步步向她逼来。

唐小左没有别的办法，忽然转身对左云舒叫道：“少庄主，不是你叫我来劫持这位姑娘的吗，还不快来帮我？”

对面的唐遇愣住了：“你们是一伙的？”

左云舒也有一瞬的怔忪。

唐小左便是趁这一瞬间，擦过唐遇身边，飞奔出去。

后面的唐遇和左云舒立即反应过来。

“站住，别跑！”

傻瓜才不跑！

好在客栈够大，唐小左拼尽全力，在客栈中前前后后穿梭了几个来回，终于将身后的两人甩得远了些。但她自知迟早会被追上，如今也没有别的办法，前面是凤林染的房间，她一咬牙，闯了进去。

房内的凤林染想必早就听到了方才的动静，她刚一进门，便被他一手锁住了喉咙。

“门主，我，是我……”

凤林染眸子一沉：“茯苓？”

“门主救我！”她来不及跟他解释，只愿他此时能不要多问。

凤林染一瞥门外，当即了然。他挥袖将房门关上，又用内力隔空将窗户推开，在唐小左不明所以的时候，拽下她脸上的帕子，剥了她的外衣扔到床下，拥她翻身躺在床上，末了还不忘拆开她的发带，揉乱她的青丝。

“门主……”她咳了一声，抬手去擦嘴角的血迹。

门外左云舒和唐遇已至，敲门声响起，凤林染却忽然俯身，在她唇上咬了一口。

唐小左一痛，唇上竟被他咬破了皮。

“躺着别动！”

凤林染嘱咐她一声，而后下床，打开房门。

左云舒和唐遇冲进来。

唐遇急切道：“你有没有看到一个小贼进来？”

凤林染指了指敞开的窗户：“喏，翻窗跑了。”

“跑了？”唐遇跑到窗户边，向外张望，“你居然让她跑了？”

左云舒上前一步，直直逼视凤林染，笑意冷然：“有贼人闯进来，凤兄竟然捉不住，反而让她跑了？”

“这不是起身晚了吗？”凤林染意有所指地瞥了一眼床上鼓起的被子，“谁叫本座有软香在怀呢。”

唐小左整个人藏在被子下面，掀开被子一角，怯怯地观察形势。

亏得唐遇没在这里逗留，跳窗出去继续找小贼了，房中便只剩下左云舒这个不好糊弄的。

“不晓得床上藏了哪个美人，能叫凤兄宁愿放过贼人也不愿起身？”

凤林染呵呵笑道：“哪里是个美人，不过是个小丫头片子罢了。”他偏过头来，对唐小左说，“茯苓，莫藏了，不然左兄该怀疑那个小贼是你了。”

唐小左这才从被子下面钻出脑袋来，嗔了凤林染一眼。她因着奔跑了许久，脸颊上染上红晕，又故意做出一副羞涩的表情：“若不是门主你咬坏了我的嘴唇，我也不用这么躲着人……”

凤林染哈哈大笑：“是是是，本座错了……”

左云舒面上染上一分怀疑两分尴尬，如今这情形逼得他不能继续站在这里，他只得告辞：“左某打扰了。”

凤林染“大方”地笑笑，目送他出去，关上房门，拢好窗户，然后转身，就这么看着唐小左，看得唐小左心里发虚，

“说吧，闯什么祸了？”

唐小左从被子里爬了出来，想下床和他解释，却是胸口骤痛，直痛得她眼前一黑，一头栽了下去……

3.

唐小左摸着额头上新鼓起来的包，一脸郁闷：“门主，我栽下去的时候，你就不能扶一扶我吗？”

“扶了，没扶住。”凤林染抿了口茶，慢悠悠地说。

“……”唐小左默默地翻了个白眼。

昨晚唐遇打她的那一掌可不轻。唐小左揉揉胸口，嗯？怎么不疼了？她下意识地去看凤林染……

“不是什么严重的内伤，本座随手就给治愈了。”凤林染不等她问便回答了。此时他搁下茶杯，正襟危坐，神色变得严肃，目光直直注视她，“你给本座说，昨晚出去做什么幺蛾子了？”

“我没……”唐小左这话说得底气不足，嘟囔着替自己辩解了好一会儿。凤林染除了鄙夷她多管闲事，也没再继续追究下去。

今天是武林盟主嫁女儿的日子，他们都被邀请去鸣鹤山庄吃喜宴。从凤林染猎猎的目光中，唐小左便猜到今天肯定有好戏看。

因为唐小左的昏睡耽搁了些时候，他们赶到鸣鹤山庄的时候，林蓁蓁和那个年轻人刚拜完堂，这会儿林蓁蓁正由媒婆牵着，往洞房中走去，那个年轻人则被拉去喝酒了。

左云舒提前帮凤林染留了座位，才叫他们不至于站着看热闹。只是左云舒的心思明显已经不在这里，因为他的旁边，坐的竟然是茯苓，他要认的妹妹。

昨晚到底是白忙活了，这个茯苓竟然还是选择了与左云舒相认，气死宝宝了。

今天唐小左没戴帽子，但是用白色面巾蒙住了半张脸。这样做的好处是别人看不到她的真面目，尤其是那个茯苓和唐门的人，但有一个不好的地方是，她嘴巴也被遮着，没办法吃饭。

看桌上其他人觥筹交错你夹菜来我喝汤，唐小左馋得直流口水。

凤林染夹了只鸡腿放在她碗中，她忍痛推开："谢谢，我不吃。"话刚说完，口水就流出来了，还吧嗒掉在桌上了……

众人定住，各自诧异！

唐小左想死的心都有了。

片刻之后，大家继续吃饭，装作什么都没有发生过的样子，可是明明一个个憋笑憋得脸都红了。

凤林染将鸡腿重新推到她面前："你还是吃了吧。"

都怪你！

唐小左哀怨地看了他一眼，抓起鸡腿，撩起面巾，往嘴里塞去，嘴里嚼着心里骂着。

这顿饭吃得唐小左消化不良，众人倒是吃吃笑笑，一直持续到晚上。新郎喝了不少，走路都不稳当了。众人拱着他要去闹洞房，新郎官捂着肚子说："各位，容在下去解决一下私人问题，私人问题……"

众人哄笑一片，暂且放他走了。

然而一刻钟过去，新郎没有回来，两刻钟过去，新郎还是没有回来，半个时辰过去，新郎仍不见踪影……

武林盟主林云龙开始慌了，立即派人去找，然而找遍整个山庄，只找到一身新郎的衣服，新郎本人却消失不见了。

林云龙大怒："难不成还有人在我眼皮底下将人掳走不成？找，继续找！"他将众人扫视一边，目光落在凤林染身上。

凤林染并不在乎他怀疑与愤怒的目光，笑呵呵道："盟主，大家可都看见了，本座一直在这里喝酒，可没有机会去掳走您的宝贝女婿。"

林云龙没有证据，气得甩袖走人，也亲自去找了。

发生这样的事情，是所有人都预料不及的。大家面面相觑，方才还热闹的气氛，顿时冷得如同数九寒天。

大婚之夜新郎官消失，且不说林蓁蓁这亲白成了，就连林云龙也丢尽了颜面。毕竟这个女婿是他千挑万选选出来的，如今玩弄了他们一家，关键时刻闹消失，自然引来众人看笑话。

千挑万选，就选出这么个玩意儿？

唐小左心中腹诽：难不成这件事和凤林染有关？这就是凤林染和左护法对林云龙和林蓁蓁的报复？

可是那个新郎和凤林染或者左护法是什么关系呢？

想不通。

大家帮着找新郎，一直找到下半夜也没有任何发现，然后林蓁蓁出现了。

她身上还穿着嫁衣，头上的凤冠已经摘掉，三千发丝垂在腰际，晚风拂过玲珑面，青丝微漾，美得让人屏住呼吸。

她微微笑道：“万般皆是命，各位英雄就此散了吧，小女子谢过各位。”

她声音温柔好听，唐小左眉头一皱：那晚来看左护法的人，果然是她！

凤林染扬唇一笑：这个林蓁蓁，倒是不简单。

的确不简单，纵然她再不待见自己的夫君，如今洞房中被抛弃的可是她，她现在还能做出一副云淡风轻的模样，其内心城府之强大，实在不容小觑。

唐小左正感叹着，身侧的凤林染忽然一动，穿过众人，走到林云龙和林蓁蓁面前，笑道：“今日这新郎逃跑，莫不是因为他知道了三年前的事情，看清楚了林盟主的为人狡诈，方落荒而逃的？”

林云龙脸色一沉：“凤门主，你这是何意？”

“你知晓本座身边的两大护法，是本座的左膀右臂。三年前，你让自己的女儿勾引本座的左护法，而后给我这左护法安了个采花贼的帽子。”凤林染笑容渐渐冷却，眸中射出噬人心骨的寒意来，“你差点折了本座的手臂，盟主觉得，这笔账要怎么算？”

林云龙气结，正要反驳，凤林染根本不给他说话的机会。

“你派人背地里散播谣言，败坏天戮门的名声，造谣闾丘客在天戮门中，怂恿众人去天戮门闹事，这笔账要怎么算？你从岭南请来高手，在天戮门山下偷袭本座门中人，这笔账要怎么算？”

凤林染冷哼一声：“道貌岸然、人面兽心，两个词你占一双，叫你一声武林盟主，你倒是真有脸应着。”

“休得胡说八道！”林云龙怫然大怒，但好歹没有气急败坏到指着凤林染的鼻子骂，“老夫上对得起天，下对得起地，岂容你在这里信口雌黄？”

“本座并非信口雌黄。”凤林染冷冷地瞧着他，倏忽绽出一抹嘲讽的笑来，“本座只不过是落井下石，纯粹找你不痛快罢了。”

“你……”

“本座就喜欢看盟主你被本座气得要死，却又不敢动手的样子……”

4.

林云龙不敢动手的原因是，凤林染早一步钳住了林蓁蓁的脖子，只稍他手腕一动，林蓁蓁就会嘎嘣归西。

诚然不负唐小左所望，凤林染终于闹事了。

只不过他怎么会有胆子在众人面前给林云龙难堪呢？毕竟在场的所有人，除了左云舒，其他人都站在武林盟主这一边。

唐小左着实为凤林染捏了一把汗。

果然，武林盟主虽然不能动手，但其他人早已看不下去，纷纷活络筋骨，准备上前圈踢凤林染。

敌众我寡，情况实在堪忧。

这时已经有两人往凤林染身后袭去，只不过，那两人稍一提力，忽然怪叫一声，而后吐了口血，跪在地上，再也不敢乱动了。

众人惊愕、不解，凤林染啧啧道："十香软骨散，果然名不虚传。"

"什么？"所有人都一脸不敢相信的样子，就连左云舒，也露出微微诧异的神情。

他们中了十香软骨散？什么时候？

唐小左心中也纳闷，她暗暗提气，发现自己身体并没有什么异样。反观众人，有人不信，便提气试一试，却是差点捂胸倒地。

太奇怪了，凤林染是怎么在众人不知不觉中，把十香软骨散喂给他们的？

那林云龙也没能幸免，凤林染只稍试了他一掌，他正欲提拳反抗，不妨一口气没上来，差点给跪了。

形势扭转得太快，以至于众人有些蒙圈。

凤林染将林蓁蓁扔给左护法，不屑地扫视众人，随手掠过一把长剑，虚晃一下，划出一抹剑影："如果凤某愿意，今日这鸣鹤山庄就能变成人间炼狱。但是今天本座不会这样做，因为今天本座不是冲各位来的。再者，天戮门以前是做过一些恶事，但试问哪个门派里没一点脏事？不要妄想把所有的脏水都往天戮门上泼，否则哪一天凤某若是不高兴了，可就不会像今天这样手软了。"

他这一番话说完，又有好几人被他气吐血了，却又不能对他怎么样，当真憋屈得可以。

不过此时在唐小左的心中，凤林染的形象嗖地就上天了。

凤林染回到唐小左这边，看着左护法和刚刚被他扔过来的林蓁蓁，问左护法："南星，这个女人，要么带回去，要么在这儿杀了，你来做决定。"

林蓁蓁也看着左护法，眸中流露出一种复杂的感情来。

唐小左看着美若仙子的她，想起那晚左护法喊她名字时的痴念，想起右护法说过的她曾经对左护法做过的残忍事情，左护法会如何抉择呢？

蓦地，眼前寒光一闪，唐小左吓得一个机灵。

她定睛望去，竟是左护法反手执匕首，走向林蓁蓁。

左护法威武啊，人家都是快刀斩青丝，他这是快刀斩草不留根啊。唐小左一把捂住眼睛，不忍心看美人血染长空的惨象。可是一阵尖叫声过后，她忽然听到林蓁蓁如泣如诉的声音："南星……"

听这语气这腔调，人好像没事呢。

她张开手指，透过指缝看去：林蓁蓁的脖子上有伤，但只是皮肉伤，渗出些血丝，无关紧要，只几缕青丝落地。

左护法果然是不忍心的。

不过青丝如情丝，头发亦是女人的尊严，左护法这是彻底与林蓁蓁断绝所有情义了。

而后他推开她，再没看她一眼。

倘若林蓁蓁不喜欢左护法，今日左护法这番行为便不会对她有什么实质性的影响。可偏偏，在左护法放开她的那一瞬，唐小左分明看到，林蓁蓁的眼中，竟闪过巨大的失望。

她果然还是喜欢左护法的？

可若是喜欢他，三年前又怎么能忍心自己的父亲那样伤害他？

凤林染拍拍左护法的肩膀，似乎有些失望，并不太满意他的表现，但也不好说什么。

临走时，凤林染扔给左云舒一瓶解药，因为左云舒也中了十香软骨散。唐小左瞅了一眼师父他们，倒是不担心，解十香软骨散这种毒，对于唐门来说，简直是小菜一碟。

可是唐小左还是好奇，众人到底是怎么中的这毒？

路上，唐小左忍不住提出了这个疑问。

凤林染刚刚戏弄了林云龙和其他人，这会儿心情正好，便笑眯眯地说给她听："你想想，白日里这宴席上，有什么东西除了我们，其他人都碰过了的？”

除了他们三个，其他人都碰过的东西？

唐小左回想起整个宴席，半晌忽然叫道：“酒，是酒！”

凤林染摸摸她的脑袋：“答对了。”

白日里吃喜宴的时候，新郎挨个桌子敬酒，所有人都喝了这酒。新郎走到他们这一桌时，倒酒的酒童给他们一桌的人都满上了酒，唯独剩下他们三个的酒杯是空的。当时酒童说是没酒了，让他们三个以茶代酒。当时唐小左还不高兴了，这不是明显故意轻视他们吗？

诚然其他人也是这么想的，毕竟天戮门的人来这里，没被赶走就算是好的了，怎么可能会以礼相待。

所以这么明显的事情，却根本就没有人怀疑。自然也更没有人去怀疑，新郎给所有人敬的酒，都是掺了十香软骨散的。只要不运功不提力，这软骨散就不会发作，所以大家没能在第一时间察觉到。

由此可见，那新郎果然是凤林染的人。

而且，唐小左也很快见到了那个新郎，也终于明白，为什么林云龙把山庄翻了个底朝天，也没能把这个新郎翻出来。

他永远也不会找到这个新郎了，而且新郎就算站在他面前，他也认不出来。

因为，这个新郎，是个女人。

“蓝羽见过门主、左护法！”她单膝跪地，抱拳道。

凤林染扶起她，冲她笑得十里春风：“辛苦你了。”

她站起来，露出整张脸来，螓首蛾眉，容貌秀丽，和男装扮相时判若两人。

她也是天戮门的人。

今晚蓝羽会连夜返回天戮门，为了不引人怀疑，凤林染他们明天早上再回去。

唐小左望着窗户外面消失在夜色中的蓝羽，不解地问：“门主，她是从哪里冒出来的？”

"她是本座安排在青城派中的眼线，已经有好几年了。"凤林染打了个哈欠，想必是乏了，便简明扼要地解释了几句。

"青城派与林云龙的关系不错，蓝羽在那边既能窥探到青城派的举动，同时对林云龙的事情也能打探几分。林云龙嫁女儿，自然想嫁一个知根知底的，本座便顺水推舟，让蓝羽去了。如此，既能挑拨了青城派和林云龙的关系，又能替左护法报复了林蓁蓁，简直一劳多得。"

凤林染同她说完了这些，便催促着她去休息。明天一早还要赶路，今天折腾到大半夜，这会儿离天亮只有两个时辰了。

唐小左也困得厉害，在心里的疑惑得到解答以后，便心满意足地回房睡觉了。

只是她刚一推开房门，忽然被里面潜伏的人捂住了嘴巴。她正要反抗，便听见一个熟悉的声音："小左，是我！"

"大师兄……"

第八章 生死边缘

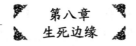

WOYOU
TEBIE DE
WODI JIQIAO

1.

为防隔墙有耳，大师兄带她出了客栈，师父已经等在一片僻静的树林内。

师父叫她出来，是想与她商量茯苓的事情。

“明天一早，茯苓就会跟着左云舒回明月山庄。若是左云舒是对的，你才是左云舒的妹妹，不若今晚你们将身份换回来，明天你和左云舒走吧。”师父叹了口气，“当然，前提是你愿意的话。”

“可是问题在于我不愿意啊。”唐小左郁闷地挠头，“其实前些日子左云舒已经调查过我了，这件事情的结果我也早就猜到了，若是想同他相认，根本不用等到现在。”

师父不解：“那你为何不愿与他相认？”

“原因有二，一则，他与左云栀的关系并不好，此番寻妹也并非像他口中说的那样简单，定然是有别样的目的。二则，”唐小左顿了顿，抬头看着师父，隐隐有些激动起来，“左云栀曾经被送去空灵岛，她是最后一个见过闾丘客前辈的人，师父，你不是也在找闾丘客前辈吗，倘若我真的是左云栀，假如有一天我想起一切，我希望第一个告诉的人，是师父。”

纵然平日里师父总拿她取乐，还逼她去凤林染身边做卧底，可是当初救她回来的人是他，想方设法为她修复容貌的人是他，这五年来解她心扉让她无忧无虑地快乐成长的人是他，世上好人有很多，师父便是其中一个。

师父师父，是师亦是父，是她在这世上最信任的人。

师父和大师兄听完她的话，俱是一愣。

“小左，你见过闾丘客？”

江湖中每个人都想找闾丘客，她是最后一条线索。

“可是我想不起来了，师父。”唐小左捶捶自己的脑袋，很是懊恼，“什么都想不起来，不知道为什么，以前的事情忘得很干净，所以其实我也不能确定自己究竟是不是左云栀，是不是真的见过闾丘客前辈？”

大师兄也很疑惑：“是啊，为什么会忘得如此彻底，难不成是因为崖太高，摔坏了脑子？”

他说完这句话，倏忽一顿，好似想起些什么，与师父对视一眼。

师父拧眉沉思半晌，忽然唤她走近一些。

唐小左听话地挪过去。

师父抬手，撩起她额前的头发，摸摸那块伤疤。

“小左，为师一直没有告诉你，你那时脸上的伤，除了这一块是因为从高崖上跌落磕在石头上所致，其余的伤口，全部是用利器划伤的。”

“啊？”唐小左不敢相信，“什么意思？什么利器？我脸上的伤不是树枝刮的吗？”

“树枝怎么能刮出那样整齐的伤口？”大师兄和师父俱是神情复杂地望着她，说出实情来，“你从崖上跌落前，一定经历过什么可怕的事情。师父担心你多想，便骗你说那是树枝刮的。”

唐小左下意识地抚上自己的脸，那种皮肉外翻的痛感仿若又一次袭来。

会是谁与她有深仇大怨，下狠手毁了她的容？会不会和闾丘客一事有关系？

“小左，卧底一事，就此作罢吧，你跟为师回去。”师父怜爱地看着她，语气中竟带了一丝祈求，“为师不想利用你达到什么目的，只是为师太想知道闾丘客的下落了，想知道如今他究竟是生是死，人在何方？”

“师父，倘若我回去，要怎么跟唐门的其他人解释？就算解释清楚了，可是天底下没有不透风的墙，若是给左云舒知道了，他来唐门要人怎么办？”唐小左拉拉师父的袖子，又看看大师兄，故作轻松道，“反正我一时半会儿也想不起来，不若师父您先回去研究研究怎么才能让我恢复记忆，我呢，就继续待在天戮门，一来不会惹得左云舒怀疑，二来，我还能继续窥探天戮门的事情，这样可好？”

这话说得有些违心了，她想继续待在天戮门，不只是因为这两个原因。就在师父方才说要她回唐门的时候，她竟然发现，她舍不得离开，舍不得……凤林染。

师父仍是犹豫。

大师兄稍稍思索，也点头表示同意：“师父，我觉得小左说得对。反正终究不能把小左交给左云舒，我们现在还是考虑该怎么解决茯苓的事情吧。”

眼下最主要的，还是左云舒带茯苓回明月山庄的事情。

噬魂散的药力大概还能维持半个月，所以至少这半个月里，茯苓都会以为自己是“唐小左”，一时半会儿左云舒也看不出什么端倪来。可是半个月以后呢？到那时茯苓想起一切，她会做出什么样的决定呢？

“如今茯苓一心想随左云舒回去，我们也不好生生阻止她。如今之计，只能是在噬魂散失效之前，找机会再给她喂一次。”师父捋捋胡须，无奈道，“只能走一步算一步了。”

的确没有更好的办法了。

茯苓事情只能先这样解决，师父和大师兄又嘱咐唐小左在天戮门要小心之类的话，便送她回去休息了。

她再次回到房中的时候，外面晨曦初起，天色蒙蒙有些发亮。

这一夜折腾到现在，唐小左身子已经疲乏得厉害。她困顿着往床边走去，心中算着约莫还能睡半个时辰。

只是她还未走到床边，忽然有人拍了拍她的肩膀。

唐小左吓了一跳，以为又是大师兄，一边转身一边骂：“你怎么又……”后面的话她没有说出来，因为一把沁凉的匕首，抵在了她的喉咙间。

唐小左识得眼前这人，即便是蒙着面巾，她还是一眼就认了出来：“林蓁蓁……”

林蓁蓁冷笑一声，扯下自己的面巾：“倒是聪明。”

房中忽然又拥出几人，将唐小左围住。

林蓁蓁点了唐小左的穴，一声命令：“把她带走！”

2.

唐小左被林蓁蓁关在密室中已经三天了，仍没等到凤林染来救她。

她一开始还不晓得林蓁蓁为什么要这样做，不过后来她明白了，这林蓁蓁是误会了，误会她与左护法有什么暧昧关系，这才将她绑来折磨她。

可是尽管唐小左已经再三解释她与左护法并无任何关系，可是林蓁蓁仍是不信：“那晚你陪他喝酒，你们孤男寡女共处一室，你还敢说和他没关系？”

唐小左算是看明白了，这林蓁蓁表面上依旧美丽得无懈可击，可内心早就已经变态了。她发起火来表情狰狞，连她身边的丫鬟都害怕。

第一日，她笑嘻嘻地对唐小左说：“南星和凤林染来这里找你了，可是他们找不到你呀，连我爹都不知道你被我掳来了呢……”

她越是笑，唐小左越是瘆得慌。

第二日，她开始向唐小左讲述她与左护法的往事，即便唐小左不想听。她说她一开始虽是听爹爹的话故意引诱左护法，可是后来却是真正用情了。

“我阻止不了我爹，那是我爹啊，我能有什么办法，南星为什么不原谅我呢？”

啊呸，原谅你才有鬼呢！

第三日，她拿了匕首过来，在唐小左脸上比画：“他们又找来了呢，南星说，只要我把你交出来，他愿意做任何事情。你看，原来你在他心中这么重要，我原本还想留你一命的……”

“你杀了我，这辈子你就更不可能同左护法在一起了。”唐小左被绑了手脚，逃跑不了，只得用话语拖延她。

“我们早就注定不能在一起了，可是我也不能容忍他身边站着别的女人。”林蓁蓁约莫快要疯了，她又是笑又是哭，脸上的表情怪异得很，让人不寒而栗。

有人走了进来，附耳对林蓁蓁说了什么，林蓁蓁脸上的笑意更甚。

唐小左心中浮现出不好的预感来。

“南星他们走了，他们将这山庄翻了三遍，终究是放弃了。”林蓁蓁残忍地说，“那么，你也没有留在这里的价值了。”

这鬼女人究竟想做什么？

“林蓁蓁，有话好好说，我和左护法真的不是你想的那个样子，天戮门的人都知道，我喜欢的是凤林染！”唐小左急得不行，真的怕她会做出什么癫狂的事情来，“而且左护法也不喜欢我，你那晚明明听见了，他喝醉酒以后，叫的是你的名字！”

此话一出，倒是让林蓁蓁神色稍稍正常了些，她痴痴笑了起来：“他唤我名字的声音真好听，以后再也听不见这么好听的声音了……”就在唐小左以为她会因为这个而放自己一马的时候，林蓁蓁忽地杏眸一瞪，神情急转直下，“可是你为什么在他身边？”

又转回来了！唐小左又急又气，这姑娘怎么就听不进去人话呢？“那你到底是想怎样啊？”

“我就是看不得你勾引他的样子！”

“天地良心，我对那位大叔一点想法都没有！”

“我不管！”林蓁蓁好看的脸扭曲起来，面目狰狞，“我绝不会让你再去见他！”说罢，她扬起手中的匕首，狠狠地往唐小左刺去。

唐小左身上的金丝软甲早前已经被林蓁蓁脱去，这一匕首下来，非死即伤。幸得她反应快，就地一滚，那匕首擦过她的手臂，她堪堪躲过。

“你真的要杀我？”

林蓁蓁双眸迸出可怖的光来，分明是要置她于死地。

这里空间狭小，她身上又被绑着，几乎没有反抗的能力。

这时，密室的门忽然被打开，一个人走了进来。

唐小左欣喜地望去，可一看清楚来人是谁，刚要燃起的希望登时又被浇了个透心凉。

林云龙匆匆走进来，将她们打量一眼，上前攥住林蓁蓁拿着匕首的手腕：“蓁儿，你竟真的把她掳来了？你究竟想做什么？”

“爹，你不要阻止我！”林蓁蓁已然烧红了眼睛，拼命挣扎着想要推开林云龙，“女儿就是要杀了她！”

“糊涂！”林云龙呵斥，“凤林染的手段你也看到了，我们刚吃了这么大的亏，再为了这么一个小丫头与凤林染为敌，不划算！”

林蓁蓁挣脱不了，忽然尖厉地叫了起来，仿若已经临近崩溃边缘：“爹，女儿受不了了，女儿太痛苦了，您若不让女儿杀了这个女人，那就让南星回来，让他回来娶我！”

林云龙睁大眼睛看着自己的女儿，此时林蓁蓁就像一头暴躁的狮子，猩红了一双眼睛，散发出危险的兽性来。

半晌，林云龙松开手，长叹一声：“罢了，都随你吧，如果你心里能舒服一点……”

这一句话，无非定了唐小左的生死。

“林云龙！”唐小左大声呵斥了一句，“你是堂堂武林盟主啊，你怎么能允许自己的女儿草菅人命？”

林云龙却是背过身去，不再看她。

唐小左彻底绝望了：“你大爷的林云龙，你们会遭报应的！”

林蓁蓁嗤嗤笑了起来，像是从阴曹地府爬出来的鬼魅，一步一步朝唐小左走来。

她不想就这么死了。

她不想死，她不要死……

匕首穿过衣帛刺进血肉，一声痛吟。

绳索被震断洋洋洒洒落地，然后响起一声尖叫。

林云龙猛地转身——唐小左正扼着林蓁蓁的脖子，将她整个人按在墙上。

此时唐小左身上的绳子早已不见，胸口还斜斜插着那把匕首，鲜血浸透衣襟滴滴答答落在地上，可她却毫无痛觉。她死死盯着林蓁蓁，一字一顿道：“你说，你要杀了我？”

林蓁蓁因为呼吸不畅而满脸涨红，表情痛苦。

“爹，救、救……”

“放下蓁儿！”林云龙惊恐地叫道。

唐小左仿佛没听见，手腕一转，清脆的、骨头断裂的声音响起。林蓁蓁双眼一白，随即软了身子。

唐小左收回手时，林蓁蓁便如同破布一般，落在了地上。

“蓁儿！”林云龙撕心裂肺地喊了一声，“你……”

唐小左拔下胸口上的匕首，面无表情地向林云龙走去。她只觉一股力量在她身上汩汩涌着，叫她控制不住，想要……杀人。

林云龙悲痛之际，举拳向唐小左攻来。唐小左匕首一挥，堂堂武林盟主，竟敌不过她三招，便软绵绵地倒在了地上。

唐小左眼前红通通一片，只记得不断有人冲上来，她看不清他们的脸，只凭着本能，将他们一一挑开，攻出一条路来。

脸上被溅了一些血，她用手一擦，又糊了一片红。

她不记得走了多久，缠缠绕绕，来来回回，终于还是走出了鸣鹤山庄。又有人冲上来，她提起匕首去刺，却听见一个声音说："茯苓，茯苓……"

手上一松，匕首啷当落地，唐小左骤然失去所有的力气，阖上了眼睛。

3.

唐小左在床上足足躺了七日，七日后，她醒来，浑身上下如同被拆卸一遍，疼痛不已。不仅如此，她的各种感觉器官也不大灵敏，看不清东西、听不见声音、闻不到味道、说不出话来，又过了三日，才渐渐好起来。

她眼睛清明之日，第一眼看到的人是凤林染。

他整个人不修边幅，衣服皱巴巴的，发丝凌乱，下巴上也冒出胡楂来，一双凤眸布满血丝，整个人好似苍老了十岁。

唐小左吓了一跳，咬着舌头，一字一字地说："门、主……你、怎、么、了？"她开口才发现嗓子干涩得厉害，舌头也不大灵活，所以发音吐字很是困难。

凤林染却是浑身一震，颤抖着抓起她的手，放在嘴边吻，按在脸上蹭。

"你醒了，你终于醒了……"

她从未见过凤林染如此失态，那个俊美的、傲娇的天戮门门主，真的是眼前这个人？她眼眶一热，泪水便不受控制地流了出来："我还以为，再也见不到门主了……"

凤林染慌乱地去擦她的泪，避开她的伤口，俯身将她捞进怀中，用下巴婆娑着她的头发："坏丫头，你叫本座担心死了。"

唐小左被他抱着，埋进他怀里，后知后怕地哭了好一会儿。

左右护法走了进来。见她醒来，右护法露出欣喜的表情来："丫头，你终于醒了！"

唐小左在凤林染的怀中抬起脸来，冲他笑了起来："右护法……"

"好，好，醒来就好！"右护法爽朗的声音在这房内显得格外大声，他搬过一张凳子，坐在床边，"你可不知道这几日把门主给担心得食不知味、夜不能寐，门主他……"

凤林染咳嗽一声，瞪他："就你话多！倒杯水来！"

"我这不是高兴嘛。"右护法笑得满目了然，走到桌前倒了杯水，递给凤林染，"那我不说了，不说了。"

凤林染接过水，习惯地抿了一口试了试温度，然后小心翼翼地喂给唐小左。

过了一会儿，唐小左说话终于利索了些。

左护法站在离床稍远些的地方，不笑也不说话，看她的目光有些复杂。唐小左注意到他的目光，觉得他有些奇怪，喝完水，便问了一句："左护法，你怎么了？"

凤林染扭头看了左护法一眼，右护法忙说道："他能怎么了，他什么事也没有，从来都是闷葫芦一个，丫头你不用管他。"

"哦。"唐小左应了一声，心中总是萦绕着一股怪异之感。

她想起之前发生的事情，不由得抓着凤林染的衣襟，抬头问道："对了，门主，你们是怎么救我出来的？"

她脑中只记得林蓁蓁拿着匕首刺她，按理说她是必死无疑了，可是凤林染他们是什么时候找到她的呢？后来又发生了什么事情？

她问完这话，便觉得抱着她的凤林染身子一僵。

"怎么救的，你不记得了吗？"

"记得什么？"唐小左抚上自己的胸口，那里的伤口已经包扎好，"我这里被林蓁蓁捅了一匕首，你们不来救我，我就死了。"

凤林染和右护法对视一眼，又看了左护法一眼，三个人的表情变得有些怪异。

凤林染带着些许试探的语气问她："林蓁蓁刺完你以后的事情，

你还记得吗？”

“她刺完我，我应该是昏过去了吧。”唐小左看着他们，见他们都在用探究的眼神看自己，不由得奇怪，“我都昏过去了，哪里会记得后面发生的事情，有什么不对吗？”

三人沉默片刻，凤林染扶着她的肩膀，慢慢将她放回床上，温柔道：“没什么不对，不过是觉得没让你看到本座英雄救美的样子，所以有些遗憾。你好好休息，本座去换身衣服，一会儿再过来看你。”

唐小左点点头，见他给左右两大护法使了个眼色，然后三人一起出去了。

之后，唐小左安心养伤，她胸口的伤最是严重，险些伤了心脉，又失血过多，半死不活地在床上躺了半个月。她每天咒骂林蓁蓁和林云龙一百遍，要不是他们，她也不必这么憋屈地窝在床上下不来。

半个月以后，她终于被允许下床，但活动范围仅限院子里。往往都是她在院子里转悠着瞎玩，凤林染坐在堂中处理事情，外加盯着她不许她乱跑。

可是所有人包括凤林染都对林蓁蓁的事情绝口不提了，有时候唐小左想问，也被三言两语打发掉了。

最让她不解的是，左护法对她的态度急转直下。虽然他本就性情寡淡，但前些日子明明对她还是不错的，可是自从这次回来以后，他每次见到她都会绕开了走。就算有时候她主动跑到他面前同他打招呼，他也只是冷冷地看她一眼，眸中翻滚着一种她看不懂的情绪，而后一言不发走开。

着实费解。

“右护法，你有没有觉得左护法看我的眼神不对劲？”唐小左坐在石桌旁，伸手拽过一串葡萄揪着吃。

“哦？哪里不对劲？”

右护法这会儿没事，便陪她坐在这里晒太阳。

唐小左咬着葡萄想了一会儿，认真地说：“我老觉得他想揍我。”

“扑哧……”右护法差点把嘴里的葡萄喷出来，“你是怎么看出来的？”

“那你看……”唐小左学起左护法看她的眼神来，那种疏远的、淡漠的，仿佛还沾染着恨意的眼神，叫她不明所以，“我是不是做什么对不起他的事情了？”

可是她做什么了？

“别乱想了，南星这人就那样，你醒来以后眼神一直不大好使，肯定是看走眼了。”右护法宽慰她几句。

“是这样吗？”

唐小左捏着葡萄想事情，正巧这时左护法和蓝羽走了进来，应该是有事情找凤林染汇报。

这几日，他们好像总是有事情商议，又从不肯叫她进去伺候着，也不知是什么重要的事情。

她坐了好一会儿，实在按捺不住好奇心，踮着脚，偷偷溜过去听墙脚。然后她听见蓝羽说：“门主，这几日林云龙正在集结江湖人士，扬言要来讨伐咱们天戮门。”

“呵！”凤林染轻笑道，“当本座怕他们不成？”

“可是门主，这次不同以往，如果江湖所有门派联合的话，恐怕我们会有些吃力。”蓝羽好似很为难。

“他们来多少人我也不怕，大不了跟他们拼个鱼死网破。”右护法粗犷的声音响起，有些气呼呼的，“反正我是不同意把茯苓那丫头交出去！”

“你小点声！”凤林染斥他一句。

随即他们的声音都小了很多，小得唐小左都听不见了。

她滑坐在地上，靠着墙壁，望天：他们在说什么？林云龙他们要来围攻天戮门吗？可为什么要把她交出去呢？这两件事情有什么关系吗？

唐小左拍拍脑袋：她总觉得遗忘了些什么，是什么呢？

第九章
睡了门主

WOYOU
TEBIE DE
WODI JIQIAO

1.

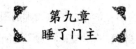

最近唐小左总是做噩梦，有时梦见她坐在一个漆黑的地方哭，有时梦见她掉进水里喘息困难，有时候又梦见被人欺负，拳打脚踢不能反抗……

这些梦很真实，让她忍不住怀疑自己的脑袋出问题了，又或是，她以前的回忆，是不是慢慢地回来了？

可是这些碎片似的梦境，她却无论如何也拼凑不出来一个完整的故事来。

梦里这个悲惨的人真的是她？

这一晚，她又做了一个梦：梦里是一片杀戮，尖叫声、哭喊声，那沾了血的绝望的脸，一张张在眼前闪过。滔天的大火，撕扯人心的惨叫，有人在火中消失，再也不见。

唐小左惊恐地醒来，随手抓起一件衣服披在身上，光着脚跑出去，拐过弯去拍凤林染的门：“门主，门主……”

她一张嘴，才发现自己竟哭了。

她只拍了两下，房门便猛地被打开，凤林染只着一身中衣，一把将她掠进房中，紧张地问：“怎么了，发生什么事了？”

“我、我做噩梦了。”唐小左有些局促，低头踩自己的脚丫。做噩梦这种事情能让她害怕成这个样子，唐小左也觉得自己十分丢脸。

凤林染却是不然，并没有笑话她。他刮去她挂在脸颊的泪珠，又捏了捏她的手，皱眉道：“手这么凉，果然是吓到了。”低头瞅见她没穿鞋子，便抄手将她抱到凳子上，“你今晚便待在本座房中吧。”

唐小左感激地望着他，推了推他，示意他去床上睡：“门主你睡你的，我不打扰你，我就安安静静地坐着。”

她裹紧了身上的衣服，将手缩进袖子里，两只小脚丫也收起来，十分乖巧的样子。

“哦？”凤林染眸中笑意盎然，将她上下打量一遍，点头附和，“本座看你人是蛮小的，应该占不了多少地方。”

“嗯？”她不懂凤林染的意思，正要问，忽然整个人被他提起。

凤林染避开她的伤口，将她丢到床上。

唐小左惊得一下子抱住身子，戒备地喊：“门主，你想干吗？”

“本座的床够大，你在床角猫一晚吧。”他将她团成一团的身子往床的深处推了推，直推得她贴上墙壁。然后他用手指比画出一道线来，“这是楚汉疆界，不许过界，不许对本座有什么想法！”

唐小左一脸蒙圈：“门主，这好像是我应该说的话吧。”

凤林染扔了被子给她：“睡觉！”

“那能再给个枕头吗？”

“得寸进尺了啊。”

于是这几日来第一次睡了个安生觉，梦里再有叫她恐惧的事情发生时，总会有人在耳边轻声安慰，告诉她没事的，没事的……

然后便真的没事了。

第二日，当唐小左睡眼惺忪地从凤林染房中走出来的时候，天戮门的女人疯了，厨房里的霍霍磨刀声一上午都没停歇。

走在路上都在听人家骂她：不要脸啊不要脸，居然近水楼台先得月把门主给睡了。

右护法瞅见她，乐得眼泪掉下来：“不容易啊丫头，你终于和门主修成正果了。”

“小声点！”唐小左急得要捂住他的嘴，“我是清白的，我真的没睡门主！”

右护法的笑声登时震彻天地。

右护法走后，蓝羽又过来找她，与她心不在焉地聊了一些不甚重要的事情，然后吐露了来找她的真实目的：“昨晚，你真的睡在门主的房间里吗？”

这是大家都已经知道了的事实，她不想承认也不行。

“蓝羽姑娘你不要多想，其实我只是在床角窝了一夜，我没对门主做什么的。”虽然这句话好像有哪里不对但事实真的是这个样子。

哪知蓝羽的反应却是……

“什么！你还睡在门主的床上？”蓝羽不可置信地提高了音量。

“我、我想打地铺来着……”唐小左急忙解释。

“你和门主……”蓝羽眸光骤暗，“门主果然喜欢你吗？”

“不不不，门主不喜欢我……”唐小左连连摆手。

蓝羽逼视她：“那你喜欢门主吗？”

“我不……”她本能地想说不喜欢，却忽然觉得背后一阵凉风袭来。

“嗯？”一个慵懒的、上挑的声音响起。

唐小左想起她来到天戮门的第一日便同凤林染表白了，这会儿若说不喜欢，任谁也不会相信吧。她只能改口说：“我不……可能不喜欢门主啊，你说是吧，门主？”她扭头傻呵呵地冲凤林染笑。

凤林染已经走到她身旁，满意地摸摸她的脑袋。

“不错，有觉悟。”

蓝羽的脸唰地就垮了下来，不一会儿便称有事告辞了。

凤林染拂衣在石桌旁坐下，撑着头，懒洋洋地看她：“昨晚没顾得上问你，做什么噩梦了，吓成那屌样？”

噗，用词能不能有点同情心？

唐小左挨着他坐下来，想起昨晚的梦，仍是一身鸡皮疙瘩。

“门主，我昨天晚上梦见杀人了，特真实的感觉。好多人都被杀死了，血哧呼啦的，可吓人了……”

凤林染眸光悄然一暗，而后装作不经意地问：“哦？可是梦见是谁在杀人吗？”

唐小左摇摇头：“看不清呢，不过他们不光杀人，还放火来着，我看到有人在火海里向我求救，可是我帮不了他们，就蹲在那里哭啊，哭得可伤心了，好像他们对我很重要……”

听到这里，凤林染好似暗自松了一口气，喃喃说了一句：“嗯，不是梦见你杀人就好。”

“我哪里敢杀人，就凭我这点武功，从来都是被杀的那一个好不好？”唐小左噘了噘嘴。

凤林染却是面露狐疑地看着她，吞吐起来：“茯苓，你……以前有没有练过什么武功？有些奇特的那种？”

“哪种啊？”什么奇特的武功？

“就是平时看起来好像武功不高，但是一旦爆发出来，就变得非常厉害，基本上无人能应对的那种？”

“还有那种武功？”唐小左惊讶地看着他，然后凑过脑袋来，小声地问，“什么武功，我也想学。”

凤林染默默地将她的脑袋推回去，叹了口气：“算了，天底下怎么可能有这种邪门的功夫，本座又怎么能怀疑你呢。”

这话是什么意思，她怎么听不懂呢？

晚上的时候，凤林染问她还去不去他的房间睡，思及今天众人看她的眼神，她摇了摇头，一脸坚决道：“不了，今晚我会坚强！”说罢雄赳赳气昂昂地进了自己的房间，不一会儿抱着脑袋尖叫着跑出来，咣咣去砸凤林染的门。

凤林染打开门，斜斜地倚在门框上看她。

“不是说你会坚强吗？”

唐小左攥着拳头气得跺脚骂：“哪个挨千刀的往我房间里扔了条蛇哎我去他祖姥姥的！”

凤林染笑盈盈地让开身子：“进来吧，今晚多赏你个枕头……”

2.

唐小左睡落枕了。

昨晚说好给一个枕头的，结果床上只有一个枕头。她正想抱到自己那一边去，却被凤林染抢先一步，塞到自己的脑袋下。

“那我的枕头呢？”唐小左一脸受伤。

凤林染横过一只手臂来：“喏……”

这是几个意思？难不成让她枕着他的……

顺着手臂望去，凤林染微微错过去的俊颜，竟染上些许红晕来。

唐小左顿时感觉自己要炸了，烫红了一张脸，嗫声道：“门主，这样不太好吧，我回去拿个枕头好了。”

她这小腿刚抬起来，便被他捉住了脚腕。

“你再往前一步试试？”

咋了？再往前一步还能揍她不成？

唐小左壮着胆子，想要继续自己的动作。不曾想凤林染拽着她的脚腕猛地一用力，她当即一个重心不稳摔了下去。

“真会煞气氛……”

她的正下方正是凤林染，在她摔下去的一瞬间，凤林染搂住她顺势往内侧一滚，既能避免她砸到他，又能保护她身上的伤口不被碰到。

于是便变成了现在这样：他环住她的腰，让她枕在自己手臂上，将她整个人锁在自己怀中。

淡淡青草香将她笼罩，气氛立即变得暧昧起来。

唐小左一动也不敢动，大气也不敢出，兀自脸红心跳血在烧。

“门主……”唐小左窝在他怀里，抓着他的衣襟，扬起脸来，距离近得她只稍再往上一些便能亲到他光洁的下巴。她压着自己滚烫的呼吸，又唤了他一声，“门主，我觉得这件事情不对。”

“哪里不对？”凤林染清朗的嗓音中透出汩汩笑意。

“你看啊，你未娶我未嫁，孤男寡女共处一室，还、还靠得这般近，若是传出去，我是要被浸猪笼的。”唐小左羞赧地说。

凤林染侧过身来，星辰眸中晃出笑意来：“你想让本座对你负责就直说。”

“也不是那个意思……”唐小左又窝了窝身子，掀眼皮瞧他一眼就马上转移视线，“我就是想确认一下，门主你是不是喜欢我。”

凤林染扬唇一笑：“你猜呢？”

唐小左小心翼翼道：“应该……不喜欢吧。”

凤林染倏忽在她额头上落下一个吻：“你再猜……”

唐小左当即捂住脸偷笑，埋进他怀里不肯抬头了。

凤林染用掌风熄灭蜡烛，将下巴抵在她的脑袋上，搂住她：“快些睡，今晚本座会努力进你的梦里的。”

唐小左开心得要飞了，到了下半夜她才堪堪睡去，梦里再没有恐怖的东西，果然全是凤林染的盛世美颜，她一晚上都在对着他的脸流口水。

于是第二天醒来，凤林染看着自己手臂上那摊可疑的物体，十分不能相信：“你居然……”

唐小左羞得恨不能找个地缝钻进去，然而没有地缝给她钻，有她也钻不了，于是她只能干巴巴地、歪着脑袋看他。

凤林染见她不说话，抛却了昨晚的温柔宠溺，继续指责她：“你歪着脑袋是什么意思？这是表示不承认吗？”

“我落枕了不行哦。”唐小左苦兮兮的，“门主，你会推拿吗？给我治治呗，你看我老是歪着脖子，一看就不是正经人！”

凤林染顿时哭笑不得，大手抚上她细嫩的脖子：“会治倒是会治，但你等会不许哭。”

“那你温柔点……嗷……”

一大早，唐小左的惨叫声在整个天戮门回荡。

吃过早饭后，凤林染有事出去了，走前嘱咐唐小左不许出院子，若实在无聊，可以找蓝羽过来陪她。

唐小左哪敢劳驾蓝羽，她宁愿一个人窝在墙角拿木棍掏蚂蚁窝。墙角快要被她掏穿之际，左护法忽然来了。唐小左以为他来找凤林染，便好心告诉他："左护法，门主不在。"

"我知道，我来找你。"左护法走到她面前，仍是有些冷漠疏离的语气，"茯苓，随我去一个地方可好？"

"可是门主不让我出这个院子。"唐小左丢掉木棍，站起身来。由于蹲得时间太久，乍一起身，有些眩晕，身子不由得晃了晃。

一只大手适时扶住她，左护法顺势拉着她的胳膊往外走："门主若怪罪下来，我会承担。"

唐小左一边疑惑茫然，一边被他牵着走。

左护法带她去了后山，她爬了有一会儿，便有些受不住了，胸口被林蓁蓁伤到的地方，一阵一阵地疼。

"左护法，我们还要走多久？"

左护法驻足，看了她一眼："快了，你再坚持一会儿。"他折了一根粗树枝递给她，让她拄着走。

待到他们爬上后山山顶，唐小左已是气喘吁吁、脸色苍白。她丢了树枝，顾不得形象，一屁股坐在石头上，许久才缓过劲来。

左护法静立一旁，望着天戮门的方向。唐小左觉得他有些奇怪，不由得顺着他的视线望去："左护法，你在看什么？"

左护法目光幽幽地投向她，好似在犹豫什么，半晌，才说："最近林云龙正在集结各门派，准备围攻天戮门。"

"又来？"唐小左吃惊不已，"是因为英雄大会那日，门主戏弄他的原因吗？"

那日凤林染给他们下了十香软骨散，在众人面前折了林云龙的颜面，林云龙这是要报复吗？

"不是。"左护法忽然吐了一句，"林云龙是为了逼门主交出一个人。"

交出一个人？“谁呀？”

左护法目光骤然加深：“你。”

“我？”

他上前一步，逼视她：“你真的不记得了吗？”

“记、记得什么？”为什么他的眼神一下子变得很陌生、很可怖？

他步步紧逼，唐小左步步后退，忽然脚下一滑，身子不稳，她尖叫一声，险些摔下去。

一只大手携着风过来，稍一顿，才捉住她的手臂，将她拉回来。

“小心些。”左护法声音闷闷的。

唐小左心有余悸地吐了口气：“谢谢。”

左护法注视她良久，忽然别过脸去：“我方才是说笑的，林云龙要的人不是你。”

“那是谁？”

“没有谁，他只是想报当日被羞辱之仇罢了。”他弯腰拾起那根树枝，重新递给她，“走吧，我们回去。”

唐小左讷讷地接过树枝，左护法早已转身走出一些距离。她忽然叫住他：“左护法？”

“嗯？”他并未转身。

“你刚刚……”唐小左咬了咬嘴唇，犹疑许久，还是说了出来，“是不是想推我下去？”他方才竖掌向她，根本不是要救她的手势。

左护法身子一僵，而后头也不回地走了。

3.

左护法走后，唐小左又重新坐了回去，闷头想了好久，虽然没想出来为什么左护法方才为什么要那么做，但可以肯定的是，左护法讨厌她，甚至……恨她。

可到底是为什么呢？

她休息够了，便提着那根粗树枝，准备回天戮门。

唐小左没想到的是，居然会有人潜伏在天戮门附近，就像上次她和左护法遇到的那样，人数并非特别多，但个个目如鹰隼、动如猎豹，不是等闲之辈。

那些人迅速将唐小左围了起来，其中一人拿出一幅画像，对照着她打量了一会儿，忽然露出一种残忍的笑来："我们在这里守了三天，你竟自己乖乖送上门来。"

唐小左浑身发凉，努力保持镇定。

"你们是谁？是不是认错人了？"

那人却不理会她的问题，像是盯着猎物那般盯着她："你叫茯苓是吧？"

"不是，我不是茯苓。"唐小左使劲摇头。

她的否认反而让他们笑了起来："我们知道你就是茯苓，凤林染的女人。"

"你们想干什么？"唐小左身子控制不住地战栗起来，"你们和天戮门有仇就找天戮门啊，欺负我一个弱女子做什么？"

"弱女子？"那人夸张地笑了起来，"血洗鸣鹤山庄，残害十八条人命，连盟主的女儿都惨死你手下，你竟说你是弱女子？"

"你说什么？"唐小左惊得瞪大眼睛，"什么血洗、什么人命，我不知道，你们认错人了！"

"不会认错！"那人将画像展开，"你敢说这人不是你？"

唐小左抢过画像来看，那上面的人竟真的是她。不是茯苓，不是与她长得像的别的女子，而真是她唐小左。

"怎么回事？怎么会是我呢？"她撕了那画像，举起手中的树枝，指着他们，气红了眼睛，"不要以为你们从哪里搞来一幅破画就可以含血喷人，我连鸡都不敢杀，怎么会杀人？"

"哦？"那人极有兴趣地看着她，"可是武林盟主确定是你，甚至愿意用盟主之位来换你一命，这种事情，又怎么会弄错？"

"可就是错了！"唐小左忍不住喊了起来，"我没有杀人！没有！没有！”

“不管是不是错了，既然盟主要你的命，我们就不会放过你！”那人给其他人递了个眼色，他们纷纷抽出刀剑，慢慢向她围拢来。

唐小左手中只有一根树枝，右护法送她的金丝软甲上次落在鸣鹤山庄一直不曾找回，她这几日都老老实实待在院子里，身上也并未带什么防身的东西，如今倒像是被人瓮中捉鳖了。

四面八方有刀剑刺来，她只一根树枝，一出手便被削去一半，简直毫无反击之力。

“浑蛋！”唐小左骂了一声，堪堪躲过前面的剑，却被后面偷袭的刀割伤了腰腹。

锐利的痛叫她弯腰捂住腹部，又一波刀剑袭来，她就地一滚，暂时避开，但已经是无处可躲。

待她抬起头时，十几道冷光齐齐刺向她。

“啊！”她尖厉地叫了一声，忽觉心中一阵气血翻滚，身上似乎有什么东西，汩汩动了起来。

却在这时，眼前的刀剑齐刷刷断掉，落在地上。一道红影携劲风而来，踢开两人，一把将她捞入怀中，旋即落在一旁。凤林染将她搂在怀中安慰：“茯苓，别害怕，没事了……”

唐小左一见是凤林染，当即“哇”的一声哭了起来，指着那些人向他控诉：“他们、他们要杀我……”

凤林染目光一凛，冷冷地看向那群人。

“穆烈，蓝羽！”他叫道。

右护法和蓝羽上前一步：“门主……”

“你们看着办。”凤林染托着唐小左的脑袋，让她的脸埋在自己怀中，故意不叫她看见接下来的事情。

第一声惨叫声响起时，唐小左身子瑟缩了一下。下一瞬有一双温凉干燥的大手捂住她的耳朵，她搂住凤林染的腰身，闭着眼睛又往他怀中拱了拱。

不知过了多久，凤林染放下手来，留下右护法处理那些人，蓝羽则护送他们回去。

凤林染揽过她的肩膀，尽量温柔地将她横抱起来。

唐小左顺势用自己的手臂钩住他的脖子，沉默了许久，才说："门主，我能问你件事情吗？"

"这时候还有心情问问题？"凤林染低头瞧了她一眼，扬起嘴角，"看来伤得还不算重。"

她自然伤得不重，比起林蓁蓁刺她的那一刀，这点伤简直小巫见大巫。可她仍是对方才那些人的话耿耿于怀。

"为什么他们说我杀了林蓁蓁，还害了鸣鹤山庄十八条人命？可我什么时候做过这种事情了？"

凤林染眸光一沉，回答慢了一瞬："嗯，你没做过，不是你。"

"那林蓁蓁真的死了吗？"不知怎的，联想到左护法的一些异样，唐小左总有种不好的感觉。

"是啊，死了。"凤林染将她身子往上托了托，语气不再轻快。

唐小左怔了好一会儿。

林蓁蓁居然死了？"是谁杀的？"

"门主，门主……"见凤林染不理她，唐小左又唤了几声，"门主，究竟是谁杀了林蓁蓁，为什么那些人会说是我？"

"不是你！"凤林染忽然停下脚步。

后面的蓝羽也跟着停了下来。

凤林染稍稍侧了身子，目光直直看向蓝羽："是蓝羽做的，他们认错人了，以为是你。"他说得很是肯定，不容置疑的语气。

唐小左望向蓝羽，见她似乎也怔了一瞬，而后微微颔首，有些僵硬道："是我做的，连累茯苓姑娘受苦了。"

"原来……是这样吗？"唐小左若有所思。

真的……是这样吗？

不是，不是这样的。

第十章
菩提蛇胆

WOYOU
TEBIE DE
WODI JIQIAO

1.

鉴于是因为左护法擅自带唐小左去了后山且把她丢在那里不管，才发生了后面的事情，凤林染处罚了左护法，并命令他以后不准靠近她。

蓝羽看自己的神情总是欲言又止，唐小左心中也算明白了几分：所谓蓝羽杀了林蓁蓁他们的这种话，根本就是凤林染编出来哄她的，这样欲盖弥彰，才真的说明，人真的是她杀的。

怪就怪在她想不起来了。

凤林染过来瞧她的时候，她正拿着一把剪刀比画着要剪头发。

凤林染大惊失色，冲上来夺过剪刀，嗖地甩出去老远。

唐小左一脸茫然："门主，你干吗？"

"我才要问你做什么呢？"凤林染捏着她的肩膀将她拉起来，又急又气，"有什么想不开的，你非要出家？"

"我没有要出家啊。"唐小左无辜道，"我头发打结了，解不开，只能剪掉了。"

这几日，她想事情想得老挠头发，事情没想明白，头发却被挠成千千结了。

凤林染听罢，虽微微有些尴尬，但仍是一副很强势的样子，一本正经地说："身体发肤受之父母，怎么能说剪就剪呢。"他按着她坐下，钩起一缕她的头发，很是豪迈地说，"本座给你解……"

可是他一个大男人，哪里干得了这般细致的活儿。一刻钟过去以后，越解越乱的凤林染终于放弃，喊来蓝羽帮忙。

蓝羽不知事情始末，拾起地上的剪刀，咔嚓几下完事，留下唐小左顶着一头凌乱的头发原地发愣。凤林染可劲儿地训蓝羽：“本座要是想用剪刀，用得着叫你进来吗，谁叫你用剪刀的……”

他这么凶，蓝羽倒是没多大反应，唐小左却吓得忙站起来劝和：“多大点事，门主你冷静，都是我的错，我的错……”

蓝羽剜了她一眼。

唐小左没想到这件小事竟成了压在蓝羽心里的最后一根稻草，当天晚上，唐小左正抱着枕头习惯性地往凤林染房间走去时，蓦地眼前横过一个人影来。

“蓝羽姑娘？”唐小左有些惊讶，“大晚上的，你怎么会在这里？”

“门主和两大护法今晚有事情忙，让我过来陪你。”蓝羽的表情隐晦在绵绵夜色中，虽然看不甚清楚，但听语气总觉得怪怪的。

唐小左立定了身子打量蓝羽，隐隐感觉到对方身上散发的一丝不善。她搂紧了枕头，戒备道：“谢谢蓝羽姑娘，不过我一个人睡也可以的，你有事就去忙好了。”

蓝羽毫不温柔地将她推回房间。

“这是门主的命令，我必须得听。”

她气场太强，唐小左不由得认㞞了，乖乖将枕头放在床上，铺好了被褥，讨好地问她：“那你习惯睡里侧还是睡外侧？”

唐小左转过身来，才看见蓝羽站在离她几步远的地方，表情冷冷的，连烛光都不能叫她的表情融化几分。她就那样看着自己，冷漠、怀疑，还有几分厌恶。

“茯苓姑娘，你究竟是真傻还是在装傻？”

蓝羽这话乍听来似乎有些莫名其妙。

“蓝羽姑娘，你这话是什么意思？”

蓝羽慢慢走近她，目光始终盯着她不放，带着一种审视的感觉。

“我一直都不相信你忘记了，你只是在逃避，不想承认罢了。”

“我逃避什么？不想承认什么？”唐小左顺着她的话，反问她。

蓝羽眸光烁厉，抓住她的手腕，捏住她的脉门：“林蓁蓁是你杀死的，鸣鹤山庄十八条人命也是断送在你手上的，你怎么可能忘了？你怎么还能做出一副天真无邪的样子蒙骗门主？”

唐小左一怔。

果然是这样！

尽管之前已经猜到了，但是从别人口中亲耳确认，竟还是有些不能接受。

唐小左没有说话，蓝羽却越说越激动：“那时在客栈，我本来是先你们一步离开的，但是很快又被门主唤回来，说是你不见了。我不便现身，便暗中将鸣鹤山庄里里外外找了一遍，怎么也找不到你，正是焦急之际，你竟自己从山庄里走出来了。门主和左护法在山庄外面或许不曾见到，可当时我在山庄里面，你是怎么出来的，我看得一清二楚……”她将唐小左的右手举起来，“你不可能忘了，你就是用这只手拿着匕首，一步一个人，血淋淋地杀出了鸣鹤山庄……”

唐小左呆呆地看着自己的右手，手心里还有一个凸起的疤痕，那是当初凤林染要丢她进蛇篓子时她不小心摔的。除了这个疤痕，她手白肉嫩，哪里像是拿匕首杀人的手。

“你说的，是真的？”她抽回自己的手来，婆娑着掌心的那块疤，有些失神，“太奇怪了，我武功不高，怎么可能杀人呢？”

她这般喃喃自语，反应太过平静，越发激怒了蓝羽。

“你武功不高？呵，三招之内杀一人，你会武功不高？”

“我怎么不知道我那么厉害呢？我得好好想想……”她呆呆地坐在床上，背对着蓝羽，不说话。

蓝羽说：“现在门主和左右护法他们都在外面扛着不让各大门派的人进来，你就安心地待在这里吧。”

蓝羽气狠狠地撂下这句话，便摔门离开了。

唐小左默不出声，因为她自己也不知道现在应该干什么。

被摔开的房门又被人重新阖上，有脚步声临近，唐小左以为是蓝羽又回来了，便没再理会。

有只大手拍拍她的肩膀：“小左，小左……”

这声音？

唐小左一扭头，心头一跳：“吓死我了！”

“我有那么可怕吗？”大师兄嗔了她一眼。

2.

“你被人打了？”大师兄指着她的眼睛，惊讶道。

“讨厌！”唐小左拍掉他的手，揉揉眼睛。心里虽然沉重，但还是努力想作出一副平常的样子来，她打着哈欠说，“这是黑眼圈，我好几天都没睡好觉了。”

大师兄一副了然的样子：“外面都在传，你杀了林蓁蓁和鸣鹤山庄的人，是真的吗？”

“他们都说是我。”唐小左瘪嘴，愁苦万分，“最可怕的是，我也觉得是我。”

“那你告诉我，你是怎么杀的？”

“我忘了。”唐小左十分懊恼，“你说这事怪不怪，我就记得林蓁蓁拿匕首捅我了，然后我应该是晕了才是，难不成我晕了以后被什么东西附体了？”想到这里，她打了个冷战。

“瞎说！”大师兄拍了拍她的脑袋，阻止她这乱七八糟的想法，“这事确实挺怪，是不是有人栽赃嫁祸于你？”

“可是谁会嫁祸我这个无名小卒呢？”

大师兄意味深长地说：“你可不是无名小卒，你还是左云舒的妹妹呢。”

“我又没打算认亲，什么哥哥妹妹的。”唐小左白了他一眼，忽然想起左云舒带真正的茯苓回明月山庄的事情，不由得关心几句，

“那个茯苓在明月山庄待得如何？没露馅吧？”

“暂时没有，前几天我借口去看她，偷偷在她茶水中又下了些噬魂散，所以还能拖一段时间。不过这也不是长久之法，我跟师父正愁着这件事呢。”大师兄皱起眉头，“你跟我回唐门一趟吧，师父想见你。”

“回去？现在吗？”

大师兄点点头。

唐小左找来纸笔，给凤林染留了几句话，大致是想告诉他，她只是离开几天，很快回来，要他别担心，然后才跟着大师兄，悄悄溜了出去。

约莫今晚凤林染只派了蓝羽一人过来陪她，所以蓝羽走后，这院中只剩了几个洒扫婢女，很容易就能躲过去。

等到他们离开天戮门有些距离了，唐小左忽然扯了扯大师兄，示意他停下片刻。她站在一块大石头上，隔着茫茫夜色，还能看见天戮门那边几处灯火明，照得人隐隐绰绰，但她还是一眼就看到了凤林染。

她看不清他面上的神色，只是模糊感觉到他身上的猎猎煞气。凤林染的对面，以林云龙为首，站着一排人，看起来已经对峙有些时间了，约莫马上就要动手了。

她问大师兄：“这个距离，如果林云龙他们追咱们的话，能追上吗？”

大师兄看了看她，又看了看那些人：“我拼一拼，还是能甩开他们的。”

“那就好。”唐小左狡黠一笑，蹲在地上堆了一些树叶，用火折子点燃，然后站在石头上，对着林云龙那些人，铆足了劲大声喊道，“林云龙，你姑奶奶我在这里呢！”

大师兄被她这一嗓子差点震倒在地。

“我的小姑奶奶哎，你是真不知道死字是怎么写的吗？”

唐小左仍是固执地站着不动，一直等到林云龙他们认出自己，并且开始向这边追来时，才灭了火，拽着大师兄跑路。

“快点，大师兄，他们追上来了！”

“你还有脸说！”大师兄将她捞在身侧，“抱紧了！”

唐小左立马死死地搂住大师兄的腰，大师兄足下使力，用轻功带她飞奔。

甩开林云龙他们比唐小左想的要简单，因为林云龙后面还有凤林染。

显然方才凤林染也看见她了，所以他一定会阻止林云龙追上来。

唐小左扭头看见两方已经打了起来，不由得对凤林染和天戮门又生出几分愧意。毕竟这件事是因她而起，她给天戮门惹了麻烦，如今暂时离开天戮门，也不算是一件坏事。

大师兄在山下备了马匹，他们一刻也不敢休息，紧赶慢赶回到了唐门。

唐小左见到师父后就哭了，心里那个委屈啊：“师父，我好苦嗷，你看我都瘦了……”

师父捋捋胡须：“你没看见为师也瘦了吗？”

“师父，我太惨了，我都成武林公敌了……”唐小左拽着他的衣袖，一把鼻涕一把泪地甩。

师父摸摸她的脑袋：“为师也很好奇，你一个小丫头片子，是怎么做到的？”

唐小左抬起脸来，挂着泪珠抽噎道：“师父，我说我忘了你信吗？”

师父言语一顿：“你脑子一向不好使，这话可以信。”

“唉，师父你这话说得我都没法接了……”

3.

唐小左把自己的症状说给师父听。

师父又是给她把脉又是给她放血，然后将自己关在书房里翻了三天的医书，最后灰白着一张脸出来了。

唐小左和大师兄迎上去，见他面色着实不好，不由得担忧地问道：“师父，我该不会是真的得了什么不治之症吧，你这脸色也忒难看了……”

师父身子虚晃了两下，扶着额头有些虚弱地说：“快，给为师端些吃食来，这三天忘吃饭了，喝水喝得为师五脏六腑都清了……”

唐小左：“……”

大师兄：“……”

鉴于唐小左是偷偷躲在这里的，自然不能抛头露面，大师兄便让她留在这里陪师父，他去厨房做些饭菜端过来。

大师兄暂时离开后，师父便一直盯着唐小左瞧，看他的神情，竟颇有种扼腕叹息的感觉。

“师父，您能不能别用这种眼神看我。”唐小左被他瞧得身上汗毛倒立，“您看您饿得两颊凹陷眼球凸出的，怪吓人的。”

师父重重地叹息一声，摆明是有话要说但又说不出口。

唐小左凑过去，心中虽然有些不安，但仍是硬着头皮问了：“师父，你有什么话就告诉我，我能承受的。”

“小左啊，”师父犹豫许久，最后还是告诉她，“师父知道你心地善良，不会刻意害人性命。即便那些人真的是你杀的，也一定是他们将你逼到了绝路，你只是拼尽全力自保而已。”

他心疼得不行，颇有些无能为力的感觉。

“我也是这么觉得的。”唐小左托着下巴坐在师父对面，扯起嘴角干笑几声，“虽然听起来像是在给自己开脱，可是那时候林蓁蓁确实想杀我，我也确实为了活下去有杀她的想法。可我始终想不起来，我是怎么动手的？”

师父踟蹰几番，终于还是说了出来：“小左，你可知道‘菩提蛇胆’？”

“菩提蛇胆？”唐小左疑惑地念了一遍，又在脑中搜索一遍，“是菩提蛇的胆吗？”

师父点点头：“菩提蛇是一种剧毒的蛇，而且速度很快，即便是武林高手，也未必能捉到。它的蛇胆对内力有很大的提升作用，而且能够激发人的潜力。但蛇胆本身亦是有毒的，对人体也有损害。为师探了你的脉门，你身体虽有极大的亏损，但却没有毒素沉积，所以你应该不是直接服用了菩提蛇胆，而是萃取蛇胆无毒部分，制成的一种东西……”

唐小左怔怔地听着，感叹道：“世上竟有如此神奇的东西，而且居然被我吃了。”

师父却是愁眉不展，徐徐叹息：“小左啊，为师有一个猜想，想说给你听。”

“师父您说。”

“菩提蛇本就少见，又极难捕捉，而据为师所知，你所服用的，应该不止一个菩提蛇胆。能做到这个的，怕是天下只有闾丘客一人。”

“为什么？”

“一来，闾丘客所居的空灵岛有这种蛇出现。二来，闾丘客是个机关能手，所以他有能力通过精巧的机关捉到这种蛇。”师父目光变得幽深而晦涩起来，“五年前空灵岛遭受灭顶之灾，你却逃了出来。那时你应该已经服用了菩提蛇胆，才有力气穿过大海，逃到千里之外的唐门来。”

“会是……这样吗？”唐小左无意识地抠着自己的手指，心中隐隐激动起来，“如果是这样的话，当初若是闾丘客前辈服用了菩提蛇胆，是不是今天坐在这里的就是他了？可为什么是我服用了呢？”

“这就要问你自己了，当年究竟发生了什么事情，只有你和那些逝者知道。”师父怜惜地摸摸她的脑袋，“你不要有太大的心理负担，但凡是讲江湖道义的人，在生死面前，从来都是把生的机会让给弱者的，况且五年前，你还只是一个柔弱的小姑娘。”

话是这样说，但唐小左的心情却沉重了起来：闾丘客前辈虽说是下落不明、生死未卜，但这五年音讯全无，连师父都得不到他一点消息，很有可能已经不在人世。

唐小左也越来越好奇五年前的事情了。

“还有一件最重要的事情要告诉你。所谓一二为少三为多，你所服用的菩提蛇胆虽然无毒，然则人的潜力是有限的，透支自己的潜力是会折人寿命的。你至多能使用三次，三次过后，饶是神仙也会油尽灯枯。”

“这么严重？”

“最严重的是，你已经用过两次了……”

唐小左彻底怔住了。

“那师父，我失忆是怎么回事？”她指指自己的脑袋，“五年前的事情记不得了，在鸣鹤山庄的事情也记不得了，是因为菩提蛇胆吗？”

师父摇摇头：“这个，为师也说不清，约莫是吧。”

唐小左泄气似的趴在桌上，半天不肯抬起头来。

如此过了一会儿，大师兄才将将回来，手里端着一饭一菜，还有半碗汤。师父埋怨一句：“怎么洒出来这么多？”

“我方才偷听你们谈话了，吓得端不稳了。”大师兄老实说道，然后拉着唐小左的手，很是担忧的样子，“小左啊，你说你咋这么命苦呢？”

谁知唐小左却道：“我命才不苦，我身上还有菩提蛇胆，下次谁再把我惹毛了，我大不了和他同归于尽，谁都别想好！”

“你真是……”大师兄和师父齐齐望着她，又是心疼又是好笑。

诚然唐小左心里这个巨大的疑惑解开了，也便想通了。她服用过菩提蛇胆，对她而言并非是坏事。只要她不使用第三次，便可性命无忧，如同常人一样。现在唯一的麻烦便是林云龙和那些门派的人，以及她身上背负的那几条人命。

可是关于杀了林蓁蓁的事情，唐小左并不后悔，因为倘若林蓁蓁不死，那么那天死的便是她了。况且这件事也并非完全是坏事，至少打开了她脑中的闸口，让她遗失的记忆慢慢浮现。

唐小左想要完全找回这些记忆，即便对她而言都是一些痛苦的回忆。师父试了许多办法，但收效甚微，虽是心急，却也没有别的办法了："只能是顺其自然，等记忆慢慢恢复。或者，去空灵岛走一趟，刺激一下你的大脑，说不定能想起来一点什么。"

"师父你说得轻松，空灵岛哎，那么远，我怎么去？"唐小左愁得直挠头发，"再说我身份现在这么不清不楚的，哪敢贸然去空灵岛呢。"

大师兄凑过来，神秘兮兮地告诉她："我听说左云舒最近要去空灵岛呢，应该是带着那个茯苓姑娘一起。他果真把那个茯苓姑娘当自己的妹妹了，最近亦是在想办法恢复她的记忆，也曾来唐门求助过师父。"

"他倒是心急……"唐小左不屑地哼了一声。

"那茯苓姑娘终究不是左云栀，他不过也是瞎折腾罢了。"大师兄揉揉额头，面上染上几分忧色，"还有，三师弟现在和那个茯苓姑娘感情正浓，你说如果哪天他知道了真相，该如何抉择呢？我们又该如何向茯苓姑娘解释呢？"

"三师兄啊……"唐小左嘟囔了一声，"他怎么就突然喜欢上茯苓姑娘了呢。"

大师兄觑了她一眼，笑道："你是不是傻，三师弟从来喜欢的都是你！"

"……"

第十一章 一场交易

WOYOU
TEBIE DE
WODI JIQIAO

1.

大师兄说起三师兄为何会与茯苓在一起的事情时，不禁连连捶桌子：“乘人之危，绝对是乘人之危！”

原来，那时大师兄将茯苓带回唐门，说这是摔下山崖暂时失忆的唐小左。三师兄并未怀疑，甚至对这个“唐小左”倍加疼惜。

茯苓那时确实什么也记不得，见三师兄对自己如此关爱，便多亲近了些，没想到三师兄竟趁此表白了。茯苓懵懵懂懂，便也接受了，急得一旁的大师兄想捶墙。

“如果不是他早先便喜欢你，怎么会突然表白呢。”大师兄既惋惜又觉得好笑，“只可惜表错了人，自己却还没发觉。”

“那我以后见到三师兄岂不是很尴尬？”唐小左捂着脸说。

“那你躲好了便是。”

唐门后院有一处炼药的地方，其中一个房间是专门腾出来给师父的，其他人不得进去。唐小左躲在唐门的这几日，便是住在这里。师父虽是炼毒高手，却也精通药理。她身子亏空得厉害，气虚力弱，师父便给她配药调理身子。

师父常常是一边给她配药，一边捶着自己的腰感慨万千：“为师上辈子一定是欠了你什么，这辈子才会伺候你这个小丫头片子，还伺候了两次……”一次是五年前捡到她时，一次是现在。

他拿了根人参指着她，故作严肃道：“为师警告你啊，不许有第三次的，为师这么多年攒下的珍贵药材，都快被你吃光了。”

唐小左顺着他的话往下说："那肯定不能够有第三次了，师父对我的恩情，我这辈子都不会忘的。"

"得了吧，你忘记的事情还少？"师父笑着揶揄她一句，转而表情又沉了下来，"不过，为师既盼望着你能记起所有的事情来，又不想你受到伤害，因为那一定不是什么美好的回忆。来，喝药……"

唐小左怔忪地接过药来，一口饮下，苦得直吐舌。

这天，大师兄过来看她，告诉她左云舒带着茯苓来唐门了。

唐小左疑惑道："不是说左云舒要带着茯苓去空灵岛吗，怎么来唐门了？"

"左云舒确实要带着她去空灵岛，来这里不过是暂时躲避一下众人的视线。要知道，现在江湖上很多人都盯着他呢。"

唐小左却一点也不关心这个，她其实更想知道凤林染和天戮门的消息。

虽然不想承认，但是这几日，她心里满满的全是凤林染，看啥东西都像他。

这大概便是睹物思人，害起相思病了。

大师兄抬手在她面前挥了挥："哎哎，你拿着根何首乌在想什么呢？"

唐小左迷瞪瞪地举起来，神思根本游离在外："大师兄，你看这根何首乌，长得像不像凤林染？"

"凤林染？"大师兄盯着何首乌瞧了一会儿，疑惑道，"小左，你是不是眼睛坏了，凤林染我见过，抛却别的不讲，单单看脸的话，当真是数一数二的美男子，他哪里丑得像何首乌了？"

"也是呵，呵呵呵……"唐小左干巴巴地笑起来，生硬地将话题转移到左云舒身上，"大师兄，你方才不是在说左云舒嘛，他和茯苓姑娘准备在唐门待几日啊？什么时候走啊？"

"待不过几日的。"话题一扯回这里，大师兄的表情便平添几分三八兮兮，"其实我就是想说，茯苓姑娘来了，三师弟肯定会同她待在一起，你这几日不要在唐门乱逛，不然看到他俩在一起，你会受打击的。”

“我原本这几天也没在唐门乱逛好吗？大师兄你说这个是不是在提醒我应该去逛一下。”原本她也没有要嫉妒茯苓的意思，所以即便三师兄和茯苓真的在一起了，她也不会觉得有什么。

可是她不想瞧见这对人儿，偏偏他们却自己凑到了她面前。

晚上的时候，她被外面窸窣的声音惹醒。这几日她梦中依旧光怪陆离，睡得极浅，耳力也好上许多，外面有一点风吹草动，都能让她惊醒。

她侧耳听了一会儿，似乎是有人聊天的声音。她轻轻拨开窗子的一条缝，借着外面的皎洁月光，唐小左依稀辨认出外面的两人——三师兄和茯苓。

月黑风高夜，后院偏僻处，的确是幽会的好时机。

他们均是背对着唐小左，坐在一处台阶上。三师兄揽着茯苓的身子，茯苓的脑袋枕在他的肩窝处，看起来很是甜蜜的样子。

他们并未多说什么话，仿若能待在一起，便胜过千言万语。偶有几句话，也说得小声而羞涩，唐小左听不甚清楚。

约莫都是些小情话吧。

唐小左无心偷窥，正欲关了窗子回去睡觉，却见茯苓忽然低咳起来，一直止不住，咳得整个身子都跟着颤。三师兄心疼地拍着她的背，而后站起来说要取些药材给她熬药。

这里本就是炼药的地方，自然少不了各种药材。珍贵的药材大多集中在师父的这个房间，也便是唐小左现在住的这里。唐小左见三师兄朝这边走来，忙踮着脚跑过去将门闩落上，而后回到窗子旁，心中祈祷三师兄千万别进这个房间。若是进来，她只能跳窗出去躲一会儿了。

隔着一扇门，她听见三师兄带着茯苓过来了，好在他们并没有要来这个房间的意思，只是在外面翻找着几味药材。

她听见茯苓说："三师兄，我在明月山庄过得不开心，我想回唐门。"

然后便是三师兄宠溺的声音："好啊，那等你和左少庄主从空灵岛回来以后，我就去明月山庄向你提亲。"

"嗯……"

门内的唐小左抖落一身鸡皮疙瘩。

2.

三师兄找齐药材后，便带着茯苓离开了。唐小左还没来得及松一口气，不曾想下半夜的时候，三师兄居然又折回来了。

幸而她今夜失眠，一直不能入睡，所以才能在房门被撬开的瞬间，跳窗躲开，而后猫在墙角，小心地偷看。

三师兄蹑手蹑脚，一看就不像是要做好事的样子。他在房中翻翻找找，最后找出两根人参、一棵灵芝，还有半棵雪莲。这都是极其珍贵的药材，别的姑且不说，那半棵雪莲，是师父最珍贵的一味药，用作药引，可起死回生。

不晓得三师兄在想什么，居然糊涂到偷这些东西。

唐小左眼珠骨碌一转，决定问上一问。

待到三师兄从药房中出来时，唐小左便正正当当地站在院子中间，眼睛眨也不眨地看着他，质问道："三师兄，你在做什么？"

没想到三师兄见到她不仅不惊讶，反而立马冲过来，将她拉到一边，然后将方才那些药材塞给她："你怎么也过来了，倘若给别人看见了怎么办？"

他果然没有看出她的异样来。

唐小左捧着药材，狐疑地看着他："三师兄，这是……"

"这是你要的那些药材，我帮你找齐了。若是师父问起来，你便装作不知道，我一人承担即可。"三师兄说着，揽过她的肩膀，拥着她急匆匆地往外走，"走，我送你回房……"

唐小左搂着怀中的药材，听明白他的话，心中不由得异常气愤。这茯苓是怎么回事，怎么会怂恿三师兄偷东西呢？若是叫师父知道了，三师兄定然是要受到重罚的。

她停下脚步，气鼓鼓地瞪着他。

三师兄有些莫名其妙，拉过她的手：“怎么了？”

“没什么。”她挣开他的手，虽然想发火但必须克制，毕竟这件事是另一个“唐小左”教他做的。唐小左平复呼吸，撒了个谎想要先把他支开，她才好有机会将药材还回去。

“三师兄，好像有人过来了，你先引开他，我自己回房间就可以。”她说得煞有其事。

三师兄立即警觉地往四周看了看，小声道：“那我先引开他，你自己小心些！”

唐小左点点头。

没想到这种时候三师兄还不忘拾起她的手，放在唇上吻了吻，而且很是自然的动作，好似已经做过很多遍。

唐小左本能地有些抵触，又不好抽回手来，只得由他。

他手指刮过她的掌心，倏忽一顿，而后将她的手掌翻转过来，摊开她的手心，凝眉片刻。

她掌心上还有个疤痕尚未完全消退，小小的、凸起的一条。这是她在天戮门磕的，以前不曾有，大概茯苓的手上也没有吧。

唐小左怕他看出什么，慌乱抽回手来，催促他：“三师兄，你快些走呀。”

三师兄扫去怀疑，摸摸她的头，终于走了。

唐小左站在原地片刻，待到三师兄的身影消失不见，她才捧着药材，回到药房，将这些东西物归原位。

这件事她不能告诉师父，不然以师父的脾气，就算平时再宠三师兄，也绝不会容忍自己亲自教出的徒儿偷自己的东西。不过这件事也不能放任不管，她可以告诉大师兄，让大师兄多提防一些茯苓，免得茯苓起什么坏心思，继续蛊惑三师兄。

想到这里，唐小左有些头疼，事情好像朝着更复杂的方向发展了。她拧了拧眉心，抹平蹙起的眉头，往床边走去，想要在天亮之前睡一会儿。

窗明几净，夜色深沉，忽然响起咚咚的敲窗声。这声音在寂静如斯的房间里，显得格外清晰与诡谲。

唐小左以为自己听错了，本欲不管，不想这声音越发大了起来。她头发丝都要竖起来了，贴近窗户去听那声音，确定外面确实有人。

窗外那人定然知道这房间里有她，所以才会如此做。可是应该不是师父或者大师兄，因为他们大可以直接从大门进来。也不会是刚刚离开的三师兄，因为三师兄没有理由再折回来。那么这唐门中还会有谁知道她藏在这里呢？

今夜她用脑过度，一想问题就脑仁疼，索性不再想。

她随手抓了一个炼药的长嘴壶举在身前，若是等会有人硬闯，她也好有件武器傍身。

外面扣窗声忽止，片刻安静后，一个清清冷冷的男声传来："云栀，是我。"

唐小左呼吸一颤：是左云舒。

怎么会是左云舒呢？

他叫自己云栀，虽然自己真的有可能是云栀，但是在他眼中，那个茯苓才是云栀吧。

唐小左大着胆子，掀开一半的窗户，戒备地看着他。

天上一轮皓月白，照着地上玉人儿。他五官清俊如月白美玉，偏目光冷厉，清冷的月光又添几分肃寒。

左云舒微微抬首，目光寡淡，语气是不容置喙的质问："云栀，方才唐遇已经将药材给你了，你为何要放回去？"

唐小左被他目光摄到，有些胆怯，心肝也不由得颤了好几颤。

"我……"

“云栀乖，把那几味药给为兄。”他牵起嘴角微微笑，眸中分明没有半分缓和。

原来这药材是他想要的，他唆使茯苓，让茯苓蛊惑三师兄来盗取药材。三师兄被情迷了眼睛，才会做出这种荒唐事来。

想到这里，唐小左瞪了他一眼：“我是不会把药给你的，你快些离开，不然我喊上一嗓子，看守这里的人就会来捉你！让大家都知道，堂堂明月山庄少庄主，竟是个偷鸡摸狗的小贼！”

“云栀！”左云舒低呵一声，怫然动怒。

唐小左见他神情不对，欲掩上窗子，不想他上前几步，伸手想要扼住她。

她急急落窗，他速度也不慢，在窗户阖上的片刻，半只手臂伸进来，抓住了她的衣襟，而坚实的木质窗子也生生落在了他的手臂上。

他仿若不觉得疼，也没有要收回手的意思。

唐小左被他拽弯了身子，一时不能挣脱，不由得气急：“你松手！这样扯着一个姑娘的衣服，要不要脸？”

可那只手的力道不仅不见收敛，反而又收紧了些，拽得她不由得又往窗子的方向贴了贴。

隔着窗纸，左云舒的声音轻飘飘地传进来：“倘若我说，这几味药都是用来救凤林染的，他此时命悬一线，若再不凑齐这几味药服下，他便死了，你信是不信？”

“你说什么？”唐小左一怔，手中的炼药壶应声落地，压住窗子的那只手也失力片刻。

便是这片刻时间，窗户猛地被掀开，左云舒那双凉如玉的眸子便直直撞了上来。

“你果然不是云栀，你是凤林染喜欢的那个丫头，叫什么来着……”他嘴角挂着一丝玩味的笑，做出思考的样子，可那神情分明早已知道。

拢起的手指绞得她衣襟慢慢变形，直到勒住她的脖颈，左云舒慢慢地挨近，在咫尺距离打量她，呵出一声冷笑：“你是茯苓，对不对？”

唐小左觉得自己的脸色一定难看极了，可还是强作镇定，佯装笑道：“是，我是茯苓，左少庄主好眼力。”

一只沁凉大手抚上她的脸，语气端的是危险不可测：“是啊，左某也差点认错了，以为你是左某的妹妹呢……”

3.

他们的姿势有些奇怪。

唐小左被他抓着衣襟，身子不得不往前弓着，甚至还探出窗子外一部分。左云舒只是在外面笔直地站着，一直抓着她衣服的手也没有要放开的意思。

如此僵持了有一会儿，唐小左急了：“左少庄主，你能不能先放开我，衣服都快给你扯坏了！”

左云舒却是诡异一笑，手上的力气并没有减少半分，勒得她身子又前倾几分，听见他颇有意味地说：“这衣服若是真的扯坏了，你便不好逃走了吧。”

唐小左瞪大了眼睛，心中刚腾起一股不好的预感，忽然眼前一花，身子腾空，竟整个人被他拽出窗了来。她身子撞在棱角分明的窗杦上，一阵锐利的痛。不等她脚落实地，又听见身前传来几声衣帛撕裂的声音，胸口处随即有凉风灌入，霎是冰凉。

她一个趔趄站稳身子，第一个动作是捂住胸口，不敢相信地看着左云舒：他他他……他竟真的扯坏了自己的衣服！而且是故意的！

做人怎么能无耻到这份上！

“左云舒，不要仗着你武功好就欺负人！”唐小左气得直跺脚。

左云舒挑眉，意有所指地看了看她用双臂捂住的胸口：“就欺负你，怎么了？”

唐小左一吓，往后退了两步，脑中立即浮现出一副恶棍欺负良家妇女的场景，当即心中生怯，没了气势，垂下脑袋像只斗败的小公鸡。

“没什么，就随口说说。”她认㞞。

此时她的处境有点艰难，她既不能和左云舒对抗，又不敢大声喊叫惹来唐门的其他人。毕竟如今她的身份已经不是唐小左，而且另一个“唐小左”也在唐门，到时候便不知该如何解释了。

况且就算她不顾及身份，也要顾及自己女儿家的颜面。她的衣服给左云舒扯得不像样子，虽然里层还有小衣遮羞，但到底离春光乍泄不远了，这番狼狈的光景她可不想叫大家看到。

显然左云舒便是捏住了她这一点，才敢如此肆无忌惮。

“茯苓姑娘，你为何会出现在这里？”沉默方顷，左云舒终于还是想起问她这个问题了。

唐小左此时又气又委屈又不敢发泄，恨不得多长两只手挠他俩爪子，哪里肯回答他的问题。

左云舒也不急，卸了自己的披风搭在手中：“不若这样，你回答我这个问题，我便把这个送给你，嗯，遮一下……身子。”

披风是普通的披风，他兜在手上故意诱惑她，偏偏她是真的需要。

唐小左鼓着腮帮看他：“你说话算话！”

左云舒扬着嘴角点点头。

左右不过是编一个瞎话，唐小左早在进唐门的第一天起便编好了：“我不是被武林众人追杀嘛，无处可躲，便躲到这里来了。”说完便要去抢那披风，左云舒拂手一躲，她捞了个空，立马收回手来继续捂胸瞪他，“你不讲诚信！”

“你的回答，我不满意。”左云舒的目光变得幽邃起来，“为什么偏偏是唐门？”

唐小左早便料到他会如此问，也不心虚，理直气壮呛他一句：“我要是躲在别的地方你又会问我为什么要躲在别的地方，那我总得有个地方躲吧。”

左云舒一愣，而后手上一轻，手中的披风已经被她趁机捞走。

唐小左将披风裹在身上，得逞似的看着他。

左云舒看了一眼自己空空如也的手，而后又望向她，眸中一剪碧波徐徐平铺开来，漾出一丝真心的笑意来，竟是被她逗乐了。

“我突然有一个想法，”左云舒盈盈笑着，眸中寒意化却几分，慢慢地向她逼近，“倘若你来做我的妹妹，一定很有趣。”

唐小左给他逼得步步后退，听他这话，不由得觉得可笑：“你想认我做妹妹，我还不想叫你哥哥呢。”

许是这话惹恼了他，方才表情缓和了几分的左云舒又恢复以往冷冰冰的样子：“我不需要你的同意，从来我想做的事情，还没有一件做不成的。”

唐小左用生命朝他翻了个白眼。

左云舒不理会，倾过身来说：“我们来做个交易如何？”

唐小左不知道他又在打什么歪心思，扬着脸戒备地问他：“我为什么要和你做交易？”

左云舒手指钩起裹住她身子的披风的一角，慢慢卷起，半是威胁地说：“你觉得你现在还有别的选择吗？”

“我可以选择去死！”唐小左一脸不屈。

“哦？你宁愿死也不跟我做交易？”左云舒故意叹了口气，“其实很简单呢，不过是邀你去明月山庄小住几日，代替云栀给我做几天妹妹。不过你既然这般态度绝决，我也不好勉强，你且放心地去吧。”

啥？给他当两天妹妹！

虽说她心中十分排斥明月山庄，但现今她被人追杀，总躲在唐门窝在这个小药房里也不是个办法。明月山庄在江湖上很有几分地位，若是去那里躲上几天，定然要比现在自由很多。

她心中的小算盘一算，觉得这交易还挺划算：“可是左少庄主，为什么要我代替云栀姑娘给你做几天妹妹呢？”

左云舒勾勾手，示意她再靠近一些。

唐小左乖乖地将耳朵递了过去。

“云栀是知道闾丘客前辈下落的最后一人，此番我带她去空灵岛找寻过往的记忆，定然有很多人已经瞄上了我们，等着来分一杯羹。”他捏着她的下巴，饶有兴趣地审视她这张脸，“正巧你与云栀长得极像，可以帮我迷惑那些人的视线，我先带你回明月山庄，小住几日后，我再回到唐门，带云栀去空灵岛，届时，便能摆脱那些人了。你在明月山庄住着，那些人忌惮于明月山庄的名声，不会对你怎么样的……”

“听上去好像很完美。”唐小左一边点头，一边拨开他落在自己下巴上的手，默默地离他一步远，退到安全距离以外，“那我答应你，不过有件事你得对我说实话！”

她抬眼，睁得大大地望向他。

左云舒眸波微微一晃：“什么事？”

“你方才说偷那三味药是为了救凤林染，他果真受伤了吗？伤得很严重吗？”她问得恳切，眼睛眨也不敢眨，带着些许殷切与担忧，生怕一不留神被他骗到。

“原来是问凤兄呵，自然是……”左云舒眼神微定，轻飘飘地吐出一句，“骗你的。”

“那你千方百计地偷药材是为了什么？”

“因为值钱啊。”

“我不信！”唐小左拿眼睛横他，“你堂堂明月山庄少庄主，会缺那点钱？”

左云舒一副你爱信不信的样子。

唐小左噘嘴道：“这药我放回去了，你不许拿走！”

左云舒不屑地哼了一句：“你又打不过我。”

是是是，她打不过他！“你这么厉害，你咋不上天呢！”

第十二章 假装兄妹

WOYOU
TEBIE DE
WODI JIQIAO

1.

那三味药最终还是被左云舒拿走了，唐小左第二天也被左云舒带走了。

她走前偷偷给师父和大师兄留了信，简单交代了一下左云舒与她做交易的事情，末了还没忘告诉师父，左云舒就是个不要脸的偷药贼嗷偷药贼！

可是她被左云舒接到马车上的时候，并未发现那些药材的踪迹。

左云舒忽然撩起帘子，拉她过去，指着窗外说："你看……"

唐小左好奇地往外面望去，可是除了沿路的风景，并没有什么特殊的东西。

"你让我看什么？"

"不看什么，就是让你露个脸，让那些跟踪的人以为云栀跟我回明月山庄了。"左云舒理所当然地说。

唐小左扭头白了他一眼，气哼哼地说："那你直接说就好了，我又不是不配合。"

左云舒扬了扬唇。

唐小左乐得伏在车窗上看风景，只是秋风开始凛冽，偶尔风力会强劲，很不温柔地将她额前厚重的刘海掀起来，一不小心露出那块伤疤来。

唐小左本没在意，偏巧被左云舒瞥了去。他并没有太惊异，而是淡淡地说："原来你和云栀的区别在额头上，云栀额头上没有疤，你仔细些，不要给别人看去。”

唐小左用手按住额前飞舞的头发，半天没有说话。

她能说什么，她和那个“云栀”的区别可不止额头上这一点。

左云舒叮嘱完这句话以后便再没搭理她，他环臂倚在车厢里，闭目养神，那种拒人于千里之外的气息在这方小小的车厢里显得格外强烈。

他的态度在他们抵达明月山庄的时候，突然发生了巨大的转变。

马车停下时，左云舒先一步下车，在她拨开帘子也准备跳下来的时候，已经站在外面的左云舒笑融融地伸出了手：“云栀，小心些，来，大哥扶你下来。”

唐小左的两只鸡爪子愣是被吓得往袖子里缩了三分。

左云舒保持脸上的微笑不变，上前一步，硬生生将她的手拉出来，“关切”地将她扶下马车。

这都不算完！

唐小左实在不能适应他这突如其来的示好，正想赶紧进山庄，却被他按在原地不能动。对方兜起自己精致的袖口，有模有样地擦起她脸上并不存在的汗水：“坐了这么久的马车，累坏了吧？”

唐小左脑中一震，找回了些许理智：想来左云舒是要制造出一个左云栀已经回来的假象，所以才会在山庄门口多做些戏，叫那些躲在暗处偷窥的人一次看个够。

想明白了这些，唐小左心下便释然了，刚要开口喊他一声“左少庄主”，但只启开了一个“左”字的口型，便被他擦汗的手暗暗地捏了一下脸颊。

“叫大哥……”左云舒笑着，不动声色地挤出三个字来。

唐小左给他捏得一个激灵，木讷着吐出几个字来：“大、大哥，我们进去吧。”

约莫左云舒也演够了，这才带着她进了明月山庄。

“我住在哪儿啊？”唐小左迫不及待地想离他远远的，不想和他多待一刻钟。

“吃完饭我让阿珂带你去。”

饭后，左云舒便让阿珂带她去“左云栀”的房间了，或者说，现在是茯苓的房间。连阿珂都不能分辨出她和茯苓，一口一个大小姐叫得很是熟练。

唐小左现在还记得眼前这个长相憨厚但却没对自己做过什么好事的少年，尤其是他将自己推进假山山洞里那件事，差点让她产生心理阴影。

“阿珂……”故地重游，经过那座假山的时候，唐小左捏出一个柔情似水的声音来，冲他笑得特别甜。

少年被她叫红了脸，羞得目光躲闪不敢看她。

“怎么了，大、大小姐？”

唐小左抚摸着旁边的假山石壁，故作疑惑道：“这里不是有个机关吗，在哪儿来着，阿珂你还记得吗？”

阿珂自然是记得的，他立马热情地教给唐小左：“大小姐，您看，只要按这里，上面这扇石门便落下来了。”

“是吗？”

唐小左面上虽是惊讶的样子，嘴角却扬起一丝坏笑来。

趁着阿珂不备，唐小左一把将他推了进去，而后立即按下他方才说的地方，得意扬扬地看着厚重的石门落下。

阿珂那张惊慌失措的脸看着还真是爽啊。

不理会里面的叫喊声，她拍拍手，哼着歌，若无其事地走了。

第二日，左云舒带着阿珂来她房间的时候，唐小左还以为是来算账的，毕竟阿珂望向她的那委屈幽怨的眼神，隔着好几米就能感觉到。

然而并没有，左云舒只问了句“休息得可还好”，然后带她去吃早饭了。待她战战兢兢吃完早饭，他又带她一起去看望老庄主，也便是左浩天。

如果当时凤林染调查的事情是真的，那么这个左浩天也算是她的恩人。他当初好心收留她们娘儿俩，虽然后来娘的下场不算好，但左浩天这个人，对她也算是极不错了。

故而她没有拒绝左云舒，乖乖地跟着去了。

左浩天见到她一如当初那般激动，只不过说的话有些奇怪："云栀，爹的好云栀，你终于又回来看爹了……"

唐小左奇怪地看了左云舒一眼，左云舒面色不变，压低声音说："我知道你想问什么，一会儿给你解释。"

左浩天一直拉着她的手，断断续续地说了好一会儿的话，虽有些漫无边际，但唐小左也从他的话中听出些异样来。

她没想到左浩天病成这个样子，竟还是难得能分辨出她和茯苓区别的人。

他一直不承认前些日子左云舒带回来的茯苓就是左云栀，骂左云舒骗他，实在不孝。可是左云舒以为茯苓就是左云栀，不能理解为什么自己的父亲就是不承认。

左云舒向唐小左解释："约莫是这么多年来，爹先看到的人是你，所以先入为主，以为你就是云栀。而我把真正的云栀带到他面前，他反倒不认了，果真是糊涂了。"

唐小左暗暗冷笑一声：自作聪明，你才是糊涂的那个！

2.

入夜子时，唐小左准时出现在左浩天的房间中，轻松撂倒了在旁边打瞌睡的婢女，而后走向床上的左浩天。

白日的时候，左浩天一直拉着她的手在说话，表面上虽是东拉西扯不着边际，却是在左云舒看不见的时候，暗暗在她手心里写下"子时"两个字。

她便明了：这老爷子果然心里很清明。

唐小左刚临近床边，左浩天便睁开眼睛，想来也是等着她，一直未睡。唐小左有些怔忪，不晓得这会儿应该叫他“左庄主”还是“爹”？

倒是左浩天先开了口，招手让她走近些：“云栀，过来。”

他仍旧叫她云栀。

唐小左不确定他是真的知道自己就是云栀，还是如左云舒所说，他只是因为先入为主，将她认成云栀。

不过接下来左浩天的话很快解答了她的疑惑。他说：“我知道你才是云栀，之前一直住在这里的姑娘是假的。”

唐小左一愣：“你为什么这么确定？”

“云栀的后颈处有一块小小的红色的胎记，你有，那个姑娘没有。”左浩天隐隐激动起来。

唐小左下意识地摸了一下自己的脖子：那里确实有块红色的胎记，先前她也不知道，还是那次在客栈她被林蓁蓁敲破了脑袋，包扎时才发现的。

原来区分她和茯苓，竟是一块胎记这般简单。

唐小左叫了声“左庄主”，本想安慰他两句，却被他一声叹息打断：“你叫我左庄主，到底是生疏了。当年我既对不起你娘，又有愧于云舒的娘，你和云舒都恨我，我知道……”

“我没恨你，以前的事情，我都忘了。”唐小左面上一派平静，因为忘得太彻底，所以现在只把他当作一个可怜的老人，并无其他感觉。

她说她忘了以前的事情是真的忘记了，可是左浩天显然以为这只不过是宽慰他的话。他面露愧疚，说出一些唐小左听不懂的话：“你娘死后，我应该更关心你一些的，也不至于让云舒那样伤害你。可是云栀，看在我的面子上，你原谅云舒好不好？”

所以左云舒以前果然做过伤害她的事情。

左浩天还未察觉到她的异样，继续恳求她：“我从来当你是我的亲生女儿，一辈子都渴望儿女双全、承欢膝下的生活。如今我已是个行将就木的人，你连这个心愿都不愿意满足吗？”

他说完好一会儿，也不见唐小左言语，他许是心急，竟咳出一口血来。唐小左不忍心，拿了旁边干净的帕子递给他。

“左庄主，原不原谅是我的事情，这不是能强迫的事情。”

唐小左扶他躺下，正欲转身离开，却被他枯槁的手拉住。

“云栀，当年你在空灵岛失踪后，云舒去找过你，这些年过去了，他也很自责，他没你想的那么坏。你若对他有怨，就让我这个做父亲的来偿还……”

他这般低声下气地祈求她，她终是忍不住，转身告诉他：“左庄主，你真的觉得他不坏？他曾在你的药中掺了马钱子，害你身子越来越差不能自理，即使这样你也能原谅他？”

左浩天一怔，混浊的眼神狠狠地晃了一下，声音也僵硬起来：“我能理解他为什么会这么做……”

儿子恨自己的父亲恨到这个份上，他居然说理解？

唐小左想起那时候右护法提到的，关于左浩天的事情。诚然当年左浩天收留十三娘的做法欠妥当，在没有征得左夫人同意的情况下，将自己的初恋带回明月山庄。

试问这世上有哪个妻子会容忍一个丈夫喜欢的女人在自己家中？

倘若真的是左夫人害死十三娘，那么左夫人就是唐小左的杀母仇人。可是左夫人也早已坠崖殒命，究其原因，也与十三娘分不开。而造成这一切的源头，是左浩天。

所以左云舒恨左浩天，恨十三娘，恨十三娘的女儿，也便是她。

可是她该恨谁呢？

唐小左按下左浩天抓着自己的手，别过脸去不看他，因为她接下来的话会叫他失望。

“左庄主，倘若你也曾真心疼爱过我，就请不要告诉左云舒我的身份，我不想做回左云栀。”

她说完这个，便头也不回地跑开了，徒留一个苍老的声音：“云栀……”

唐小左思绪非常混乱，左浩天的话一直在耳边挥之不去，她总觉得刚才她应该说一些更委婉的话，毕竟他现在是一个可怜的老人。

她心中越来越不安，总觉得哪里不对，眼看就要回到房间了，她突然止住脚步，扭头折返。

远远地，她看见左浩天的院子里火光乍现，浓烟滚滚，她暗叫一声不好，脚下加速，往院中奔去。

亦有别人发现了火情，大叫着找人灭火。

幸而唐小左发现得及时，火势尚不见大。她撕了袖子，用水浸湿，捂住口鼻踹开房门冲进去，见左浩天的床帏已然燃烧殆尽，而他却倒在离床不远的地方，手中还握着一个烛台。

显然是他自己纵的火。

唐小左先是拿出解药让那名先前被她药晕的婢女清醒，叫她赶紧逃命，而后拽着左浩天的胳膊，将他架起来，蹒跚着向房门走去。

“外面的人，你们倒是快点进来帮忙啊！”唐小左大声喊道。

左浩天早已昏迷过去，唐小左扔了手中用来捂鼻的帕子，两只手拖着他走，原本只有几步远的距离，她却走得无比艰辛。

终于，火烟缭绕中冲进来一个人，直直奔向她，二话不说从唐小左手中接过左浩天，一个闪身便冲出房去。

是左云舒。

还算他没有泯灭人性。

唐小左被烟呛得直咳嗽，四周已是火光滔天，她本欲跟着左云舒一起出去，却倏忽脑袋一疼，呼吸暂窒，随即铺天盖地的眩晕袭来，叫她站不稳身子，挪不动脚步。

鼻间灌入浓烈呛人的烟气，眼前天旋地转像是人间地狱，她痛苦得快要死去了。

不知过了多久，有人猛地抓住她的肩膀。

唐小左惊恐地尖叫一声，眼前虚虚幻幻，她看不清那人是谁。

“我带你出去！”

左云舒抱住她，就地一滚，在火势压倒房屋的最后一刻，破火而出。

3.

左云舒吩咐阿珂带唐小左回房间，他则急着去看左浩天了。

可还未曾回到房间，又有人跑来，说左云舒要她回去。

阿珂扭头询问唐小左的意见。

唐小左强打精神：“那便回去吧。”

想来是左浩天情况不好了。

事实也果然如此。

经过今晚这一劫，左浩天身子已然承受不住，恐怕难以撑过这个晚上。大夫看过，叹息着摇头，表示回天乏术。

左云舒急红了眼，他揪住旁边一人：“你去把雪莲、灵芝还有人参都拿来，快点！”

那人立即跑出去，不一会儿捧着三个木匣回来。

唐小左看了一眼，是那天左云舒从唐门偷走的那三味药材。

她不由得有些诧异：他偷药材原来是为了左浩天。可纵然这些药材都可以用来续命，左浩天的身体却无法承受药材的效力。大夫犹豫半晌，只拿走雪莲，研成细粉，给左浩天服下。

半个时辰后，左浩天幽幽转醒。

众人正要松一口气，却又听大夫对左云舒说：“老庄主若是还有什么心愿，一并应着吧，老庄主恐怕……”

唐小左看到左云舒的脸色立即变得惨白。

然而这也是无力回天的事情，左云舒沉默片刻，挥手遣退了房间中的其他人，却留下了唐小左。他过来拉住她的手扶起她来：“等会儿不管我爹说什么，你都替云栀应着，好吗？”

唐小左除了点头，还能做什么呢？

她和左云舒一起来到左浩天的床前。

这一夜唐小左见了他两次，没想到会见完了他这一生。

左浩天原本灰暗的眸子里，在看到她和左云舒握在一起的手时，终于有了几分生息："能看到你们兄妹俩和睦相处，我很开心……"

纵然他看到的不过是表象，可是在一个临去的老人面前，他们又何必拆穿呢。

左云舒沉默不语，唐小左却感觉他握着自己的那只手用力许多，分明他也在忍耐，不愿轻易表露自己的感情。

父子做到这个份上，又是何苦？

"云栀，你会原谅云舒，把他当作自己的亲兄长，帮助他，永远不会背叛他，是与不是？"左浩天满是希冀地望着唐小左，这次却轮到她沉默了。

见她久不言语，左浩天忽然又说："云栀，你一定不会拒绝我，否则你心中有愧。"

唐小左身子一震。

是的，若是不答应他，她良心上过不去：纵然今晚是左浩天自己放火不愿苟活，可若不是她先前药晕了他房间的那个婢女，许是在他放火之前就能被发现，不至于发生后来这样的事情。

这晚是左浩天邀她来的，或许从一开始他就给自己下了个套。

没有什么比用死来威胁一个人更有效了。

唐小左几欲想逃走，但左云舒的手、左浩天的目光，都是在逼她做决定。她没有拒绝的余地，她几乎战栗着说完下面的话："是，我会原谅大哥，把他当作自己的亲兄长，帮助他，永远不会背叛他。"

诺言向来拴住有心人，若是无心，便可转头就忘。

即便忘了以前种种，唐小左还是做不到无心。

左浩天听完，舒展了神情，像是放下了多年来压在自己心头的担子，他笑着对左云舒说："小舒，你要时时记得云栀的话，以后要待她好一些，你心里其实知道，她从来没有做错过什么……”

左浩天一直在笑，眸光渐渐空旷，像是看见了很美好的人、很美好的事，身上再没有痛苦，心里再没有伤痛，他从世事中剥离出来，脚踏轻风，渐行渐远……

这晚，明月山庄的哀恸遮了整片月。

左云舒慢慢放开她的手，冷静得有些可怕：“茯苓姑娘，今晚谢谢你了，你先回去休息，家父的后事，我一个人来就可以。”他唤来阿珂，送她回去。

对他而言，她不过是陪他演了一出戏。看戏的人都走了，唱戏的也便散了。

次日清晨，吊丧的人来了，左云舒亲自来找她。他神情疲惫，却还是冷静地安排着一切：“今天会有很多武林中重要的人前来吊唁我爹，你必须露面，让他们知道云栀在明月山庄。”

就算此时他内心悲痛万分，可是他仍然心思缜密，算计着人心。

唐小左只有一个问题：“我家门主会来吗？”

“会来。”他给她换上丧服，扶她起来，暗中嘱咐，“这三天，我们得像是亲兄妹一样相处，所以你最好不要告诉他你是茯苓……”

她本来也不是茯苓。

唐小左复杂地看了他一眼。

第十三章 施美人计

WOYOU
TEBIE DE
WODI JIQIAO

1.

凤林染果然来了，他一袭月牙白衣，墨发束着，折扇收起，敛了眉眼的张扬，端端立在堂前吊唁。

唐小左偷偷看了他一眼，好想就此起身扑到他怀中，任性地好好蹭上一番，将心里的委屈与思念说给他听。

然而不能，人来人往中，她只能恋恋不舍地收回目光，垂着脑袋，继续守在左浩天的灵柩旁边。

师父和大师兄、三师兄也来了，唐小左暗暗替自己捏了一把冷汗。师父和大师兄自然知道她为什么会在这里，三师兄却不知，他许是在纳闷为什么会有两个左云栀，一个在唐门，一个在明月山庄。

后来大师兄告诉她，他们骗三师兄说左云舒找了一个和左云栀相似的姑娘，以防来吊丧的这些人中有心怀不轨之徒。

三师兄居然信了。

唐小左这一守便是三天，三天后，左浩天下葬，她一路被人扶着走。不是她体力弱，实在是这三天她几乎没睡，而且跪得膝盖疼，走路有些蹒跚。

说起来命运也是微妙，她一直不愿意承认自己是左云栀，可兜兜转转，上天还是让她做了她应该做的事情。

左浩天的灵位放在左家的祠堂里后，左云舒在那里坐了一天，不许任何人来打扰。纵然他恨左浩天，可是他也需要时间来接受自己在这世上唯一一个亲人去世的事实。

去空灵岛的事情也因此搁置几天，毕竟作为儿子，怎么也得等到过了头七他才能出山庄。

左浩天的事情办完以后，唐小左不管不顾地睡了整整一天一夜，梦里的光怪陆离、魑魅魍魉都没让她醒过来。然而画风一转，她朦胧中望见一个扎着总角的小女孩，托着下巴蹲在一个男子身旁，稚嫩的声音透出天真与好奇来："叔叔，你种的是什么？"

"这是栀子树。"那个男子用小铲子拍实了泥土，转过脸来宠溺地看着小姑娘，"你娘亲最喜欢栀子花了，等她醒来，看见了就会很开心。"

"可是娘亲睡了好久了，怎么还不醒呢？"小姑娘嘟着嘴问。

回答她的却是一声叹息。

唐小左只远远地看着，心上却弥漫上一股悲伤来。她不晓得这股悲伤从何而来，却让她难过得快喘不上气了。

睁开眼已经是第二天的清晨。

窗户打开，晨曦微微袅袅，柔和地铺满整个房间，有人坐在床边，拿了棵狗尾巴草，一边在她鼻间轻扫，一边扬着嘴角宠溺地笑。

"阿嚏……"

唐小左几乎一下子完全清醒了，她按住拿狗尾巴草的那只手，问那人："我是谁？"

那人哧地笑了一声："茯苓，本座的小茯苓。"

唐小左鼻子一酸，顾不得害羞，一头拱进他的怀里，心里想什么，嘴上便说出来了："门主，我好想你。"

"嗯。"一只大手抚上她的脑袋，"有多想？"

"特别想特别想的那种。"唐小左吸了吸鼻子，斗胆问了一句，"门主你想我吗？"

"嗯，想。"凤林染扶着她的肩膀将她从自己怀中托起来，笑容慢慢变得危险，"茯苓，本座想你想得好苦，找你找得也好苦。"

"门主……"唐小左察觉不对，忙往后缩了身子，抓了枕头横在自己身前，“门主，我现在可是在扮演左云舒的妹妹，你不能打我。”

凤林染轻而易举地拍飞她的枕头，撑着手臂将身子压过去，咬牙切齿地说：“说得好像本座以前打过你似的。”他捏住她的胳膊，防止她继续往床深处躲，“你给本座说说，那天从天戮门中将你带走的人是谁？你又是怎么出现在这里的？”

唐小左眼珠刚骨碌转了半圈，就被凤林染看出了心思，他喝她一句：“眼珠转什么转，不许编瞎话！”

“……”

唐小左无辜而委屈地眨巴眨巴眼，捧起他的脸，真诚地说：“门主，我不编瞎话，但你能不能不要问了，等以后时机到了，我会把所有的事情都告诉你的。”

她不是茯苓，她是唐小左，也是真正的左云栀。她有很多秘密，纵然这些秘密压得她快喘不过气来了，可是她现在仍是不敢告诉他。

凤林染覆上她的手，窝在自己的掌心中，抬眸看她，碧波微漾：“你这是……在给本座施美人计吗？”

“我也知道我不美……”唐小左挫败地埋下头，下巴却被凤林染捏住。

他一手捏着她的下巴，另一只手裹住她的小手，俊脸欺了过来，眸中带焰，呼出的气息染了些许诱惑：“不但不美，这计也差些火候……”

“唔？”

唐小左由他抬起下巴，眼睁睁看着凤林染的脸慢慢放大、靠近，本是暧昧时，偏偏她忽然想起了一个问题：“对了门主，你是怎么认出我的？”

凤林染动作一顿，转而低头在她发上落下一吻，清晨的风徐徐吹开他嘴角的微笑：“你看我一眼，我便知道你是我的谁。”

“可我做梦的时候，都认不出我自己。明明是我的故事，我却像是一个旁观者。”梦里不识自己小时候的样貌，只能感受到小时候的难过与悲伤。

凤林染身子微紧，问她：“你夜里又梦魇了？”

唐小左身子一抖，被他察觉，随即身子被他搂得更紧，一声几不可闻的叹息撒在她头顶。

“你这丫头，一身毛病，本座究竟是为什么会看上你呢？”

唐小左仰头，认真道：“大概是因为我惊世骇俗的容颜。”

“真有脸说。”凤林染推推她的脑袋，被她逗笑了。

“咳咳……”

房门处忽然传来两声轻咳，她和凤林染齐齐望过去，是左云舒站在那里，不知何时过来的。

2.

不知道为什么，左云舒看她的那个眼神，颇有种捉奸在床的感觉。

如此三人六眼相互看了好一会儿，左云舒才抬脚进来，幽幽道：“凤兄这样抱着左某的妹妹，怕是于理不合吧？”随即又瞪了唐小左一眼，口气不善，“衣衫不整，像什么样子！”

唐小左挺听话，默默拉高了被子，挡住自己的身子。

其实她本就是和衣睡着的，昨天晚上实在太累，她只脱了鞋子便睡了，身上的衣服未解，如今已经有些皱皱巴巴。左云舒要她最好不要与凤林染相认，老老实实地扮演他的妹妹。可是天地良心，是凤林染先认出她的，她并没有违背与左云舒的约定。

凤林染放开她，站起身来，淡定笑道：“左兄，这可不是你的妹妹。”

左云舒方换了神色，温和笑起来：“凤兄说的是事实，是我拜托茯苓姑娘假扮云栀，事先没告诉你，是我的不对。先让茯苓姑娘洗漱一下吧，我们出去说话。”

左云舒做了一个请的姿势，静候凤林染出去，而后不忘瞥她一眼，叮嘱她："我让丫鬟进来伺候你洗漱，你先把衣服换了，要穿些素净的衣服。"

他这话说得顺畅而自然，带着长兄的威严与细心，仿若她真的是他的妹妹。

唐小左默默压下心头的怪异之感，老老实实地去换衣服，洗漱干净后，抱了个苹果去找凤林染。

凤林染和左云舒坐在前厅中，他们在讨论唐小左的去处问题。

凤林染想要带唐小左回天戮门，左云舒不让，他说唐小左与他有约定，不能食言，况且现在唐小左扮演左云栀，待在明月山庄比待在天戮门安全。

凤林染不乐意了："你是说本座保护不好她吗？"

"我是听说茯苓姑娘前些日子受了很严重的伤……"左云舒淡淡笑着，意有所指。

两个男人之间立即腾起一股针锋相对的火药味来。

到底他们的话题都是关于自己的，引得这两个男人斗嘴，唐小左实在承受不起，便自顾自去山庄里散步。

鼻间涌进一抹清香，唐小左寻香找去，是一个小而雅致的院子，看起来已经许久未曾有人住，一排栀子树花已经开败了，但香气还淡淡弥留着。

这个院子之前阿珂带她来过，是让她心生压抑的院子，也是十三娘曾经住过的院子。

十三娘是她的娘亲，想来她的童年，也是在这个院子里度过的吧。

房门上落了锁，许是天意，她稍稍一按，那锁便自己打开了。

唐小左探着身子往里面看了看，犹豫片刻，抬脚走了进去。

房间清雅素净，只是摆设都已经老旧，落了一层薄薄的灰。唐小左在房中转悠了两圈，并没有发现什么特别的东西，正欲出去，忽然瞥见里面还有一个被帘子掩住的偏房，应该是卧室。

她揭开帘子，闪身进去。

桌椅床褥梳妆镜，只是个普通的寝室而已，唯一不普通的，便只有内侧的墙上，一道道乱七八糟的划痕了。

可惜了这么精巧的房子，被这些划痕破坏了美感。它们深浅不一，像是被带有棱角的石头划的。

唐小左伸手触及，一种愤怒又无助的感觉，自指尖蜿蜒而上，直触心底。她心绪一颤，有些恍惚，总觉得这些划痕很熟悉，好像在哪里见过。

在哪里呢？

她正沉浸在自己的世界里搜索脑中有限的信息，不妨一只手忽然拍了下她的肩膀。

唐小左尖叫一声，差点跳了起来。

她这么大的反应把身后的两人也吓了一跳。

“茯苓，你……”凤林染和左云舒俱是微愕地看着她。

唐小左见是两人，拍拍胸脯压惊：“门主、左少庄主，你们怎么过来了？”

“还不是找你嘛。”凤林染没好气地说，“你偷偷地跑来这里做什么？”

“没什么，我就是好奇。”唐小左有些心虚地看了一眼左云舒，“是我没打招呼就进来了，还请左少庄主见谅。”

好在左云舒并没有怪她，反而轻描淡写地说：“无妨，这个院子空置许久，无人居住，你想进来玩随时都可以。”

不知是不是唐小左的错觉，她总觉得左云舒也有意无意地瞥了墙上的那些划痕几眼。

他们出了院子以后，一时谁都没有说话。

唐小左怕左云舒多想，便主动说道：“门主、左少庄主，你们商量好我的去处了吗？我是继续留在这里，还是回天戮门？”

凤林染没有回答她，倒是左云舒微微笑道：“方才我已经劝服凤兄了，留你在这山庄里多住几天。等爹的头七过去，我便去一趟空灵岛。等我回来，你便可随凤兄回天戮门了。”

“是这样啊。”唐小左看看凤林染。凤林染将她拉到自己身边，一副不放心的样子。

“这丫头放你这里我还是不放心，要不……”

左云舒凉凉地提醒：“凤兄，君无戏言。”

凤林染捅他心窝一拳：“好好照顾她。”

“凤兄尽管放心，我会把她当亲生妹妹一样照顾的。”

“不许对她有非分之想！”

左云舒嘴角抽了抽：“说实在的，我一直在怀疑凤兄的审美。”他看了唐小左一眼，忍着笑说，“以凤兄这般姿色，你是怎么看上茯苓姑娘的？你又是为什么会觉得我会看上茯苓姑娘呢？”

唐小左有些凌乱：你什么意思啊你！你是在说我丑吗？我生气啦！

3.

凤林染又在明月山庄待了一天后，便回天戮门了。天戮门和明月山庄约莫有半天的路程，并不是非常远。

凤林染毕竟是一门之主，总围着她转也不是那么回事。他说先回天戮门处理些事情，过两日再回来看她。

唐小左心疼他来回跑得辛苦，纵然心中想时时见到他，但还是忍着不说，只道是让他安心忙天戮门的事情，不过来看她也可以。

凤林染捏了捏她的鼻尖：“你说违心话的时候真可爱。”

左浩天的头七过后，左云舒与唐小左吃了一顿比较丰盛的饭，便准备去唐门接“左云栀”，然后一起去空灵岛。

因为那个“左云栀”不是真正的左云栀，所以左云舒这次去空灵岛也不过是瞎折腾。可唐小左并不打算告诉他真相，毕竟不折腾他，就该折腾她了。

左云舒走前告诉她："此番我出去，可能会有人趁此机会闯入山庄难为你，你要小心些。"

唐小左不解："谁会难为我？"

"外面的人现在把你当作云栀，他们趁我不在，定然会打你的主意，想办法从你这里得到一些讯息。"

唐小左听出几分危险来，不由得脸一虎，拿眼睛横他："你骗人！"

左云舒一愣："我骗你什么？"

"你在唐门的时候，明明说那些人忌惮于明月山庄的名声，不会对我怎么样的。"这是他带她来之前，亲口给她承诺的，她记得特别清楚。

可是左云舒却好似忘了，或者根本就是假装记不起来："哦，是吗？我说过这样的话吗？"

居然不承认了！

约莫是见唐小左有些愤懑，左云舒便安慰说："我同阿珂说好了，倘若真的有人闯进来，他会带你去假山里面的那个山洞里躲着。里面已经备好了蜡烛和火折子，你不用怕黑。"

"那里安全吗？"唐小左皱着眉头看他。

"在我回来之前，一定保证你没事。"左云舒瞧着她，心里似乎在想什么，有些漫不经心地笑了。

唐小左觉得此时不相信他也没有别的人可以相信了。

左云舒交代完了，便牵着马匹转身要走，可是走了两步又停下来，扭头看她："我现在要出远门了，作为妹妹的你难道不该送送我吗？"

唐小左挠挠头："按常理来说是该送，可是……"

左云舒打断她："那便送我出山庄吧。"

唐小左不情愿地翻了个白眼：“可是这种事情也要演吗？那我要不要折根柳条与你依依话别，然后泪眼汪汪地看着你离去？”

左云舒挑了挑眉毛，笑了：“那倒不用，那是送别情人的，别演得太过分。”

于是明月山庄前，黑色骏马旁，左云舒摸摸她的头，以兄长的语气同她告别：“我走了，你好好照顾自己。”

唐小左帕子一甩：“走你……”

左云舒：“……”

不过左云舒走后，唐小左明显自由多了，就连山庄的空气闻着都畅快许多。她不让别人跟着，自己一个人跑去后花园中，立在那座假山前歪着脑袋瞧。

方才左云舒说起假山时，她脑中有一件事忽然闪过。那天她在娘亲的寝室墙壁上看到的那些划痕，当时总觉得在哪里见过，现在她终于想起来，她之前并没有见过什么划痕，但是她摸到过，就在这座假山的山洞里。

那还是第一次被阿珂推进山洞里时，她在黑暗中摸索到的，当时没怎么在意，但是却悄然埋在了她的脑海里。

当时被关进去时把她吓个半死，这会儿心里仍有些发怵，但是为了找出真相，也顾不得害怕了。况且这会儿是白天，只要那扇机关石门不落下来，里面还是挺明亮的。

唐小左走了进去，环顾四周，很快就找到了那些划痕。用手摸上去，好似不及寝室的那些划痕深。但是能在这石壁上划出痕迹的，要么力气很大，要么划了很久。

唐小左有一种很强烈的感觉，不管是寝室的，还是这里的，都是她划的。

按照之前左云舒的说法，小时候的左云栀经常待在这个山洞里，所以她的猜测很容易成立。

“小姐，您在里面做什么？”阿珂不知道什么时候走了过来，站在山洞外面喊她。

“我熟悉一下环境。”唐小左面不改色心不跳地撒谎，“大哥不是说有什么危险就让我躲在这里面吗，我先过来熟悉一下。”

阿珂有些奇怪地看着她，倒也没再说什么。

唐小左在里面转悠够了，便跑出来问阿珂：“咱们山庄年龄最大的人是谁？在山庄待了多少年了？”

“小姐，您问这个做什么？”阿珂不解。

“你回答我就是了。”

“山庄里年龄最大的是哑婆，以前是伺候过夫人，夫人去世后，曾经伺候夫人的婢女都遣退了，但是庄主念她身有残疾出去恐怕也不能找到生计，便好心留她下来了，现在在后厨帮忙。”阿珂老实说道。

“哑婆？她不能说话啊？”

阿珂点头：“其实也不是天生就哑的，听说她以前总是乱嚼舌根，很不本分，有一次惹恼了夫人，便被夫人赐药毒哑了，后来也便老实了。”

“是吗……”唐小左若有所思。

次日，唐小左借口肚子饿，来到了厨房。这会儿已经过了吃饭的时间，厨房中只有两个人在忙活，她轻而易举地就找到了哑婆。

唐小左见她正在烙饼子，便伸手想要一张。

哑婆抬头看见她，当即惊得一缩肩膀。

唐小左忙说：“莫怕，我只是肚子饿，找些东西吃。”

哑婆没有拿饼子，而是端了一盘点心给她。

她顺势拍了拍哑婆的手，表示感谢。

哑婆猛地抬头，有那么一瞬，唐小左看到她的目光狠狠晃动，但随即又归于平静，再一次垂下了头。

唐小左不动声色地扔掉了先前藏在手里的针，目光也意味深长起来——人在感受到疼痛时的本能反应是会叫一声，纵然哑婆不会说话，可是不代表她不会张嘴。可是自始至终，哑婆的嘴巴都是紧紧闭着的，纵然遭受锐痛，她的本能反应却是嘴巴闭得更紧，好似生怕会发出什么声音。

便是这样的反应，让唐小左有种很强烈的感觉，这个哑婆并不哑，她不是不会说话，而是强迫自己不说话。

可是这是为什么呢？

第十四章
哑婆开口

WOYOU
TEBIE DE
WODI JIQIAO

1.

在左云舒离开明月山庄的第三天，果然有人夜闯山庄。虽然还未确定那些人是不是要找唐小左，但阿珂还是第一时间将她藏进了那个假山里面。

石门落下后，唐小左摸起火折子，点燃了蜡烛，坐在山洞里面等外面风平浪静。

而她坐着面对的方向，刚好是那面被划得乱七八糟的石壁。

反正坐在这里也是无聊，唐小左往前挪了挪身子，将蜡烛举近了，去研究墙壁上的东西。

恍惚的烛光中，唐小左隐约从那些划痕中看出了一些端倪，看似乱七八糟毫无章法的痕迹，却在她脑中生成了几个字。而现实中，她顺着几道比较深的划痕摸去，那几个字也越发清晰。

如果她没猜错，应该是有人先在石壁上刻了字，后来却被破坏，用新的划痕掩盖住原来的那些字。

她一点一点地找寻字体脉络，终于将所有的字拼凑出一句话来，而后下意识地念出了这句话：我错了，放我出去……

谁错了？放谁出去？

脑袋仿佛被一道细雷击中，刹那间的锐痛让她忍不住抱住脑袋低吟一声。手中握着的蜡烛一不小心灼到了她的耳朵，她忙扔掉。

蜡烛在地上滚了几道，横着身子垂泪。烛光变得极不稳定起来，跳跃着的橘黄色的火焰，让唐小左有些眩晕，脑海中浮现的画面在眼前生成了幻境，她竟看见一个瘦弱的小姑娘坐在地上哭。

她告诉自己这是幻觉，可是理智很快就控制不住心绪了，她看见那个小姑娘哭，心里也跟着难过起来。胸腔的悲伤漫出来，她莫名其妙地哭了。

石门打开的时候，唐小左正哭得不能自已。

外面站着两个人，其中一个举着火把的走进来，将她扶起："你怎么了？"

唐小左泪眼滂沱，抹着眼泪将他瞧了又瞧，然后抓着他的袖口，边哭边问："左护法，你怎么来了？"

"原本门主要过来，但是有事情耽搁了，所以先让我来保护你。"他让她扶着自己的手臂，免得她站不稳，"你还好吗？"

唐小左泪眼婆娑地点了点头，心里稍稍冷静了一些。她绕过他，去看后面那人，可是却只看到一抹匆匆离开的身影。

"那个人是谁？"唐小左指着那个身影问左护法。

左护法扭头看了一眼："是一个不会说话的婆婆，我找不到机关，她帮忙打开的。"

唐小左抽噎一声："哑婆？"哑婆怎么会在这里呢？

左护法扶着她往外走，又问了一遍："你为何会哭？"

"我……我怕黑，蜡烛还倒了……"唐小左低着头，嗫嚅道，"虽然听起来蛮丢脸的，但……但确实蛮丢脸的。"

左护法没有再说什么，走到明亮处时，他熄了火把，随手丢至一旁。

唐小左这会儿已经缓过来了，她左右看着没有人，未免有些太过安静。夜闯明月山庄的那些人已经被捉住了吗？为什么不是阿珂来找她呢？

她看了左护法一眼，忽然想起那天在山上，他差点将她推下断崖的事情。

心中凉意顿生，刚平静的心情登时又起波澜。

唐小左立即挣开他的手，扭头跑回去捡起方才被他丢掉的火把，挡在身前防身：“左护法，你知道的，关于林蓁蓁的事情，我不是故意的，是她先要害我，我才反击的。再说冤冤相报何时了，你不能再害我了。”

左护法修长的身子端端立着，眸盛月光凉如水，看得她心里毛毛的。片刻后，他说：“我答应门主前来保护你，便不会食言。你也累了，我先送你回去休息。”

唐小左正纠结着到底该不该相信他，这时阿珂终于出现了。他气喘吁吁地跑过来，看到唐小左没事，紧张的神情方缓和许多，而后看向左护法，狐疑道：“天戮门的左护法大人，您怎么会在这里？”

“左少庄主走之前曾拜托门主保护云栀姑娘，门主便派在下过来了。”左护法解释道。

阿珂点点头，倒也没怀疑，憨厚地笑着说：“那就多谢左护法保护我家小姐了。”

回房后，唐小左一直睡不着。她赤脚踩在地上，不发出声音地走到窗边，打开窗户一看，果不其然，左护法守在窗外。

她索性伏在窗子上同他聊天，将心中的猜测说与他听：“左护法，你并不是今天晚上才来明月山庄的吧，你是不是早就过来了？”

左护法点点头：“我两天前便在这里了。”

两天前？算算时间，应该是凤林染刚回天戮门，便将他派来了。

“那你为什么不早些出现？”唐小左偏过头去问他。

左护法语气冷淡：“我为什么要早些出现？”

唐小左有些讪讪：也是，他现在很讨厌她，能不见面就不见面吧。

心里虽是这样想，但仍有些不甘心的感觉：“那你今天晚上为什么要出现？明明我待在山洞里面很安全，你完全可以不用出现的。”

她这话说得有些赌气，有些恼他的冷漠，又恼自己不能改变他对自己的厌恶。

左护法抱剑，倚墙而立，从她脸上移开的目光与星辰接上，眼中映衬出一片星辉，闪烁中让他的表情微微生动了些。

她问他的这句话，一直听不到回答。

就在唐小左以为他会沉默到底的时候，忽然听他说了一句："因为，听见你哭了。"

唐小左眼窝一热。

心中的委屈让她想捶他一拳又不敢，她只好拿拳头捶窗台："我还以为、以为你要恨我一辈子呢……"

唐小左要回床睡觉之时，忽然想起方才被她忽略的事情，遂又多问了左护法一句："你说一个不会说话的婆婆帮你打开的机关，那个婆婆是何时出现的？"

左护法说："我只听见你哭，可是左右找不见你，那个婆婆走过来，将机关指给我……"他说着，似乎也觉得有些奇怪，"那个婆婆是什么人？"

唐小左托腮沉思，幽幽叹道："是啊，是什么人呢？"

2.

这天，唐小左问阿珂："你知道左云……呃，大哥什么时候回来吗？"

"少庄主走了有七八日了，约莫还要半个月才能回来吧。"阿珂回答。

唐小左"噢"了一声：半个月的时间，不晓得能不能从哑婆那里探出些什么。

于是晚上的时候，她找来左护法，告诉她自己想做一件大事。

左护法毫不客气地将她关进房间不放她出来。

唐小左一边捶门一边透过缝隙说："我还没说是什么事情呢，你先放我出去。”

左护法颀长的身子倚靠在门外，凉凉道：“这山庄中不知有多少双眼睛盯着你，你难道不知道？”

“不是有你嘛。”唐小左扒着门缝祈求，“左护法，你帮我一次好不好？”

外面的左护法没有回答她，倒是她身后忽然响起一个调侃的声音：“你自己作妖，还非得拉别人一起？”

唐小左听得这声音，当即跳了起来，随即兴奋地转过身去，扑向那人：“门主……”

凤林染笑着张开手臂，被她抱了个结结实实。

唐小左整个人都挂在他身上，搂着他的脖子，开心道：“门主，你居然真的来了？”

“为什么不？”凤林染一手托住她的身子，一手去捏她脸上的嫩肉，“担心你太想本座，所以过来解一解你的相思之苦。”

“可那天你明明说过两日便来看我，现在已经过了七八日了。”唐小左掰着手指头数，故意拿眼睛睨他。

“是啊，是本座食言了。”凤林染笑笑，抱着她走到桌前，让她坐在桌子上，一双长臂撑在她身子两侧，与她眼观眼，鼻对鼻，便是这咫尺距离也将她望了许久，才幽幽地说，“你不在本座眼前，本座总是担心你，恨不能时时将你绑在本座身边才安心。”

唐小左听他说这些话，低头羞涩地笑了起来。可是有一件事情却很不合适宜地从她脑海中闪过：他将她看得这样重，可是她从一开始就是带着不纯的目的接近他的，直到现在，他还不知道她的真实身份。倘若告诉他，他会原谅自己吗？

想到这里，唐小左重新攀上了他的脖颈，一边观察着他的神色，一边小心翼翼地说：“门主，你觉得我是坏姑娘吗？”

“嗯？”凤林染亲昵地碰了碰她的额头，“怎么这么问？”

“你说说嘛。”唐小左晃着身子撒娇。

凤林染的手在她的腰际婆娑，不怀好意笑道："嗯，本座倒是希望你是个坏姑娘，如你现在这般单纯得不懂人事，本座都不好同你做一些坏坏的事情。"

唐小左懵懂地"啊"了一声，随即明白了他话里的意思，当即脸红到了耳根，撤回自己的手臂，嗔骂他："门主你忒不正经了！"

"是谁不正经？上次是谁偷看本座沐浴来着？"凤林染落在她腰上的手一收，将她搂紧了，"说你坏吧，你还经不起情话，说你不坏吧，你对本座可没少耍流氓……"

"我没……"刚想否认，可他说的都是事实，唐小左只好悻悻地咽了回去，复又重新将话题扭回去，"门主，假如，我是说假如哦，假如我有一件事情骗了你，是一件很小的事情，一点也不严重的事情，门主你……你会原谅我吗？"

"哦？"凤林染看她的眼神变得微妙起来，"难道你有事情骗本座？"

唐小左忙强调："我说的是假如！假如！"

"世上哪有假如，分明就是有这么一件事情。"凤林染双眸微眯，一股危险的气息叫她坦白从宽，"说吧，你骗本座什么了？"

"没有啊，真的没什么。"唐小左嘴硬不肯承认，心虚地吼他，"门主你干吗这样看着我，都说没有了你还看，你怎么还看！"

唐小左欲推开他，却被他捉住了手，锁在身前不让她逃跑："看来本座不对你做点什么，你是不会说实话的。"

唐小左颇有种搬起石头砸自己脚的感觉，像凤林染这般狐狸一样狡猾的人，她怎么能跟他说"假如"呢。

"门主，你不兴欺负人的，我会喊的，我嗓门很大的！"她忽然想起左护法还在门外，登时眼睛一亮，朝门外喊了起来，"左护法，左……"

她刚叫了一声，便被凤林染捂住了嘴巴。

"你指望他来救你？"

诚然外面一点动静也没有，想来左护法早不知何时离开了。

唐小左惊恐地摇摇头，抓住他的手从自己嘴巴上移开："门主，我突然想起来，我找左护法有事呢，你快些放开我，我得去找他。"

"你找他有事？他方才不是拒绝你了吗？"便是在左护法拒绝她的时候，凤林染过来的，"话说回来，你找他做什么？"

唐小左见凤林染终于不再执着于那个"假如"，心中暗暗松了一口气，便将她想要做的事情说给他听："门主，我对明月山庄的一个人很感兴趣。"

凤林染听完的第一反应是："这个人是男的女的？"

"女哒！"唐小左白了他一眼，"门主你放心好了，这世上能看上我的男人不多，你不用这么敏感的。"

"这倒是实话，其实有时候本座也怀疑自己的眼光，要不是你三番五次对本座表白，本座定然是看不上你的。"凤林染一脸傲娇。

唐小左丝毫不在意他的贬低，点头表示同意："我上辈子一定是修了十座庙，才换来今生与门主的缘分，所以门主，有件事你能帮我不？"

凤林染被她捧得一时心情大好："说来听听。"

唐小左趁势说："这个山庄里有个哑婆，好似知道一些山庄的秘密，我们去探一探好吗？"

"别人的秘密，你这么好奇做什么？"凤林染听到她说的事情竟然是这个，当即皱了皱眉，"打探别人的秘密不是好事，小心知道得越多，死得越快。"

"可是我第一次见到哑婆的时候，她分明是有话要跟我说的！"

"你是不是傻，她是哑的，不能说话！"

"门主你不要抠字眼，她有很多方式能说给我听的，而且我有办法让她说出来。"唐小左摇着他的手臂，硬是磨着他，"门主，帮帮忙咯。"

凤林染给她磨了好一会儿，终于答应她了。

“你说吧，你想怎么做？”

唐小左一乐，踮起脚来，顺势攀到他耳边，小声说了起来。

3.

唐小左将前些日子用针试探哑婆的事情说给他听，凤林染摸着下巴瞧她，一脸讳莫如深。

唐小左给他瞧得心里毛毛的，戒备地问：“你干吗这么看我？”

“几日不见，你似乎长脑子了，没以前那么笨了。”凤林染一本正经地端详她。

唐小左努了努嘴：“门主你什么意思啊，说得好像我以前不长脑子似的。”

凤林染揉着她的脑袋笑着说：“这不是夸你变聪明了嘛。”

唐小左将面巾系上，催促他：“走，偷人去！”

凤林染手上动作一顿，转而惋惜道：“虽然变聪明了，但文化水平还有待提高啊。”

唐小左才不理会他的念叨，拉着他一起，潜入夜色中。

纵然之前左护法已经拒绝了她，但凤林染都陪她作妖了，左护法也不好干看着，不得已也穿了夜行衣，在前面给他们开路。

他们人少目标小，加之凤林染和左护法都是一等一的高手，即便中间夹了一个拖后腿的她，他们仍是避开了山庄里的眼线和暗卫，轻易地来到哑婆的房间。

哑婆和一个厨娘共住一个房间，唐小左先是往里面吹了一些迷烟，待确定里面的人昏睡过去，才用匕首一点一点地拨开门闩。

其他两人不约而同地看着她手里的动作，凤林染调侃一声：“动作很熟练呵……”

一向性子寡淡的左护法也接了个话：“门主以后睡觉要小心被人拨门闩了。”

唐小左朝天翻了个白眼：“你们俩要是不帮忙就别说风凉话！”

两个站着比她高横着比她宽地位甩她两条街的男人愣是真的闭嘴了，一左一右猫在她身边，若是叫别人看去，恐怕打死也不能相信这两个竟然是让江湖人士闻风丧胆的天戮门门主凤林染和左护法厉南星。

门闩落下，房门应势一松，唐小左收好匕首，正欲抬脚，身边两个大长腿的人却是先她一步跨了过去，顺带将她拎了进去。

可是唐小左不乐意了，她将两人重新推出门去不让他们进来，理由是：“这房间里躺着两位婶婶，你们两个大男人待在这里不合适吧。”

然后房门一阖，落下门闩，徒留两人在外面吹凉风。

唐小左拿出解药让哑婆清醒过来，又喂了些水给她。见她面露防备，唐小左忙说：“你别害怕，我没有要害你的意思。”

哑婆从床上爬起来，往后缩去，不断地比出手势，唐小左看不懂，但也约莫能猜出哑婆对她的抗拒。

唐小左知道，若是想让哑婆开口说话，必须先让她信任自己。

于是唐小左下了一个很大的赌注。

她上前拉住哑婆的手，抚上自己额头的那块伤疤，小声说：“阿婆，五年前我从崖上摔下来，什么事情都记不起来了。左庄主临去前，要我承诺原谅左云舒，帮助他，永远不能背叛他，可我总觉得不对，也没有人告诉我是哪里不对。”她握着哑婆的手，恳切地说，“如果你也认为我应该这么做，那你可以选择不开口说话。但如果你觉得我该知道一些事情，那么求你告诉我。”

如墨的夜色也没能掩盖住唐小左祈求的眼神，哑婆的目光却躲闪着不敢看她。

唐小左握着她的手，表情坚决：“你不要怕，我不会让别人知道我来找你，你是安全的。”

哑婆面上虽有些犹豫，但仍是不肯开口说话。

唐小左不想放弃，于是换了个问题：“那我不问你别的事情，我只问一些关于我娘亲的问题，不会让你为难的。”

因为她的退步，哑婆终于点了点头。

唐小左感动于哑婆的同意，心中却并未轻松多少。她咬咬唇，问了一个她一直不敢深想的问题：“阿婆，我娘亲不是坏女人对不对？”

她以前总是不敢想这个问题，因为她怕这个问题的答案是肯定的。她的娘亲，也就是十三娘带着她来到明月山庄的时候，明月山庄庄主左浩天已经是有家室的人。左浩天会收留她们母女，无疑是对十三娘还存有旧情。可是他终究不能给十三娘一个名正言顺的身份，所以十三娘在明月山庄待着，其实是不合伦理的。

唐小左很害怕从别人口中听到，她的娘亲是个破坏别人家庭的坏女人。

很庆幸，哑婆听到这个问题以后，摇了摇头。她开口，声音粗粝沙哑，像是百年的杨树皮。

她果然是会说话的。

“不是，你的娘亲不是坏女人，她至少是一个好母亲。”

“那……我娘亲是怎么死的？”唐小左控制不住地激动起来，“他们说我娘亲因病暴毙，是这样吗？”

哑婆看了她一眼，似乎有些不忍：“你的娘亲，是为了你而死的。”

唐小左整个人好似蒙住了，过了一会儿才问道：“你、你说什么，我娘是为、为我……可是，为什么？”

“因为，”哑婆叹了口气，“因为她没有别的办法，这世上再没有别的地方可以去，她可以流浪，但你那时还是个孩子，不能没有家。夫人那时候不同意庄主纳你的娘亲为侧室，你的娘亲也并无再嫁之意。可她想让你留在明月山庄，只能用她的性命来换了……”

哑婆说：“你娘活着，你们娘俩便会一直遭人白眼，受人欺负。那时左庄主事务缠身，不能时时护着你们母子。你娘的身体一直不好，夜里一场急雨让她染了风寒，不过几天的时间，人就没了。”

唐小左一时震惊，张了张口，很吃力的，才说出话来：“只是风寒而已，吃药就会好的啊。”她压抑不住要哭出来，“可我娘为什么还会死？”

“那时恰逢左庄主有事外出，山庄里的大小事务全由左夫人做主。左夫人那时派奴婢去给你娘送药，你娘是那么玲珑聪慧的一个人，她只闻了闻药的味道，便推却不喝了……”

哑婆说得极为隐晦，可是唐小左还是听得清楚分明。

“那药端到你的娘亲面前，你的娘亲说：这药我不喝了，请让我走得有尊严一些。只是我的孩子，还请转告左夫人，高抬贵手。”

唐小左心口疼得厉害，叫她弯了身子，伏在床上，难受地哭了。

第十五章
坦白秘密

WOYOU
TEBIE DE
WODI JIQIAO

1.

凤林染和左护法在外面等了许久不见唐小左出来，打开房门进去找人的时候，哑婆指了指窗户，示意她从那里走了

他们找到唐小左的时候，唐小左一只腿已经搭上了墙外。

凤林染上前一步将她拽下来，不悦地问："你这是做什么？"

"翻墙啊。"唐小左挣开他又要去攀爬。

凤林染再次将她拉回来，箍在怀中，用了些力气才将她的脸抬起："方才哭过？"他捏了捏她被眼泪打湿过的脸颊，疑惑地问，"为什么哭？谁惹你哭的？"

唐小左别开脸去："没哭！"

傻子都看出来她明明哭得不轻，凤林染掰回她的脸："告诉本座，是谁惹你不开心了，本座给你出气，是方才那个叫什么哑婆的吗？"

"不是！"

"那是……"

"没有谁！没有谁惹我不开心！"唐小左一把推开他，烦躁地吼他，"你烦不烦啊，你让我自己清静会儿行吗？"

凤林染怔住了，表情霎时垮了下来。

左护法看不过，走过来，斥责她："茯苓，门主好心关心你，你使什么性子？"

"我不需要关心！谁稀罕他……"唐小左看到凤林染骤然失落的

神情，心里顿时揪起来地疼，后面任性发泄的话怎么也说不出口了。

“门主……”她喃喃叫了一声，眼中又蓄起泪来。

只这一声，下一刻她便被凤林染揽进怀中。

“门主对不起，我不是故意要发脾气的。我不想待在明月山庄了。”只是因为心里真的很难过，她找不着宣泄的出口，她觉得快要撑不下去了。

她用力抱住他的腰，抽噎着，一直说对不起。

“你对我发脾气，总好过你一个人憋着。”凤林染心疼地拍着她的背安抚她，“看在你认罪态度良好的份上，本座不怪你了，别再说对不起了。”

凤林染安抚了她有一会儿，唐小左才稍稍冷静了些。他与左护法对视一眼，试探着问她：“方才是发生什么事情了吗？还是你听到了些什么令你不开心的事情？”

唐小左从他怀中退出些许距离，原本搂着他腰的手臂小心翼翼地攀上他的脖子，将他的身子往下压了压。

“门主，”她目带怯意地看着他，心中犹豫着下了一个决定，“我想跟你坦白一件事情……”

她不想再瞒他了，这些秘密压得她快要喘不过气了。

凤林染帮她理了理蹭乱的头发，满是宠溺地看着她：“你说，本座听着。”

“门主，我……”唐小左不确定她说出实话以后，他会是怎样的反应。当她决定坦白的那一刻，她心就提到了嗓子眼，“门主，我不是茯苓，我是唐小左，现在的左云栀才是真正的茯苓，我之前同她交换了身份……”

凤林染抱住她的手臂一松，眸中尽是震惊：“你说什么？”

旁边的左护法亦是满脸诧异地看着她。

“怎么说呢？”唐小左有些手足无措，言辞也组织不好了，“就是、就是之前我师父他也怀疑闾丘客前辈是不是被你藏起来了，正好我与你身边的茯苓姑娘长得很像，所以就派我去了你的身边，与茯苓姑娘对换……”

凤林染难以置信，将她从自己怀中猛地推开：“什么时候？你和茯苓是什么时候换的身份？”

唐小左看他反应如此强烈，太过出乎她的意料，她登时有些慌了：“大概有几个月了，在你第一次用蛇去试探内奸之前。对不起，是我骗了你……”

她愧疚地低下了头，好半晌没有听见凤林染的声音。

一抬头，她便撞进了一双冰冷沁寒的眸子里，透着无尽的失望与冷漠。

那是凤林染看她的眼神。

慌乱与不安将她整个心都占据，她伸手去抓凤林染的袖子，却被他拂袖拒绝。她不相信方才还对她脉脉情深的凤林染会因为这件事否定她：“门主，你别这样看我，我发誓我没有做过任何伤害你和天戮门的事情！你别这样看我，我害怕……”

她以为凤林染会暴怒，会大声斥责于她，然而没有，他的冷静让她心中更加惴惴不安。

“本座这般信任你、喜欢你、爱护你，原来从一开始就是错的，都是你设计好的。”凤林染嘲讽一笑，像是笑她，又像是笑自己，“你果然厉害，居然让本座都栽到了你手里。你想找闾丘客前辈，原来你们唐门也对那本《玄机妙解》感兴趣啊。你不是唐小左吗，所以你才是左云栀，你知道他们的下落，何苦还在本座身边浪费时间？”

“门主你不能这么说，我当时只是听从师命想找寻闾丘客前辈的下落，我那时候还不知道自己就是左云栀的。”她将额前的头发撩起来给他看，“你看，我失忆了，五年前我从山崖上掉下来，以前的事情都记不起来了……”

她说完这些，抬头去看凤林染，却见他只是冷笑着看她，那种深深的怀疑与不信任，像是在看她演戏。

“门主，我们经历过那么多事情，你知道我的为人的，我不想害你和天戮门的。”唐小左转而向左护法求助，“左护法，你也知道的，我没有做过对不起你们的事情。”

左护法却也只是冷冷地沉默着，闭口不言。

唐小左忽然就泄气了，凤林染不相信她了，她还有什么解释的必要？“门主，你对我的喜欢，就这般脆弱吗？”

凤林染眸光狠狠一晃，他转过身子不再看她：“给本座几天时间，本座要想一想。”他抬步离开，扔下一句冷然的话，“在本座想明白之前，你先不要出现在本座面前。”

他就这样离开了，左护法复杂地看了她一眼，也跟着走了。

“凤林染，你讨厌讨厌讨厌死了……”唐小左指着他骂了一句，而后抹着眼泪低喃，“你一定讨厌死我了对不对？”

怪她太冲动，她应该找一个更合适的时机告诉他这件事的；也怪她太自负，以为仗着他对自己的喜欢，就能轻而易举地得到他的原谅。

“笨死了你！”唐小左懊恼地捶了一下自己的脑袋，擦干眼泪，摸索着又爬上了墙。

这次没有凤林染的阻拦，她自然很顺利地就翻了出去。

她方才说不想留在明月山庄是真的，不是闹脾气使性子。今天晚上知道了娘亲的事情，想来娘亲当时只是念她年幼无依靠，便想将她托付给明月山庄。但是她想不明白的是，为什么娘亲宁愿把她交给外人，也不愿亲自抚养她？

她宁愿不要一切，也不能没有娘亲，难道娘亲想不明白这个道理？

还是娘亲另有苦衷？

唐小左回头望向明月山庄，越来越觉得这个山庄像是一张大网，她留在这里，会被勒得无法呼吸。

她想着，倘若在外面没有被武林盟主或其他门派的人发现，她可以回唐门偷偷待几天。等以后有机会了，再向凤林染解释。

只盼那时他一定要原谅她。

压住心头的酸涩，唐小左跌跌撞撞地往前走。

此时离天亮还有好些时候，山路崎岖，她借着月光，磕磕绊绊栽了不少跟头。太阳出来前，她刚走到一处村里，寻了一个刚开门的客栈，吃了些东西便睡下了。

饶是心里思绪万千，也耐不住身体上的疲惫，她趴在枕头上哭着睡了。

2.

唐小左原本想直接回唐门，但她担心自己就这样任性离开，凤林染会不会找她？倘若他找不着自己，岂不是很着急？

她会有这样的想法，其实心里还是对凤林染有一丝期待，期待他能快点原谅自己。

唐小左用了一天的时间，才走到天戮门。不是她走得太慢，而是她要时时小心，躲闪着不能被武林盟主或是其他门派的人看见，毕竟她身上还背着那么些人命。

阿九还在那棵树上栖息着等她，唐小左摸摸阿九的小脑袋，阿九便呼啦一下飞到了她的手上，圆润的小身子表示它这段时间没有委屈自己，而且还把自己喂得好好的。

手中温柔的触感总算熨平了些她心中起伏的难过。

唐小左抱着阿九，在天戮门踟蹰时，忽然瞥见一个熟悉的身影从天戮门中走出来。唐小左心中一喜，忙跑了过去。

“蓝羽姑娘……”唐小左小声喊住她。

蓝羽停下，循声向她望来，而后便是一惊：“茯苓？”

唐小左将她拉到一棵大树后面，问她：“蓝羽姑娘，门主回来了吗？”

蓝羽一边盯着她打量，一边摇头：“门主不是去明月山庄找你了吗，你怎么会出现在这里？门主呢？”

原来凤林染和左护法还没有回来啊，不晓得这时候凤林染有没有发现她不见了呢。一想起他，她心中就开始犯苦：“蓝羽姑娘，倘若门主回来找我，你就告诉他，我去……”她原本想让蓝羽转告凤林染，她要去唐门，但是此时蓝羽尚不知道她的身份，如果这时候告诉蓝羽她去唐门，岂不是又会惹来蓝羽的怀疑？

蓝羽蹙了蹙眉：“你要去哪里？为什么要我转告门主？”

唐小左挠挠头，有些苦恼：“我和门主之间闹了一些误会，我想出去散散心。如果他要找我，你就告诉他，我会去一个安全的地方散心的，叫他不要担心。当然，如果他不找我的话，就算了……”

她垂头丧气的样子给蓝羽看见，自然是会引起蓝羽的疑惑：“我能问问，你和门主之间有什么误会吗？”

唐小左吸了吸鼻子，咕哝着说：“你别问了，以后会知道的。”她揉了揉怀中的阿九，抬头向蓝羽告别，“我先走了……”

她转身离开，脚步慢了又慢，蓝羽也没有要挽留她的意思。她咬咬嘴唇，便加快步子离开了。

唐小左不知道，在她离开后不久，蓝羽还在树下停驻未曾离开之时，右护法来了。他神色有些急躁，还带着微微的慌张，见到蓝羽，张口便问：“茯苓丫头可曾回来过？”

蓝羽一愣，心中一个转弯，嘴里的话便变了：“怎么了，茯苓不是在明月山庄吗？”

“方才南星回来了，他说茯苓和门主之间闹了些不愉快，他和门主一时大意，没能及时发现这丫头离开了明月山庄。”右护法面露担忧之色，嘱咐她，“你多留意一些。”

此时唐小左还未曾走远，倘若蓝羽带着人，快走几步，自然能追上她。可是唐小左一路走远，只有渐渐沉落的暮色相伴，还有卧在她怀里的一只白鸽。

唐小左身上带的钱财不多，夜里晚了，索性也不去客栈了，因为她付不起房费。沿街买了两个包子，然后被一个小乞丐撞了一下腰。

唐小左下意识地捂腰找钱袋，果然不见了。

“站住，你这个小偷！”唐小左转身呵斥那个小乞丐。

小乞丐撒腿就跑，唐小左扔了包子就追，阿九挥着翅膀也跟着飞，终于在一个小巷子里将小乞丐捉住。

“把钱还给我！”

小乞丐约莫见唐小左不是好惹的，便张口求饶，从怀中掏出一个钱袋子给她。

唐小左见是自己的钱袋子，便松手将小乞丐放了。

小乞丐撒腿就跑，唐小左打开钱袋子一看，里面只是几颗碎石子，铜钱早被小乞丐调了包。

唐小左这个气啊：这小乞丐一看就是惯偷啊，简直不能忍！

抬头见小乞丐还能寻得见踪影，唐小左又追了上去。

她看着小乞丐跑到她方才买包子的地方，买了好多包子，又去旁边买了一盒点心。也正因为买这两件东西，小乞丐被唐小左逮住了。

“还钱！”唐小左愤怒道。

小乞丐却露出一副无赖的笑来：“没有了，刚刚买了这些东西，都花光了。”

“既然花光了，就让我揍一顿解解气吧。”唐小左攥紧了拳头，威胁道。

那小乞丐却忽然说：“你等我做完一件事情再打我好不好？”

“什么事情？”

小乞丐将食物要回来，自己抱着，哒哒往一个方向跑去。

唐小左本不想再追，反正注定钱要不回来了，可是她又有些好奇这个小乞丐买这么多吃的东西要做什么，于是又跟了上去，两个人始终保持着不远不近的距离。

她看见小乞丐走进了一处荒废的宅院里，里面已经躺了七八个乞丐，有几个好似还生着病。那个小乞丐将包子分给他们，又把那包点心给了一个五六岁的孩童乞丐。

唐小左站在一旁看，心想这个小乞丐心肠倒是不错。小乞丐分完了吃的，扭头看见了唐小左，便走过来将她拉到一边，小声说：“你看，我也是迫不得已才偷你的钱，不然他们今天晚上都得饿肚子，你人漂亮心肯定也很善良，肯定不忍心看见他们挨饿吧？”

望着小乞丐谄媚的笑脸，唐小左翻了个白眼：“如果你想拿这件事情来打动我，那么我告诉你，你……成功了。”

唐小左吐了一口气，无奈地说：“钱我不要了，人我也不打了，不过我今天晚上也没有地方住了，你这里有干净的地方能让我凑合一晚上吗？”

“你心咋这么大呢？”小乞丐惊呼一声，“这是乞丐住的地方，看你穿着就知道你肯定不是普通人家的孩子，你确定要住？”

唐小左撇撇嘴：“不然你给我钱去住客栈啊？”

那小乞丐想是不情愿她留在这里的，忽然上前挑起唐小左的下巴，捉弄她道：“小美人，我的床最干净，你今晚跟我睡，好不好啊？”

唐小左不仅不后退，反而伸臂钩住了小乞丐的腰，露齿一笑：“好啊。”

小乞丐反而吓了一跳，赶忙躲开她，一副嫌弃的样子：“姑娘，你口味真重。”

唐小左挑眉一笑。

3.

其实唐小左早就看出来了，这小乞丐身材与她差不多，细细的腰身，瘦瘦的肩膀，脖子上又没有喉结，摆明就是一个姑娘家。

那小乞丐见唐小左不上当，悻悻地收了手，指了指里面的一个房间：“你今晚和我睡在那个房间里吧。”

唐小左正欲往里面走，又被小乞丐叫住：“哎，把你怀里那只鸟给我呗，当是你今晚的住宿费。”

唐小左将阿九一搂：“你想干吗？”

小乞丐老实回答：“我想开荤！”

唐小左哼了一声：“从现在开始不许想了！这是阿九，我妹妹！”

没想到小乞丐一愣：“谁是你妹妹啊？我什么时候成你妹妹了？”

“谁说你是我妹妹了？”唐小左白了她一眼。

小乞丐一叉腰：“我叫阿九！”

唐小左吃了一惊，才明白过来原来小乞丐的名字也是阿九。

小乞丐阿九洗干净了脸，又换了身干净衣服，果然是一个清秀可爱的小姑娘，十七八岁的样子，一双眼睛满是灵动的气息。

“原来我们两个是有缘的，它叫阿九，你也叫阿九。”唐小左举着白鸽阿九，和另一个小乞丐阿九打招呼。

“不行，一只鸟怎么能和我取一样的名字，从今天起，我叫阿九，它叫小白！”小乞丐阿九笑眯眯地去逗唐小左怀里的小家伙，“小白，小白……”

唐小左无奈地翻了个白眼。

阿九拿了一个馒头，揉碎了给小家伙吃：“来来，小白，姐姐给你好吃的。”

于是吃人家嘴短的阿九从今天开始就叫小白了。

小乞丐阿九是个自来熟，唐小左的到来让她夜里有些兴奋得睡不着，于是缠着非要和唐小左聊天。

“你叫什么啊？你是哪家的孩子？你现在是离家出走了吗？”

夜里阿九的眼睛忽闪忽闪地看着她，满是好奇。

唐小左有意避开了自己的名字，只是回答：“我没有家，哪里会有离家出走一说呢。”

“你也没有家？可你穿着这样好的衣服，皮肤细腻，手指白净，一看就是好人家的孩子。”阿九捏着她的手玩，唏嘘道，“你肯定不像我一样，我是没人要的孩子。”

“我也是没人要的孩子。”唐小左翻了个身，背对着她。

阿九立即八婆起来，推推她，问：“谁不要你了？”

唐小左闷闷地说：“我家门主不要我了……”

“哦？”阿九打破砂锅问到底，“你家门主是谁？他对你始乱终弃了吗？”

始乱终弃？唐小左心里一痛：“你用词能不能委婉一点，稍微照顾一下我的情绪好吗？”

阿九扒着她的肩膀，不放弃地继续问：“他是什么样的人？他长什么样啊？你很喜欢他吗？”

唐小左身子往里面挪了挪，不想同她说这个：“我不能告诉你，不然你会爱上他的。再说，交浅莫言深，咱俩又不熟，我可不能跟你说太多。”

阿九一把搂住她的腰，做出一副登徒子的模样：“哎哟小姐姐，咱俩睡都睡在一起了，这都不叫熟，什么叫熟呢？”

唐小左无奈任她搂着，她累了一天，已经困得不行，打了个哈欠便要睡了。

不一会儿，又听见身后的阿九说：“别人不要你我要你，明天我带你一起乞讨去。”

这话说得，唐小左不知道该感动还是该笑，又听见她说：“不过你讨来的钱咱俩五五分，算了，看你不容易，六四分好了，你六我四……你不说话是表示同意了吗？好吧，你七我三，不能再少了哦……”

唐小左弯唇笑了一下，在她的絮絮叨叨中，阖眼睡了。

第二日唐小左与阿九告别，阿九拉住她的胳膊，有些不舍：“你要走啊？你去哪里啊？你不是说没人要你了吗？”

唐小左觉得这个阿九是个很可爱也很奇怪的女孩子，比如昨天她偷自己钱袋的时候，妥妥一副无赖地痞的模样，如今她拉着自己胳膊，清澈的眼睛里满是真挚，好像真的很舍不得……

这个姑娘究竟有多少面孔呢？真叫人看不清。

唐小左还是婉言拒绝留下，因为她不可能真的留下来乞讨啊。

“我还有能去的地方，你不要担心。”

“可是你没钱了啊，都被我偷走了。”阿九忽闪着大眼睛，无辜的样子好似偷她的钱是一件很理所当然的事情。

“大不了我去当铺把这根玉簪……哎，我玉簪呢？”唐小左一摸头发，却是什么都没摸到。

她发上原本别着一根玉簪，是她从明月山庄带走的唯一值钱的东西。如果不是迫不得已，她本不愿意再用明月山庄的东西的。

一只小手举着她的玉簪在她眼前晃，玉簪后面是阿九调皮的笑：“你是在找这个吗？”

唐小左气得一跺脚：“你又偷我东西？”

阿九攥着玉簪得意地笑。

唐小左威胁她：“还给我，我可是会武功，你打不过我的！”

阿九将玉簪塞到自己怀中，对她说：“还给你也不是不可以，不过你方才说要去当掉，当金得分我一半。”

唐小左确实也拿她没办法，她没想到这世上竟有如此厚颜无耻之人，真是让她长见识了。

“走吧，当金分你一半就是。”

阿九顿时雀跃不已，欢呼一声，拉着她往外走：“我知道这里有一家当铺比较有良心，出的价钱会比较高。”

最终玉簪在阿九找的那家良心当铺里当了二两纹银，如两人之前说好的，一人得了一两。

唐小左拿着银子，去衣铺里买了一套衣服换下，阿九眼馋她之前的那件衣服，想讨要过去。

唐小左也没在意，随手递给了她：“你喜欢便拿去吧。”

她们分别以后的事情唐小左后来才知道，那天阿九因为白得了一两银子，便没再去乞讨，而是换上她的衣服，在街上溜达着玩。

阿九原本长得就不错，如今褪去乞丐装，又刻意打扮了一番，样貌自然就惹人注意了些。有几个登徒子见她一个人在街上乱逛，便起了歹心，想对她不轨。眼看要吃亏之时，人群中忽然跃出一个眉目冷峻的男子，简单几招便打得那几个登徒子落荒而逃。

阿九被这一出英雄救美感动了，对那男子正是心驰神往时，却被那男子拎了起来。

他剑眉微蹙，冷冽的语气中透出几分急切："姑娘，你身上这衣服，从何而来？"

那一天，阿九把左护法看作救命恩人，而左护法把阿九看作……重点嫌疑人。

这是阿九和左护法的第一次相遇，看起来也不是一件特别美好的事情。

第十六章 毒酒断肠

WOYOU
TEBIE DE
WODI JIQIAO

1.

唐小左是在离唐门不远的山脚下遇到左云舒他们的。

山脚下有一汪清潭，因为渐入深秋，水面上扑了不少落叶。唐小左一路上也走累了，便蹲在潭边，拨开叶子想洗一洗脸上的细汗。

刚被改了名字的小白在旁边跳着小爪子玩。

唐小左洗完了脸，觉得清爽许多，便拾了片叶子，准备掬些水给小白喝。只是待她抬起头时，却瞧见对面也蹲了一个女孩，模样几乎与她一模一样。

唐小左愣了一下，因为一瞬的反应迟钝，那个女孩也抬起头来看见了她：小小的清潭隔不断两人对视的目光，唐小左从她的眼中，也看到了同样的惊讶。

唐小左没想到左云舒会回来得这么快，也没想到他会带着茯苓先回唐门。

不远处传来左云舒的叮嘱："云栀，不要走远了……"

唐小左身子一缩，心想看来唐门一时半会儿也不好回去了，还是先去别的地方待两天。

这样想着，她便起身想要离开这里。只是在走之前，她回头多看了茯苓一眼……

便是这一眼，唐小左忽然看到对面的茯苓身后有异样，有两个人蓦地窜了出来，将茯苓摁倒在地上，并迅速捂住她的嘴巴，让她不能说话，也动弹不得。

小白受到惊吓，呼啦一下飞了起来。

如此突如其来的状况让唐小左吓了一跳，也顾不得其他，她知道左云舒他们应该就在附近，于是立即大声喊道：“救命啊，抢人啦！”

她这一喊，自然引来那两人的注意，其中一人嗖嗖射来两支飞刀，她侧身躲过，然后撒腿就跑，她也只能帮到这里了。

只是她万万没想到，她刚转身跑了没两步，迎面又是两支飞刀，还有不知道从哪里又冒出两个人，拿着麻袋兜头朝她扑来。

唐小左唯一比茯苓强的地方，就是她会一点武功，所以没有像茯苓一样被一招制住。她与这两人缠斗之时，那侧的茯苓已经被人带走，而左云舒带着人才姗姗来迟。

左云舒几乎是毫不犹豫就要冲了过来，却又有一个尖叫声隔空传来：“大哥，救我！”

声音传来的方向与唐小左这边正好相反，那是被拖走的茯苓的叫声，左云舒一下子停住了脚步。他盯着唐小左看了一瞬，约莫是看出她的衣服与他的“妹妹”不一样，而确定了她的身份：“茯苓？”

唐小左的注意力稍有分散，便被那两人拾空拆了招，敲了她后颈一记，卸去了她的力气。

“左云……”唐小左刚想求救，却被人捂住嘴巴往后拖。

而那一侧又传来一声充满惊恐的“大哥”，左云舒犹豫了一下做出了选择：“茯苓，你等我一会儿，等我把云栀救回来就来救你！”

说罢，他转身就走，往声音传来的方向跑去，与唐小左被拖走的方向相反。

唐小左身上无力，心中却在咆哮：左云舒你个浑蛋好歹给我留下来两个人救我啊！

她被套上麻袋，被人扛在肩上，一路颠簸起伏顶得她想吐。

不知道过了多久，唐小左身上的麻袋被扯下来，她被许多蒙着脸的人围着看，旁边的茯苓已经昏过去了。

有人往唐小左嘴里塞了一团布，叫她不能开口说话，但好在并未用绳索绑住她，大概清楚她一时半会儿也逃不了。此时她身上的力气尚没有完全恢复，自然不敢轻举妄动。

其中一个长着断眉的人将她和茯苓打量了许久，拧着眉头问另一个人：“这两个人怎么长得一模一样？哪个是左云舒的妹妹？”

被问的那人指着昏迷的茯苓说：“应该是这个，方才左云舒一直在追着救这个。”

断眉人思索一会儿，忽然看着唐小左说：“那这个应该就是武林盟主一直要报仇的人，凤林染身边的那个丫头，叫什么来着？”

有人立马回答他：“好像叫茯苓……”

唐小左立马慌了：一旦与武林盟主扯上关系，她就知道大事不好了。

断眉人点点头，盯着她们两个人看了许久。旁边那人问他：“老大，这两个姑娘咱们都带走的话，恐怕有点困难，您看……”

断眉人应该也在思考这个问题，显然很难下决定，毕竟之前武林盟主林云龙曾经许诺过，谁若是捉到那个杀他女儿的人，就以盟主之位交换。

可是从今天的情况看来，这些人显然是冲着左云舒的妹妹来的，唐小左不过是运气不好，自己撞上来了。

唐门就在眼前，她千算万算都没有算到，自己居然栽在自家门口了。看现在这个情况，这些人带着她和茯苓应该还没有走远，毕竟在唐门的眼皮子底下，带走两个大活人确实有点困难。

断眉人终究在她俩之间做不出取舍，下了一个命令：“把这两个姑娘的衣服交换过来，若是左云舒的人找来，就把这个假的左云栀给他，咱们把真的带走。”

唐小左心情一时很复杂：你们这几个愚蠢的人类，居然打算把她当作假的左云栀推出去，她是该高兴呢还是该难过呢？

剩下的几个人听从命令，立即动手给她和茯苓换衣服。其中有一个人趁着换衣服的机会对唐小左动手动脚，唐小左挣扎着躲开，然后那人就被踹了一脚。

踹他的人是断眉的那个人：“你小子老实点！这个时候别再弄什么幺蛾子！”

也多亏了这一脚，给唐小左换衣服的人总算是老实了。

所幸现在天气较凉，唐小左里面穿了厚厚的中衣，才避免被人看了身子。

她和茯苓的衣服很快被换好，然后被重新套上了麻袋。

唐小左想着，此时左云舒一定也派人通知了唐门的人，所以她们被找到的可能性还是很大的。只是看这群人的架势，他们摆明是要留下她们其中一个的，只是不晓得到时候会是谁被带走。

看自己身上的衣服，唐小左暗暗地想，约莫自己被救的可能性会大一点吧。

果不其然，在走了有一段路的时候，唐小左听到了一个熟悉的声音——左云舒终于来了。

被蒙在麻袋里的唐小左听了有一会儿，明白左云舒那边不敢轻举妄动，毕竟这群人里面有她们两个做人质，所以他们对峙了好一会儿。

等到唐小左身上的麻袋被撤去时，她看到自己和茯苓都处在一个很危险的地方。

这是一段盘山路，她和茯苓所在的位置，下方正好对着那一汪潭水，也就是说，只要挟持她们的那两个人一松手，她和茯苓就会掉进下面的潭水中。

此时，她和茯苓两个人双手都被绑着，若是掉下去，可是要出人命的。

唐小左登时心有戚戚焉。

断眉人对左云舒说：“左少庄主，你也看到了，我手上有两个丫头，一个是你的妹妹，一个是天戮门的人，我可以归还一个，只能是一个！”他语气傲慢，显然觉得自己多了一个筹码，“听说天戮门门主凤林染十分喜欢这个丫头，而左少庄主你与凤林染是好友，不知道你会选择救哪个丫头呢？”

真正的茯苓尚未清醒，而她这个假茯苓却是眼睛睁得大大的，想看看左云舒究竟会选哪一个。

按理来说他一定会选择自己的妹妹，因为虽然他和凤林染是好朋友，但是面临现在这个问题，正常人都会选择与自己关系更近一层的人吧。

况且“左云栀”对他来说不仅是“妹妹”，更是这世上唯一一个可能知道闾丘客与《玄机妙解》下落的人。

当然，如果可以的话，唐小左还是希望左云舒能再聪明一些，把她们两个人都救了。

左云舒的目光在她和茯苓两个人之前逡巡，看得出来他也很纠结，而且纠结的时间，似乎比唐小左想的要长得多。

许是他在拖延时间，等唐门的人赶过来。

断眉人见左云舒迟迟做不出决定，便命令其他人，将唐小左和茯苓往盘山路边又推了推：“左少庄主，我数到五，如果你还下不了决定，我就把这两个丫头都丢下去！”

“等一下！”左云舒立马喊道，“我有个问题想问她。”

左云舒指着唐小左说。

断眉人本不想允，毕竟他认为，只要唐小左一开口，她们两个的身份就能立即被区别出来。但是左云舒一副非问不可的样子，如此僵持下去对他也不好，他便硬着头皮答应了。他将塞在唐小左口中的布拿出来，对左云舒说：“你问吧。”

左云舒盯着唐小左，有些艰难地开口：“你是……云栀还是茯苓？”

唐小左心中感叹：他果然是聪明的，能猜到这些人可能将她和茯苓换了身份。只是她虽然知道自己是谁，可是她能说出来吗？她说出来的话他又会相信吗？

大概此时她和茯苓之间真的要去一个留一个，在危险面前，人都是自私的，她还没有高尚到可以将逃生的机会拱手送人。

可是茯苓姑娘，确实又是无辜的，无端被拉进这些是非中。

唐小左咬了咬嘴唇，看着左云舒的眼睛，回答：“我是……唐小左。”

2.

原谅她最后还是选择保护自己，因为承认自己是唐小左，便等于间接性地承认自己是左云栀。

左云舒对于她的回答有一瞬的怔忪，眉宇间化不开的痛苦表示接下来的选择也让他心里很难过，但他还是指名要了她：“那我选择她，小左，我的妹妹。”

这样的选择让唐小左不知该悲还是该喜。断眉人与挟着唐小左的那人对视一眼，示意他接下来要做的事情。

挟持唐小左的那人站在原地没有动，断眉人带着其他人以及茯苓准备撤退。却是在这时，一股山风凛冽而来，吹开了唐小左额前的头发。

唐小左在额头上的疤露出来的那一刻，忽然有种不好的预感，她下意识地偏过头去，却还是被左云舒看见了。

她想起那次与左云舒一起坐马车去明月山庄，左云舒看见了她额头上的疤，还曾笑着说：“原来你和云栀的区别在额头上，云栀额头上没有疤……”

实则是他错了，不是云栀的额头上没有疤，而是茯苓的额头上没有疤。

在唐小左想起这件事情的时候，那边的左云舒已经开口，大声喊着让那断眉的人停下了。

“等一下，不对！不对！”左云舒连说两个不对，隐隐激动了起来。他看了唐小左一眼，脸上的愧疚随着他看向昏迷的茯苓时而消失，他指着茯苓，指尖颤抖，对那断眉人说，“方才……是我说错了，我要的是……那个姑娘。”

左云舒说完这话，唐小左只觉得心口一窒。

断眉人也愣了：“你……”

左云舒拔出剑来：“不把那个姑娘留下，今日左某就算拼上身家性命，也绝不让你们活着离开！”

断眉人眸光一沉，衡量一番后，说：“好，那我把这个姑娘留下，希望左少庄主你不要后悔！”

左云舒双唇紧抿，没再说话。

唐小左声音低低的：“左云舒，我才是唐小左……”

可是左云舒却像是没听见一样，没有看她。

断眉人命令其他人将唐小左和茯苓交换了位置，现在有一个人挟着茯苓在路上暂时拦着左云舒，待唐小左被他们带到一个比较远的地方时，便看见挟着茯苓的那人将她扔下了山下的清潭里，然后撒一把飞刀让左云舒等人稍有却步，随后迅速撤身离开。

隔着那么远的距离，唐小左还是听见了茯苓砸下水时的扑通声。

左云舒是那般重视他的“妹妹”，相比于追他们，他还是在第一时间跳下去救人比较要紧。

而唐小左很快又被套上麻袋，看不见任何东西，只听得一声急急的鸽子叫。

唐小左知道自己的去处最后一定会是在武林盟主那里，因为江湖上除了林云龙对她有着莫大的仇恨，其他人根本没有要捉她的理由。而她一旦被送去那里，想必不会再活着出来了。

她怕死，更怕死得太难看。

“大叔，你们不会真的把我送去林云龙那里吧？”晚上他们在林中休息的时候，唐小左被放到地上。唐小左从麻袋里钻出一个脑袋来，有意讨好地对那断眉人说道。

断眉人往篝火中添了一根柴，上方的两只野鸡已经被烤得香味四溢了。他哼笑一声：“你倒是很聪明。”

“我当然聪明了，所以有件事情我觉得有必要和你说一下。”唐小左像一只蚕一样挪着身子挪到他旁边。那人只冷冷地盯着她瞧，一点也不担心她会逃跑，自然她确实没有能力逃跑，“大叔，你觉得你把我交给林云龙，他真的会把武林盟主之位给你吗？”

她一提到“武林盟主”四个字，那断眉人眼神明显晃了一下，总算对她接下来的话有了兴趣。

“你说说看？”

唐小左盘腿坐在麻袋里，对他说：“你应该比我清楚吧，每届武林盟主都是大家推选出来的，从来没有听说过有哪一任盟主主动让位给另一个人的，就算现在林云龙把盟主之位给你，你觉得其他武林英雄会认可你吗？当然不会的！”

那人挑挑眉：“所以？”

“所以，林云龙其实根本就没有要让位的意思，他自己抓不到我，就用这个办法骗其他人来捉我，你说他是不是城府很深？”唐小左表情严肃了，有意把事情说得更严重一些，“而且，一旦你将我交给林云龙，林云龙就肯定会认定你觊觎他的盟主之位，到时候他肯定会视你为眼中钉，想办法铲除你的。大叔，你一看就是明白人，你觉得我说得对吗？”

那人点点头，好似笑了一声，说道：“你说得都对。”他把鸡腿送到她嘴边，“看你说得这么辛苦，赏你一只鸡腿吃？”

唐小左趁他此时心情还算不错，又说：“你看，我对你其实也没有多大的利用价值，又没有看见你的脸，倘若你将我放了，我是绝对不会跟别人提起这件事的。大叔，你行行好，把我放了吧。”

“倒是个嘴皮子利索的小丫头。白日里你为了自保，骗左云舒说你是他的妹妹，显然你心眼不少，我又怎么能相信你呢。”

唐小左身上一冷：“那你要如何？”

“我不会对你怎么样，但我还是会把你交给林云龙。你说得对，他是定然不会将盟主之位给我的，但我会让他承我一份人情，倘若我以后出了什么事情，也算是多了一个庇护。”

彼时在唐门，左云舒刚从“左云栀”房间里出来。她因为落水被呛到了，一直咳嗽，这会儿才好了一些。她今日受惊不小，左云舒喂她喝了一碗安神药，她打着哈欠，闭上哭红的眼睛，睡下了。

左云舒在院子里踱来踱去，难得见他有这样不安的时候。

唐遇匆匆赶来，今天他出去办事，回来便听说他的小师妹出事了。好在师父告诉他，小左并无大碍，他才舒了口气。虽是入夜，但他还是放心不下，于是便跑来想看看她。

唐遇走进院子，自然第一个先看见的是左云舒。他问左云舒：“小左睡下了吗？”

听见他口中叫的是“小左”，左云舒的眉头又紧蹙了几分，脑海中浮现出另一个人的音容来，她说：“左云舒，我才是唐小左……”

在那样的情境下，她说这句话的时候，他只能当没听见。

不然他该怎么面对她呢？

可是如今细细想来这句话，左云舒却莫名觉得她话里有话，说不出来的不对劲。

左云舒将情绪藏下，见唐遇是真心在担忧，有些不忍，便松了口：“你进去看看她吧，小声些，她已经睡下了。”

唐遇说了声谢谢，轻挪步子，推开房门进去了。

左云舒想了想，觉得他们孤男寡女独处一室有些不好，于是也走过去，站在房门附近望着他们俩。

他看见唐遇小心翼翼地跪坐在床边，拾起云栀的手温柔地握在自己的大手中，那双急切的眼睛此时包含深情，一直望着安睡的云栀。

许是一时情难自禁，唐遇又伸手去抚云栀的脸，男人的动作总归是粗糙了一些，让左云舒心中有些不悦，他正想阻止，却见唐遇忽然一愣。

唐遇的指尖停留在左云栀的额头上，他忽然将她额前的头发撩起来：光洁的额头，细腻如脂的皮肤，一览无余。

左云舒上前一把将唐遇拉开："过分了你，不许对云栀无礼！"

唐遇却是迷惑了："我记得小左额头上有一块疤来着，怎么不见了？"

左云舒身子一震，瞳孔骤缩，猛地揪住他的衣襟，几乎将他整个人都提了起来："你说什么？"

3.

唐小左终究还是被那些人丢给了林云龙。因为提前有了心理准备，所以她的情绪尚还能控制得住。

断眉人最后究竟与林云龙达成了什么协议，唐小左并不知道。但大抵也听出来，断眉人明确表示自己对武林盟主之位没有觊觎之心，能捉住她也只是因为偶然，所以他只是希望林云龙以后在武林中能够对他多照顾一些，再无其他要求。

林云龙自然是对这样的结果极为满意的，如此也可以看出唐小左先前对他的一番评价是对的：这个虚伪的盟主！

不过这些事情唐小左已经不再刻意关心了，毕竟命都快没有了，她哪里还有心思去思考别的东西呢。

断眉人走后，她被五花大绑，扔在一个昏暗的房间里，一抬头便望见了林蓁蓁的灵位，灵位后面还挂着一幅林蓁蓁的画像，逼真得像是下一刻就能从画里走出来一样。

唐小左登时吓得一个哆嗦，身上开始冒冷汗。

对于林蓁蓁的事情，她心中终究是过不去这道坎儿的。以前在梦中也梦到一些片段，血淋淋的，不是什么好看的场面。

"我不是故意害你的，是你先要害我，我才动手的……"唐小左蠕动着身子，努力让自己离这灵位远一些，"你若是变成厉鬼，也一定不要来找我索命，不然我也会变成厉鬼的，到时候咱们两个鬼见面得多尴尬啊，你说是吧……”

唐小左嘴里念念有词，贴在墙壁上念阿弥陀佛。

就在她快要吓破胆的时候，林云龙来了，身后跟着一个随从。

唐小左见林云龙手上没有拿什么利器，不过他身后的那个随从倒是端着一杯酒水一样东西，应该不会是酒，那可能就是……

“盟主，那个，是毒吗？”唐小左缩着身子，惊恐地望着他。

林云龙冷冷地瞥了她一眼：“我女儿的命，你终究是要偿的。”

“林盟主，你那天明明都看到了，不是我先动的手。”唐小左瑟缩着，拼尽最后一丝希望，乞求他，“我心里也很愧疚的，可是那时候我已经控制不了自己了。”

其实她到现在都没有想起来她当时究竟是怎么杀的林蓁蓁，但不妨碍这已经成为一个既定事实，更不妨碍林云龙向她报仇。

果然，林云龙没有表现出丝毫要原谅她的意思：“你莫要再说了，我女儿和山庄里十八条人命都断送在你手里，倘若你真的愧疚，就用死来取得他们的原谅吧。”

他给身后的随从使了一个眼色，示意他去唐小左那边。

那随从像是索命的阎罗一般向她逼来。

她不能接受自己会是这样的结局，此时无路可逃，心底无尽的恐慌叫她强装的镇定瞬间土崩瓦解。

“你不能这样做，这不全是我的错！”

林云龙虎目一瞪：“你杀了我的女儿，难道不是你的错？”

唐小左嘶吼起来：“你难道就没有错吗？你怎么不问问你自己，倘若你那时不用自己的女儿做诱饵去诱惑左护法，就不会让你的女儿深陷情殇走入极端！倘若在你女儿要杀我的时候你能站出来阻止她，我也不会失控去杀人！你也错了，你的自私和放任毁了你的女儿，你也应该受到惩罚！”

林云龙猛然攥起拳头，不能接受似的一连后退了几步，方才的冷静也尽然崩塌，怒吼：“你闭嘴！”

他指着那个随从，气急败坏道：“快，把这个给她灌下去！让她闭嘴！”

“林云龙，你大爷的！你这个人渣！”唐小左骂了最后一句，被灌进一嘴的苦涩辛辣。

她体内的菩提蛇胆尚没能发挥作用，她能感觉到血液中即将涌动上来的戾气因为这杯毒药，正在慢慢退去，不可逆转。

“这是用断肠草炼制的酒，你不会马上死去，好好享受肠穿肚烂的感觉吧！”林云龙狰狞地笑了起来。

“无耻……”唐小左差点咬碎一口银牙。

那杯毒酒已经开始在她的腹中发酵，她只觉得像是利刃携着烈火在身体四处流窜，疼痛来得迅速而猛烈，她凄厉地叫了一声，身体扭曲着打滚起来……

林云龙让那人将她的嘴塞住，不想让她的喊叫惹来其他的人。他冷漠地看了她最后一眼，让那随从将房门锁上便离开了。

这断肠草的毒性叫她痛不欲生，她开始大口地喘息。喉中涌上来的血被口中的异物堵住，吐不出来，又呛回喉咙中，叫她咳嗽、窒息。再没有比这更难熬的时刻，她疼得几乎昏死过去又立即疼醒，始终不能消散的意识叫她一遍又一遍地尝着这种痛苦……

往事在眼前浮现，她熟悉的和陌生的画面，她认识的和不认识的人，都在这时，一一划过。

直到她脑中像是崩断了一根弦，她才觉得自己解脱了。

她整个人都好像是轻快了，像是浮在空中的一片羽毛，没有疼痛，感觉不到重量，感觉不到这个世界，眼前看到的是白得刺眼的光芒，因为越来越刺眼，她忍不住闭上了眼睛……

第十七章 起死回生

WOYOU
TEBIE DE
WODI JIQIAO

1.

唐小左做了一个梦，梦里她变成了两个人，一个在地上没有生息地躺着，还有一个站在旁边，无助而难过地看着。

她的意识存在于第二个人身上，嗯，姑且称之为“人”吧。

不一会儿，眼前场景转换，她看到凤林染、左云舒、左右护法、大师兄和三师兄，还有她刚认识的阿九，以及许多天戮门、明月山庄的人，他们冲进鸣鹤山庄，在大厅与林云龙对峙。

阿九还穿着那日她送的衣服，瑟缩在左护法身后，一脸惧怕与茫然地看着周围的一切。

凤林染双目猩红，俊美的五官像是要被怒火冲开。他一声一声地质问着林云龙：“茯苓呢？我的茯苓呢？你把我的茯苓藏在哪里了？”

唐小左嘟囔着轻骂一句：“笨蛋，都说了我叫小左，你的小左……”

左云舒亦是持剑相向，握住剑的手背青筋暴露：“林盟主，你把茯苓交出来，不然休怪左某不客气！”他表情强势而愠怒，声音却颤抖得不像是他。

唐小左不想领他的情，毕竟那天他没有选择她。倘若她那天能被他救出，她就不用承受方才那种痛苦了。

真疼啊，疼得她现在还想打哆嗦。

三师兄因为被大师兄拉着，才没有冲上去，他几乎要哭出来了：

“我的小师妹在哪里？她在哪里？”

可是不管凤林染和左云舒他们怎样逼问，林云龙都只是一副怡然不知的样子，他甚至还端起一杯刚泡好的新茶，抿一口闭着眼睛品味：“你们在说什么，林某怎么知道你们口中的茯苓在哪里。”

右护法是个暴脾气，挑剑就要杀过去，被凤林染制止。他显然在强忍着自己的怒火，咬着牙说：“林盟主，我再问一遍，我的茯苓在哪里？”

林云龙扬唇冷笑一声：“你求我啊？”

唐小左看向凤林染。

在林云龙说完这一句的时候，凤林染就敛起了眸中所有的凛冽，他低下头来，有些凌乱的头发里有一缕青丝不安分地飘下来，垂在他脸庞的一侧，衬得他脸上的皮肤苍白如雪。他双唇几欲干裂破皮，却还是嚅动着说了出来：“是，我求你，林盟主，求你告诉我。”

唐小左心中像是被人揪着疼了起来：她的门主，那么骄傲的凤林染啊，他何曾这般低声下气过？

林云龙看到凤林染对他的低眉垂目，却变本加厉起来：“既然求人，就该有个求人的样子……”他凉凉地往地上瞥了一眼，竟是示意让凤林染跪下。

左云舒一把钩住凤林染的胳膊，不让他跪下。他知道凤林染的尊严与傲气，因为他们在这一方面很相像。

左护法眸中杀气更盛。

右护法喊道：“林云龙，你他娘的欺人太甚，信不信老子现在就带人掀了你这个破山庄！”

左云舒也放话：“林盟主，左某已经召集了明月山庄所有的人到这里来，天戮门和唐门的人也已经快到了，你识相一点，放人吧。”

林云龙哈哈大笑起来：“左云舒，你真当老夫怕你们不成？你们硬闯我这山庄，老夫岂会让你们讨得半分便宜！”

说着，他忽然将手中的热茶砸到凤林染身上，滚烫的茶水和着茶叶，湿淋淋地在凤林染脸上和身上糊了一片。

“凤林染，蓁儿成亲那日你当着武林所有人的面羞辱老夫，叫老夫在所有人面前抬不起头来，你说，这笔账应该怎么算？”

一瞬的死一般的沉默后，凤林染的身子一下子矮了半截。

他跪下的时候，唐小左觉得自己的心都碎了。

她上前想抱住他，想告诉他别这样，她不值得他这样做，她心疼，比方才断肠草带给她的疼要更甚。

可是她无法抱住他，她像是一团雾气，无法让他感觉到自己。她只能哭着一遍一遍地叫他的名字：“凤林染，凤林染，你起来，你快起来……”

凤林染倏忽一顿，像是听见了她的声音。他抬头四处张望，那一瞬燃起希望火花的眸子里在看不到他想要找的人时，重新熄灭。

面对凤林染的下跪，林云龙满足了，却仍是无动于衷，他笑得虚伪而嚣张：“怎么能让凤门主给老夫行如此大礼呢？老夫确实不知道你说的茯苓在哪儿啊！”

你大爷的林云龙！唐小左气得一下子撞了上去……

正在这时，一声熟悉的“咕咕”声响起，被遗忘在一边的阿九忽然惊喜地叫了起来：“小白，是小白！”

所有人的目光瞬间被阿九吸引了过去。

阿九指着空中盘旋的白鸽，追了过去：“它一直被她抱在怀里的，它是小白！它知道，它一定知道她在哪里……”

所有人与阿九一起，追着白鸽而去，林云龙一下子变了脸色：“快，拦住他们！把那只鸽子给我射下来！”

可是来不及了，谁敢拦他们，凤林染和左云舒就出剑狠厉劈开；谁要射那只鸽子，左护法和右护法就折断他的弓箭，拧断他的胳膊；谁敢对付手无缚鸡之力的阿九，大师兄和三师兄撒他一把毒粉……

唐小左也跟着他们“跑”，心想：快点，再快点，她许是还有救……

他们终于来了，砸开那个房间的锁，她躺在冰冷的地面上等着。头发因为挣扎的时候擦过无数次地面而散开，皮肤惨白，嘴边血液干涸，是她从未有过的狼狈。

她忽然很后悔，让凤林染看见这样狼狈不堪的她。

她看见凤林染的身子几乎一下软了下去，他跪在她身边，颤抖着叫她的名字："茯苓，茯苓……"

都说了她叫小左嘛！唐小左不满地嘟囔了一句，却看见凤林染向她伸出了手，将她扶了起来。

这诡异的角度，明明方才她不是在这个位置的。

唐小左被凤林染背起来，由左云舒他们护着，往唐门赶去。

"门主……"她叫了一声，连她自己都很惊讶，她竟然还能用这副尚存温热的身体叫他，而不是一团雾气似的她。

她在凤林染的背上醒来，看到他脸上脖间全是汗，她心疼地说："门主，你跑慢些，我没事，不会死的……"

凤林染的双唇颤抖，他很吃力才说出一句完整的话来："对不起，是我来晚了，我又来晚了……"

唐小左的脑袋无力地偏在他的肩膀上，她心里想说的话却没能说出来。

她想说："不晚，你来找我，永远都不会晚……"

她的眼皮越来越重，眼前的世界重新陷入混沌黑暗之中。她只听见凤林染一遍一遍地喊她的名字，她多想回应他一声啊，可是怎么就张不开口了呢。

不知道过了多久，他们终于抵达了唐门，唐小左听见了师父的声音，感觉到师父往日温暖的指尖如今沁凉地按在自己的手腕上，她听见师父压抑不住的愤怒，以至于他的话都说不利索了："是谁……是谁把她害成这个……这个样子？"

所有人中她听见大师兄完整的回答，悲伤而自责："是武林盟主，林云龙。"

然后是师父勃然大怒的声音，还有踢倒凳子的声音：“狗娘养的，老子跟他拼了！”

“师父！”

“唐门主！”

大家应该是将师父拉住了，大师兄劝他：“师父，救人要紧，您先救救小师妹吧？”

师父忽然就懊恼地捶桌子：“断肠草啊，是断肠草啊，你们让为师怎么救？为师无能啊……”

死一般的沉寂。

2.

半个月后，唐小左没有成为武林中的传奇，但是她成了唐门的一段传奇。

唐门的每个人提到她时，都是一脸的不可思议：“小左哎，简直不是人哎，吃了断肠草都不死哎，命太硬了哎，哎呀娘哎……”

唐小左心安理得地接受着众人的膜拜，然后偷偷问师父：“师父，您说我是不是真的不是人啊，我真的以为自己这回死了，没想到居然还能活过来，我肯定不是一般人。”

师父表示不想理她，并向她砸了一个白眼。

大师兄拿了一件披风给她披上，温柔笑道：“嗯，今天天儿不错，我推你去院子里晒会儿太阳。”

“好啊。”唐小左笑得一脸开心。

院子里的桌上摆了一些时令水果，唐小左拿起一个闻一闻，然后不舍地放回去，再拿起一个，再闻一闻。水果的清香驱赶不了她脸上的愁苦：“大师兄，师父有没有说我什么时候能吃水果和肉啊？”

师父说，断肠草的毒给她的五脏六腑造成了极大的损伤，尤其是肠胃，短时间内，她都只能喝一些温和清淡的汤或粥，她嘴里都快淡出鸟来了。

“你再等些时日，一定会很快好起来的。”大师兄安慰她，“你闻完了吗，闻完了我就端走了啊。”

“再等一会儿！”唐小左然后盯着水果瞧啊瞧，实在耐不住，一伸手，抓了一个苹果过来，张嘴就要咬。

大师兄忙按住她：“住手！哦不，住嘴！”

眼看苹果就在嘴边，唐小左恳求：“我就咬一口，我不咽下去！”

大师兄到底比她力气大，稍微使了点力就夺走了她手里的苹果：“你之前怎么说的，说好只闻味道的，我就不该心软答应你。”

唐小左气馁地叫了一声，趴在桌子上不想说话，转了转眼珠，湿漉漉地看着他。

大师兄扬手把盘子里的水果都扔出了院外，唐小左“嗷呜”一声：“我的小心肝们啊，我的小宝贝嗷……”

“谁是你的小心肝？谁是你的小宝贝？”在青箩横蔓的院门下，凤林染嘴角带笑，温柔得连他身边的风都暖和了几分。

“门主！”唐小左惊喜地叫了一声。

其实自从她醒来以后，她每天都能见到他，可是每一次见到他，心里还是会高兴得难以自抑，像是重生后的第一次相见。

“门主！”她又叫了一声，张开双臂等着他过来抱一抱她。

大师兄含笑退场。

凤林染将手中的盅放在桌上，弯腰将她抱在怀中。

“门主，我好想你呀。”唐小左紧紧地搂住他的腰，脸埋在他胸前使劲蹭，像一只为了讨要鱼干而撒娇的小猫。

凤林染揉揉她的脑袋，笑得满足而宠溺：“我不过才离开了一个时辰，你怎么会想我？”

“你离开我一刻我也想你！”唐小左拽住他的胳膊让他弯下腰来，仰头在他嘴角烙下一个响亮的吻。

凤林染立即笑得像是要融化一样，捏捏她的鼻子：“为什么本座觉得，你自从醒来以后，就变得这么黏人了呢？”

唐小左搂住他的胳膊，依靠在他身上：“门主，你说，其实上天待我也不薄，居然能把这么好的你送给我。”

“上天待你也不厚，你几次死里逃生，哪次不是把人吓死？”凤林染轻轻地捋着她的头发，眸中闪过一丝后怕，而后又被笑意填满，“当然你说的最后一句本座还是比较认同的。”

唐小左又将他的手臂搂紧了几分，扬起头来，小声地问：“门主，所以你原谅我了对不对？我利用茯苓姑娘的身份潜伏在你身边，你原谅我了对不对？”

“嗯。”凤林染满是疼惜地低头看她，看她圆圆的眼睛、小巧的鼻子、尚不红润的嘴巴，以及瘦了许多的脸颊，他忽然就感慨起来，“你还活着，真好，唐小左。”

唐小左一瘪嘴，泪崩了。

3.

她心中正感伤的时候，阿九过来看她了，画风比较奇特的是，阿九的头上有一只鸟在飞。

那只鸟就是小白无疑了。

阿九笑嘻嘻的，很是骄傲地说：“你知道吗？我来唐门都不用人带路的，我只要喊一声‘小白’，哪里有鸽子叫，哪里就能找到你！”

唐小左一看见她，心情跟着好起来。

“是啊，看来小白很喜欢你。”

凤林染也同她打招呼：“阿九姑娘，你好啊。”

阿九这个不争气的，当场就沦陷了，笑成痴儿似的：“凤门主，你好……好看啊。”

凤林染问她：“阿九姑娘，这次能找到小左还是多亏了你的帮忙，本座挺好奇，你和我家小左是怎么认识的？”

这个问题一出来，阿九的表情就有些僵了。

唐小左坏笑道："说起我和阿九是怎么认识的，那是相当有趣啊，是吧，阿九？"

阿九努力在管理自己的表情，笑得微微有些僵硬。

但阿九是谁啊，编瞎话向来都是眨眨眼的工夫。不一会儿，阿九就变成了一个说书人，声情并茂地讲了起来。

"我和小左在一条喧闹的街市上相逢，小左被人偷了钱袋，我帮她一起追。但是最后还是没追回来，因为那偷儿跑得太快了，我俩都撵不上。后来我看小左身上没有钱，就收留她在我家住了一晚上。小左可感激我了，非要把小白送给我让我熬汤喝，小白那么有灵性的一只鸟，我哪能要呢。"她挤眉弄眼，手脚并用，表情略略有些夸张，逗得唐小左只想笑，"第二天小左要走，我心想她路上没钱可不行，于是就把我所有的积蓄分给她一半。小左无以为报，就把自己身上的衣服给我了。"

"所以这就是左护法在街上抓着你不放的原因？"凤林染笑意满满地问。

阿九脸红了一下，随即又重新挺起了胸脯，说起她与左护法在街上发生的事情："左护法一时以为我是坏人，我都理解，他找人心切嘛，我不跟他计较。"

唐小左就笑着看她一本正经地胡说八道。

阿九说痛快了，忽然好像想到了什么，眨着黑亮黑亮的眼睛看向凤林染："凤门主，你方才说什么，'你家小左'？小左什么时候是你家的？"

方才凤林染不过随口接了一句她的话，却被她捕捉到了这样的言辞，他的表情登时有些不自然起来。

"你听错了，本座什么时候说这个了。"

"我没听错，你刚才就是说了！"阿九意味深长地看看凤林染，又看看唐小左，恍然大悟一般，拍着手说，"哦，我想起来了，小左，原来你口中说的那个把你甩了不要你的门主，就是他对不对？你们俩现在是和好了吗？”

唐小左默默地用被子挡住脸：“阿九，你一定要记得这么清楚吗？”

凤林染将她的被子扯下来，顺势把她揽在怀里，笑得阴阴的：“哦？小左当时是这样跟你说的吗？”

阿九很认真地点了点头。

凤林染低头捏了捏唐小左的下巴，皮笑肉不笑地问她：“本座什么时候说过要甩你了？什么时候说过不要你了？”

“没说过，没说过……”唐小左立马软弱道歉，“都是我臆测的，是我想太多……”

“嘿嘿……”阿九捂嘴笑了起来，“你们当着我这个大活人的面打情骂俏真的好吗？不害臊！”

凤林染看着她说：“那你可以选择不看啊。”

“好吧，我明白啦。”阿九小跳着跑了出去，不一会儿又跑了回来，“对了，凤门主，有件事情忘了问你。”

凤林染一笑：“你说。”

“你们天戮门还招人不？聪明伶俐吃苦耐劳虽然有点厚脸皮有点小无赖但长得很可爱的那种？”她渴盼地望着他。

凤林染看看唐小左，又看看她，点了点头：“可以招进来，但一开始只能做一个洒扫婢女。”

阿九高兴得蹦了起来：“那我报名去！”

“不用报名，本座特许你进来。”凤林染笑着说，“你去找左护法或者右护法，就说是本座已经答应你了，他们知道怎么做的。”

“那敢情好。”阿九笑得一脸羞涩与满足，她跑到门口，冲他们挥手，“这次真的走啦！”

唐小左机械似的与她挥手道别，然后转而对凤林染说：“她若是进了天戮门，天戮门一定很热闹。”

“是啊。”

“可是门主，你为什么一下子就答应她进天戮门了呢？”唐小左歪着脑袋看他，“你就不怀疑她会有什么别的想法？”

“她的想法就是南星啊，你也看出来了。”凤林染将她往怀中搂了搂，“再说，你刚刚没听见她说嘛，她聪明伶俐吃苦耐劳虽然有点厚脸皮有点小无赖但长得很可爱……”

“那又怎么了？”

凤林染低头在她额上印了一个吻：“你不也是这样的吗？”他感叹一句，“阿九姑娘简直是你的放大版，胆子大，脸皮厚，会耍无赖，心眼一串一串的比你的还多，但其实本性不坏，为人又爽朗热情，但愿她能让南星重新敞开心扉……”

唐小左往他身上一躺，不依了：“原来我在你眼里是这种人，我不管，你把‘脸皮厚’和‘耍无赖’这两个词收回去我们还能做朋友……”

第十八章 重拾记忆

WOYOU
TEBIE DE
WODI JIQIAO

1.

自从唐小左回到唐门，凤林染几乎每天都会来陪她一段时间。长的时候有大半天，短的时候也会待至少一个时辰。左护法和右护法也来看过她，幸而他们是一起来的，否则若是唐小左单独见左护法，的确会有一点不自在。

唐小左说起自己在天戮门当卧底的事情，真心实意向他们道歉：“我确实给天戮门招惹了不少麻烦，你们生气是应该的……”

右护法哈哈笑道：“南星说你没有做过任何对不起我们天戮门的事情，也不是坏心眼的丫头，作为男人我们怎么能同你一个小丫头计较呢。”他竖起手掌，“你把身体养好，我就再也不生你的气了，咱们击掌！”

唐小左兜着一包眼泪将自己的手印了过去。

后来她跟凤林染说：“门主，我以前总担心这件事会暴露，一直提心吊胆战战兢兢的。可是经过这一劫，大家都原谅了我，我就有种一病解千愁的感觉，你说以后若是我再犯错……”

凤林染张嘴在她的唇上咬了一口：“该咬，后面的话给我咽肚子里去！”

“哦。”唐小左乖乖的，真的不说了。

蓝羽也过来看她了，带着她喜欢吃的水果，纵然她暂时不能吃，但她还是开心地把这些东西全部搂进了被窝里。

蓝羽看着她，欲言又止。

唐小左安顿好了水果，立即扭过头来跟她道歉：“对不起蓝羽姑娘，我骗了你，我是唐小左，不是茯苓。”她看着蓝羽的眼睛，认真地说，“你今天能过来看我，我很开心……”

“茯苓，不，唐姑娘……”蓝羽有些生疏地叫着她，“有件事情，我也想跟你说对不起。”

唐小左有些迷惑：“你什么时候做过对不起我的事？”

“就是，前些时候，你来天戮门那件事。”蓝羽目光躲闪着，不敢看她，“对不起，我没能早些告诉门主，害你吃了这么大的苦头。”

“这件事啊。”其实唐小左没有听出她为什么觉得抱歉，于是便说，“这有什么好对不起的，那时候门主和左护法还没有回天戮门，你那时也不知道我和门主之间到底闹了什么矛盾，所以没能及时告诉门主也很正常。是我太任性，运气这么差还敢到处乱窜，给大家添了这么多麻烦，我心里很过意不去，你没有什么需要自责的。”

“唐姑娘，谢谢你这么善解人意。那我们就当这些事情都没有发生过好不好？以后我们都不提这件事了，好吗？”蓝羽满怀期许地望着她。

“好啊，为什么不好！”唐小左伸出小拇指来，开怀道，“咱们拉钩好了。”

蓝羽的手与她钩在一起时，她们彼此都松了一口气。后来蓝羽又同她聊了一会儿，便起身告辞了。

蓝羽刚走，凤林染就进来了，站在床边，一脸严肃地伸出手来：“交出来！”

唐小左装傻：“啊？啥？”

“蓝羽带来的水果，一个不许少，给我交出来！”

“别呀，门主你别这么残忍，我就闻闻味，我不吃。”唐小左信誓旦旦道。

凤林染嗤她一句：“你大师兄告诉过我，上次你为了一个苹果牙都龇出火花来了，你觉得我现在能相信你？”他勾了勾手，“快点！六个苹果三个橘子两个鸭梨两个石榴，通、通、交、出、来！”

唐小左一点脾气都没有了：“门主你拿个篓子过来，我挨个给你掏，掏完就让我一个人继续过着禁欲般的生活吧，我没有抱怨，我一点都没有在抱怨哦……”

不能随便吃喝的日子太煎熬，所以唐小左每天都努力地催眠自己，让自己快点好起来。

在她的身体好得七七八八的时候，师父开始用针扎她手指头，在把她十根手指头扎了两轮以后，终于将她身体里的奥秘调查出来了。

唐小左举着手指头跟随师父一起进了他的炼药房，师父指着几只小白兔对她说：“小左，这几只兔子都被为师喂了断肠草，你知道它们现在为什么还活得好好的吗？”

唐小左看着自己十根手指上的二十个被扎出来的小洞，脑中忽然激荡了一下，随即便冒出一个想法：“血？难不成是因为我的血？”

师父点点头，顺势说：“这些兔子吃的断肠草，都是用你的血泡过的。为师观察了十天了，这些小兔子虽然病恹恹的一副随时要死的样子，但最终还是活了下来。”

师父顿了一顿，继续说：“你的血能解这断肠草之毒，你知道为什么吗？”

“让我想想，好久没动脑了，我得好好想想……”唐小左伏在兔笼上面沉思。

她活了十八年马上就十九岁了，直到今天才发现这个事情。按理说，正常人的血都不可能有这种奇效，除非她不是正常人。可是她怎么就不是正常人了呢？她是从什么时候不是正常人的呢？

她想啊想，忽然想起来了：五年前在空灵岛，在熊熊大火前，在那些蒙着面未知的坏人包围中，闾丘客前辈喂她吃了一个东西，随后就把她推进了海中。她抱着一片木舟残骸，凭着难以名状的力量，游过一湾海峡，翻山越岭，最终在力量消失殆尽时，她一个不慎栽下了山崖……

“是菩提蛇胆！”唐小左惊叫一声，“是我身体里的菩提蛇胆化解了这断肠草的毒对不对？”

师父望着她，欣然点头：“小左，你很聪明。”

唐小左正想欢呼一声，却蓦地，脸唰地白了。

师父察觉到她的异样，忙问：“怎么了？”

唐小左像是骤然失去所有的力气一般，瘫倒在地上。师父赶紧蹲下身来扶她，她本能般地抓住他的衣服。

“师父……”她的嗓音变了腔调，似哭非哭。

“小左，你别吓师父，你到底怎么了？”

唐小左的眼神空洞了许久，才重新聚集起光。

“师父，我以前的记忆……回来了。”她松开抓着师父衣服的手，坐在地上，拢起双膝，抱着头不再看他，“回来了，都回来了，我全部都……想起来了……”

2.

唐小左将自己关在房中好半天没出来，凤林染来看她，摸了摸她身子有些凉，便将她抱去院子里晒太阳。

唐小左像是自暴自弃似的往后面一仰，四肢摊开。

凤林染赶紧捞住她，她四仰八叉地朝天吼了一句：“我憋屈啊，我憋屈死了！”

凤林染将她身子重新正了回来，搂在怀里紧紧的，不给她再一次作妖的机会，笑道：“你憋屈什么？还在恨林云龙下毒害你的事情，你且再等一等，过些日子我和左云舒联手，端了他的山庄去！”

唐小左听到“左云舒”的名字，立即虎下脸来：“别跟我提左云舒！”

她憋屈的理由，有一大半是因为左云舒。

之前住在明月山庄的时候，她到处抠抠摸摸地想要找出一些过去的回忆来，甚至还逼着哑婆告诉了她一些，虽然能料到以前在明月山庄的日子一定过得很悲惨，但是等到她现在全部想起来，那岂止是“悲惨”两个字能形容的。

唐小左觉得，老天爷一定都看不下去她过得这么惨，所以才让她落下悬崖失去记忆，让师父和唐门的人陪她过了五年纯净开心的生活，不然她一定会再疯魔一次。

没错，五年前唐小左之所以会被送去空灵岛治病，不是因为身体有病，而是脑子有病。

十三娘用性命换她的女儿留在明月山庄的时候一定没有料到，她的女儿有朝一日会被明月山庄的人逼疯了。

逼疯唐小左的人，就是左云舒。

十三娘和左夫人一前一后离世，她幼小不知原委，但左云舒显然比她明白。也便是那时，那个原本对她还算不错的云舒哥哥像是变了一个人。

左云舒大她四五岁，可是欺负人的心眼却是胜出同龄人数倍。

少年时期的左云舒胆子大、手段毒、心肠硬，他欺负她时使用的手段，唐小左想起来还是觉得惊悚战栗。

他之前曾经说过的，将她关在假山的洞里这件事便是其中一个手段。那时候他只要看她不顺眼，便把她拎进去，初时只是单纯关她几个时辰，后来慢慢升级，会往里面丢虫子、蛇、老鼠……

她那时候年幼，以为自己做错了事情才会受到这种惩罚，于是扑在石壁上哭喊自己错了，求他放过，甚至在石壁上写下这些字眼，来表示自己认错的决心。

然而并没有什么用。

最过分的一次，是左云舒将她关在里面以后就出了山庄，随左浩天办事去了，等到他们回来已经是两天以后，他吃了午饭，又睡了一觉，才想起来她还被困在里面。那时候左浩天也在找她，这件事情终于被发现了。

石门打开的时候，她和地上的虫蛇老鼠一样，一动不动。

那天，左云舒被打得三天下不了床，而她也昏睡了三天，醒来以后脑袋便不大清醒了。

然而左云舒非但没有放弃对她的报复，反而变本加厉起来。

时间久了，她便麻木了，左云舒有再多的手段也拿她没有办法，因为她自己臆想了一个世界，她存在于另一个世界，而不是这个让她身心受创的世界。

她与现实世界的格格不入，大夫称之为“癔症”，但在旁人看来，她是魔怔了，惋惜之余，还沾着一丝嘲讽。

也是，山庄里哪有人会真心对待她这一个外人呢？

左浩天请了许多大夫给她看病，可总也看不好。他又怎么会知道，只要她在明月山庄一天，这个病便永远也好不了。

远在空灵岛的闾丘客与左浩天偶有书信来往，他听说了此事，主动提出可以让唐小左去他的空灵岛休养一段时间，他许是能治好她。

左浩天亲自带她去了空灵岛。岛的四周布满机关阵法，倘若不是闾丘客前辈亲自迎接，他们根本登不了岛。

唐小左在岛上度过了一段非常开心的时光，旁人不能懂得的她的世界，闾丘客前辈都懂，他与她一同探讨那个她臆想的世界，用他擅长的机关之术，为她打造出她想要的世界，然后再慢慢地将她拉回到现实世界里来……

时至今日，当唐小左在时隔五年之后终于想起那个总是满脸笑容的可爱老人时，她在房中哭得不能自已。

凤林染抱着她晃了晃，将她从回忆中晃了回来。

“想什么，半哭不笑的？”

唐小左堪堪回过神来，搂着凤林染的脖子趴在他肩头说：“门主，我想起来了。”

凤林染起初不以为意地问她：“哦？想起什么来了？”

唐小左往他脖间拱了拱，找了一个舒服的姿势窝着：“门主，你记不记得我之前跟你说过，我五年前跌下悬崖，以前的记忆都消失了。可是现在，我都想起来了……”

她能感觉到凤林染在听完她的这句话以后，身子一僵，喉结一动正要说什么，被她一把捂住嘴巴。

“你先别问，我还没说完……”

“我全部想起来了，我是左云栀，我去过空灵岛，我知道闾丘客前辈和《玄机妙解》的下落……”她亲了亲他的耳朵，“可是这些，我不想告诉左云舒，我恨他，恨死了！”

3.

关于左云栀在明月山庄的遭遇，凤林染虽然不能确切地知道，但他多少能猜到她以前的日子并不好过，故而在她提出这个要求的时候，他没有反驳，只是将她抱得紧紧的：“好，你说什么就是什么，咱们不告诉他！”

唐小左又亲了亲他的脸颊，摸了摸肚子，才想起这大半日都没吃饭了：“门主，我肚子饿了，想去厨房找点吃的，你要吗？”

凤林染捏捏她的脸颊，起身：“你在这儿等着，我去。”

唐小左不肯：“咱俩一起，我饿得等不了了。”

“那走吧。”

然后他们在厨房里遇见了三师兄。

其实自唐小左回到唐门以后，三师兄一直不曾出现在她面前，她自然知道他这是在躲着自己。约莫他觉得前些日子喜欢的那个“唐小左”并非本人，所以受打击了吧。

大师兄告诉她，那天左云舒把浑身湿漉漉的“左云栀”救回来，三师兄发觉不对劲，左云舒猜出真相，怀疑自己的妹妹被掉了包，于是去质问师父。

师父不愿意面对这么尴尬的事情，于是把大师兄推出去挡着。一开始大师兄也矢口否认，咬定房间里的“左云栀”就是唐小左，直到左云舒告诉他们，左云栀和另一个唐小左都被人挟持，他没有能力救两个人，所以就选择救回了他的妹妹。

大师兄这才发觉事情的严重性，赶紧告诉了师父。恰好此时凤林染也赶来唐门，询问唐小左的下落，于是调换身份这件事再也兜不住了。

倘若不是急着去找寻她的下落，恐怕那天唐门免不了一场混战。

凤林染知道了唐小左被挟持而左云舒没能将她救出来的事情，气得要打左云舒；左云舒知道自己一直重视的“妹妹”根本就是假的，自己却失手把真正的“妹妹”弄丢，气得要打师父；而三师兄知道了自己一直被蒙在鼓里，自己一直喜欢错了人，白瞎了一顿真情实意，气得要打大师兄……

当然他们最后谁都没有动手，而且选择暂时放过对方，然后一起查探她的下落。

大师兄说，后来他们将她救回来以后，三师兄还是找机会攥着拳头去找大师兄“谈心”去了。

谈完以后，三师兄借由事情多，经常出去。

如今在厨房里见到，被食物的香味萦绕的他们倒是少了那么几分尴尬。

三师兄把自己刚盛好的一碗蔬菜粥递过去：“小左，要喝粥吗？”

“先不喝粥，有肉吗？”她绕过他，自己打开锅盖去找，锅里真的还有一碗焖好的红烧肉。

唐小左伸手去捞，却被后面的凤林染抢先一步端到手中。她转身扑过去抢，跺着脚道：“师父说我能吃肉了，快给我！”

“可我也想吃，咱们一人一半。”凤林染笑嘻嘻地说。

“那必须！”唐小左冲他挤出一个媚眼，“你去找筷子，我去拿馒头……”

他们两个人都饿得厉害，以最快的速度找好东西和位置，齐齐站在锅台旁边准备开吃，画面简直不要太美好。

凤林染把瘦一点的肉拨给她，自己挑肥的吃。唐小左夹一块放在嘴里，觉得整个人都要升华了，自然她也没忘记端着一碗粥站在那边独自石化的三师兄："你也过来吃啊三师兄，再盛两碗粥过来，馒头有点噎得慌……"

三师兄将自己那碗递给她，凤林染横手过去："也给我盛一碗！"

三师兄瞪他一眼，将锅中剩下的粥盛出来，刚好一碗，他一口气喝下去，然后把空碗一搁："没有了！"

凤林染看了一眼一脸挑衅的三师兄，拿胳膊肘子碰了碰唐小左："你把粥也分我一半吧。"

唐小左毫不犹豫地将自己那碗递给他，他拿起来喝了一口，冲三师兄笑得炫耀而得意。

三师兄一脸受伤，垂头丧气道："我不吃了，你们吃吧。"

凤林染一挥手："好走……"

唐小左举着一个馒头喊他："三师兄拿个馒头再走吧，省得一会儿饿肚子……"

三师兄没接她的馒头，也没接她的话茬，自顾自走到门口，兀自磨叽了一会儿，忽然回头说："小左，你出来一下，我有话对你说。"

唐小左嘴里嚼得满满的，嘴巴一鼓一鼓地看了看他，又看了看肉，再看了看凤林染。

凤林染低着头没理她，却适时来了一句："嗯，你去吧，肉我自己吃。"

她艰难地咽下嘴里的食物，对三师兄说："你等我把肉吃完行吗？"

三师兄更伤心了："原来我在你眼里，还不如几块肉……"

唐小左正要搁下筷子，不妨那厢凤林染飞快地将碗里的几块肥肉塞到嘴里，然后示意她把剩下的吃干净，他自己则走到三师兄身边，豪爽地揽着三师兄的肩膀说：“走，兄弟，我跟你谈谈……”

三师兄很明显不太乐意，但又挣脱不了凤林染的手臂，于是就被拖着走了。

唐小左抵不住自己内心深处的好奇，嚼着肉偷偷跟了过去。

她不敢离他们太近，以至于他们的谈话听得不甚完整，只断断续续地听见凤林染说得比较多，三师兄几次开口都被他打断了。

凤林染说：“兄弟，事到如今，你如果心里对小左还燃烧着小火苗的话就赶紧掐了吧，惦记别人的未婚妻可不是什么君子行为……”

三师兄惊愕：“小左什么时候成……”

凤林染立即打断：“就今天白天的事儿，你师父都应下来了，我聘礼都准备得七七八八了。作为补偿，我把茯苓那丫头许给你吧，你好歹是对她表的白，不能白表了啊……”

三师兄怒火起：“凤门主，我是把她当小左才……”

凤林染再一次打断：“我知道，但我们天戮门的姑娘，岂是任你随便玩弄的，你既然对人家姑娘表白心意了，人家姑娘也信你了，就得对人家姑娘负责，不然你还算是个男人吗？”

三师兄气焰顿消：“可是……”

凤林染拍拍他的肩膀：“别可是了，小左只是拿你当哥哥，她心上人是我，你别再给自己增添不必要的烦恼了，我都替你犯愁……”

三师兄一拳捶在旁边的大树上，树上唯一仅存的几片枯黄叶子也被震了下来，特别应景。

4.

不过，听凤林染提到茯苓，唐小左还是挺关心她的。

“茯苓姑娘现在在哪里？还在明月山庄吗？”凤林染劝走三师兄后，唐小左跳过去问他，顺便塞给他一个丰水大梨，自己啃一个小一点的。

凤林染同她慢悠悠地赏月散步，有一搭没一搭地聊着天：“茯苓还在明月山庄，听说她知道了自己被你们调换身份的事情挺生气的，左云舒见她情绪不太好，所以暂时没有将她送回天戣门来……”

唐小左怅然：“她生气是应该的，我们这样做都没有经过她的同意，改天我见到她，一定向她道歉。”

“嗯。”凤林染柔情满溢地看着她。

唐小左认真啃完了自己手里的梨，又沉默了一会儿，忽然扭头对凤林染说：“门主，我有一个想法，憋在心里挺难受的……”

“什么想法？”

“我想找出当年害闾丘客前辈的凶手。”她目光坚定地说，“当年闾丘客前辈拼死护我一命，我不能让他就这样白白丧命！”

凤林染气息一顿：“你是说，闾丘客前辈他已经……”

唐小左心中酸胀，眼中蓄泪，点了点头：“前辈他已经死了，和那些人同归于尽了……”

她记得很清楚，那时候她被人挟持着，闾丘客前辈为了救她，答应交出《玄机妙解》，但要先确定她没事。

那时她浑身是伤，脸上被那些人用匕首划了好些口子，抹一把，全是温热的血。闾丘客前辈借由给她上药的时机，往她嘴中塞了菩提蛇胆，然后将她推向大海。

她怎么能忘了这个老人绝望而决绝的声音：“左丫头，活下去……”

她拉着凤林染，往师父的炼药房走去：“我们去找师父！”

炼药房中，师父还在逗弄笼中的那几只小兔子，见他们进来，笑呵呵地说：“小左，你来得正好，这些小家伙算是彻底活过来了。那边有针，你再取些你的血给为师，为师看看你的血能不能化解别的剧毒……”

唐小左没应承他这些话，而是走到他身前，凝重而认真地看着他：“师父，我有事情想告诉你，是关于闾丘客前辈的……”

“先别说！”师父忽然扬手打断她，原本笑意满满的双眼似乎被什么东西击中，慌乱一下子蔓延开来。他手里捏着的那棵逗兔子用的青草梗和他的手一样，微微颤抖着，“先别说，别说……”

唐小左知道师父为什么会突然失态，因为他肯定料到她接下来说的话，不会顺遂他的心愿。

江湖上都传，闾丘客前辈只是失踪了，虽然五年前空灵岛出事以后，岛上再没有一个人存活，但是大家都以为像闾丘客这样的奇人，一定不会轻易死掉，他一定是躲起来了，或者被人囚禁起来了，才会让大家都找不到他。

师父心中也一直坚持这样的想法，所以即便在她恢复记忆以后，他也不曾主动问起过这件事，因为他不敢，他害怕从她口中听到他不想听的事实。

唐小左理解师父在这件事情上的胆怯，但还是希望师父能大胆一些，早些释怀。

“师父，您老这辈子什么风风雨雨没经历过，您不能这么胆小的。”唐小左劝他。

师父陡然失力一般，坐在凳子上：“为师没你想的那么脆弱，你说吧。”

唐小左做了一个深呼吸，尽量用最冷静的语气，将五年前空灵岛发生的一切，娓娓说来。

“我在空灵岛差不多住了半年，病好以后才慢慢了解岛上的形势。空灵岛四面环海，每个能上岸的地方都被闾丘客前辈设了机关，倘若有擅闯的人，定然要吃大亏的。我们都以为岛上很安全，却不知……”

却不知后来有人硬闯，真的是硬闯。

围攻空灵岛的人很多，他们无法破解沿岛的机关阵法，就实行人海战术，派人一遍一遍地试探这些机关。好多人因此白白牺牲掉自己的性命，而后面那些没有牺牲的，则踩着这些人的尸体，进入岛上。

这些人登岛以后，就开始肆意作乱使坏，逼闾丘客现身。

他们人多势众，又凶神恶煞，闾丘客和家人们在这岛上孤立无援，在与他们对抗了几次后便落于下风，且一时不能与外界取得联系与帮助，只能先躲起来。

他们躲在闾丘客在地下设计的一个暗道中，不分昼夜地躲了好几日，那些人却始终不肯离去。

后来暗道中储存的食物和水都没有了，面对饥饿和口渴，所有人都没有办法了。闾丘客决定上去找一些吃食和水，唐小左和他的亲人一开始不同意，但是倘若不出去冒险，便只能饿死在这里。

闾丘客叮嘱他的妻子照顾好唐小左和其他几个孩子，然后与他的儿子一起走出了暗道。

可是他们走了以后，唐小左还没能等到他们回来，他们藏身的地方就被人发现了。

他们都是妇孺年幼，他们的反抗在那些人眼中简直不值得一提。那些人将他们绑在一起，逼问闾丘客前辈的下落。

他们根本不知道，况且就算知道，也绝对不会说出来。那些人发了狠，架起一堆火来，扬言他们若不说出闾丘客的下落，就把他们丢进火中去。

除了闾丘夫人，其余人都被押到火堆旁边。他们每逼问闾丘夫人一次，若她不回答，就丢一个人进火堆。

唐小左眼睁睁看着闾丘客的两个小孙儿和儿媳接连被扔进火中，下一个便是她。

闾丘夫人无法接受眼前的一切，昏死过去。那些人用水将闾丘夫人泼醒以后，闾丘夫人便疯了。

唐小左说到这里，再也忍不住，蹲下来捂着脸哭得整个人蜷曲起来："师父，你要原谅我，我那时候还小，我救不了他们……"

这些不能承受的痛苦是她一切噩梦的根源。

凤林染将她抱在怀里，师父一下又一下地摸着她的头，哽咽到不能自已：“不怪你，不怪你……”

“师父！”她抓着师父的手，恨恨地咬牙，“我们一定要找到背后的凶手，究竟是谁主导了这场杀戮，他不能在做了这般伤天害理的事情以后还好好活着。”

师父望着她，颤抖的胡须和额头暴起的青筋显示着他在努力压下心头的愤怒：“对，为师绝对不会放过他！”

屋外一声鸦鸣，让唐小左的头狠狠地疼了一下，仿若那天火光里的哀号与惨叫。

闾丘夫人疯了以后，那些人把目光放在唯一一个还能说话的唐小左身上，因为不能再将她也扔进火中，所以只能换一种方法逼问。

有人拿着锋利的匕首在她脸上比画，要她说出闾丘客的下落来。她哭着说不知道，可是她每说一句不知道，脸上便挨一刀，疼得她满地打滚……

后来闾丘客前辈出现了，他的儿子看到眼前的惨象，与那些人拼了自己的性命，而闾丘客前辈被他们捉住。

唐小左留在空灵岛上最后的记忆，是闾丘客老人奋力将她推进海中，给她一丝生机的同时，“轰隆”一声爆炸，岛上最高的那座山倾倒而下，将他和那些恶魔一并掩埋。

“师父，我想去空灵岛一趟，这件事情不该就这么结束的。”唐小左说。

第十九章 以骨相胁

WOYOU
TEBIE DE
WODI JIQIAO

1.

唐小左告诉师父想去空灵岛以后，师父原本想让三师兄跟她一起去，但是凤林染坚决不同意，担心三师兄对她还有什么想法。大师兄向来都是帮着师父打理唐门的事务，也不好跟她出去这么长时间。其他师兄师弟虽与唐小左交情都不错，但武功算不得好，一旦在途中遇到危险，恐怕招架不住。

可是只她和凤林染去的话，师父又实在不放心，于是凤林染决定带着左护法一起去，师父才堪堪同意，回房拿出一些东西给唐小左：“这是为师最新研制的痒痒粉和迷粉，若是打不过就撒这个，使劲撒，不用心疼……”

唐小左将这些东西搂进怀中，笑道：“我倒是不心疼，只是师父您给我这么多，您心疼吗？”

师父别过脸去，忍痛说道：“为师不心疼，给自家孩子用，怎么能心疼。”

她和凤林染从唐门出发去了天戮门，听闻她回来，左右护法还有蓝羽姑娘都来看她。

右护法打趣道：“丫头，这次回来，肯定不是当洒扫丫鬟的吧？”说着还特意看了凤林染一眼，“门主，咱们天戮门是不是要办喜事了？”

唐小左脸一红。

凤林染揽她过去，哈哈大笑道：“对，很快……”

左护法微微怔了一瞬，他旁边的蓝羽面色一变，看着唐小左，虽然很勉强，但还是笑了："那就先恭喜门主和小左姑娘了。"

唐小左报以羞涩一笑。

唐小左在这里见到了一个熟人——曾经的小乞丐阿九。

她真的来天戮门了。

阿九见到唐小左也很开心，她沏了热茶放到桌子上，然后兴高采烈地朝唐小左跑来，却一时大意撞到桌角上，方才刚被她放下的那壶茶顷刻就被撞翻了去。

眼看这热茶要泼洒到阿九身上，离她最近的左护法最先出手，一弯腰将茶壶捞到自己手中，烫得浑身一震。

阿九后知后觉地叫了一声，立即抓住左护法的手，心急心疼又愧疚地说："烫疼了吗烫疼了吗？对不起，我不是故意的……"

左护法被她抱着手，面色有些不自然起来，当即抽回去，冷冷地说了一句："不疼……"

唐小左偷偷地笑了一声，然后熟门熟路地拿起茶壶："还是我来吧。"

凤林染问左护法："方才那一下可是烫得厉害？手还好吗？"

左护法许是没想到凤林染会忽然关心他的手，颔首道："还好，并无大碍。"

"那就好，你回去收拾一下东西，明天随我出趟远门吧。"凤林染淡淡地吩咐。

左护法点头："是。"

唐小左嘴角略抽：门主你好歹多关心两句，不然只这一句关心来得也太直接太有目的性了吧。

现在已经是傍晚，左护法起身出去收拾东西，右护法和蓝羽还在这里。右护法向来兜不住自己的心思，有什么说什么，听见凤林染要出远门，难免问了一句："门主，你要去哪里？"

凤林染没有直接回答他，而是绕了一个弯："去的地方有些远，所以可能十天半个月回不来，天戮门就暂时交由你和蓝羽打理。你心粗，蓝羽心细，凡事多听听蓝羽的意见，知道吗？”

右护法与蓝羽对视一眼，纷纷道：“请门主放心。”

唐小左跟着凤林染一起去他的房间，帮他收拾东西。她对凤林染的房间也是了如指掌，衣服用品放在什么地方，她都知道。

凤林染被她推到一边，她说她一个人就可以，于是凤林染就站在一旁，笑意满满地看着她忙来忙去。

她给他挑了几件适合在外面奔波穿的衣服，都是些简洁大方的款式，鞋子挑了软底的拿了两双，又琢磨着去拿些毛巾帕子……

一双温暖有力的手臂从她腰的两侧伸过来，将她抱住。

她一愣，然后放心地倚靠在他宽阔的怀里，手上仍利索地叠着毛巾。

凤林染在她脖间又嗅又蹭，缠了她好一会儿。

“门主，谢谢你肯陪我去空灵岛。”唐小左由衷地说。

她一直想找个时机，对他说这句话。

“不用说谢谢，这是我乐意做的。”凤林染亲了亲她的脖子和小巧的耳垂，“再说，若是能查出是谁害的闾丘客前辈，也能为天戮门洗脱嫌疑，我倒是要看看，谁让天戮门背的黑锅。”

“嗯。”唐小左叠好毛巾，在他怀里稍微挣扎了一下，“你先放开我，我把毛巾放包袱里去。”

凤林染不放，自顾自地说了一句：“等我们为闾丘客前辈报了仇，我们就成亲吧，我想你以后每天都为我整理衣服，我迫不及待想过这种日子了。”

唐小左脸上顿时滚烫一片，心头涌上无尽的喜悦与幸福，叫她好生激动。她嘤咛般应了一声“嗯”，就被他扭转过脸来，吻了上去。

东西收拾好以后，他们又在天戮门住了一天，第二天起了大早准备赶路，却在天戮门外面遇到了左云舒。

自从她被他们从林云龙手中救回来以后，左云舒一直没有出现在她眼前，她也乐得他不出现，即使他也是救她的人之一。

此番他堵在天戮门门口，想来是知道了他们要去空灵岛的事情。

“凤兄，前些日子我刚去过一次空灵岛，路线我很熟，我们结个伴儿可好？”左云舒淡笑道。

凤林染看了唐小左一眼，对左云舒笑道：“左兄有心了，谢谢你的好意，此次前去空灵岛人数不宜过多，我们几个人就够了。”

左云舒被拒绝了也不气恼，反而仍是笑脸以待：“那我和云栀说一句话，凤兄应该不会拦着吧。”

凤林染原本就和左云舒的交情不错，虽然他也会因为需要照顾唐小左的情绪，而对左云舒稍有疏远，但不可能完全断绝往来，毕竟两人已经认识许久，还有些利益往来。

如此，他便没有再次拒绝左云舒的这个要求，而是看着唐小左，希望她能给左云舒一次说话的机会。

唐小左也不好与左云舒撕破脸皮，便应了。

左云舒过来，唤她一声“云栀”。

唐小左冷漠地提醒他：“左少庄主，我不是云栀。”

左云舒贴近她，附在她耳边说了一句话。

唐小左僵住了身子，看着他的眼神，震惊之后便是愤怒，和着厌恶与无力。

“况且你还答应了我爹，在他离世之前，你该不会忘了你的承诺吧。”左云舒说，“我陪你一起去空灵岛，好吗？”

唐小左扭头上了马车。

左云舒转而看向凤林染，笃定地笑：“凤兄，我们走吧。”

2.

其实唐小左不是很懂左云舒究竟在想什么。

她本以为他会早一点来见她，比如在她被救回唐门以后。如今他忽然出现，威逼利诱着要同她一起去空灵岛，显然是冲着那本《玄机妙解》去的。他如此不加掩饰地暴露自己的目的，让唐小左感叹，人的脸皮原来可以厚到这种程度。

马车上，凤林染问她，左云舒同她说了什么，为什么她会同意左云舒同他们一起去空灵岛，明明之前她那样讨厌左云舒。

唐小左靠在凤林染的肩膀上，有些无奈："我娘亲的坟墓还在明月山庄后面的陵园中，他不说，我差点忘了……"

"他用这个威胁你？"

"嗯。"唐小左捋着他的袖子，闷闷地说，"人总是要尽孝道的，况且我娘是因为我才早早地没了性命……"

她之前尚还没有跟凤林染说过她娘亲的事情，所以这突如其来的一句让凤林染有些诧异："你为什么说，你娘亲是因为你才……"

唐小左同他讲起那时哑婆告诉她的事情："我到现在也没有想明白，为什么娘亲一定要把我留在明月山庄，甚至不惜牺牲自己的性命。倘若她有心，也可以选择嫁给左庄主，虽然以后名声坏了点，但至少能留下自己的性命。你觉得呢？"

凤林染揽着她的肩头，喃喃道："许是你娘亲还有什么苦衷，你不知道吧。"

中途休息的时候，左云舒主动拿了些吃食过来给她，唐小左别过身去，不想接，他便递给凤林染。

凤林染接过去，对他说："左兄，小左现在心情不好，你就别招惹她了，咱们兄弟俩去那边说会儿话。"

左云舒看了唐小左一眼，唐小左没理他们，自顾自去另一辆马车上找吃的东西。

这次他们出来，为了早点赶去空灵岛，他们白天几乎都在赶路，晚上才找个客栈歇脚，因此干粮和水就多备了一些，加之一些衣物和用品，一共装了大半个马车。

唐小左爬上去，钻进车厢里翻找自己喜欢吃的东西，谁知刚翻了没两下，那些食物忽然自己动了一下，然后骤然跃出一个人来。

唐小左惊叫一声，差点摔下马车去。

她定睛一瞧，那个从干粮堆里爬出来的人不是阿九又是谁？

“你怎么会在这里？”唐小左惊得半天合不上嘴。

阿九爬到她身边，搂着她的脖子笑呵呵地说：“我担心你路上太孤单啊，所以就来陪你呀，是不是很感动？”

“你看我这个样子像是感动吗？”唐小左无奈地看着她。

“我不管，我就要跟着你！”阿九刚表明志气，往外面看了一眼，立即变了表情，小鸡似的紧张地贴在她身后，“门主和左护法过来了，你得帮我啊小左。”

凤林染和左护法一前一后地走了过来，定然是方才唐小左那一声惊呼给引过来的，左云舒也跟着一起。果然，他们在瞧见阿九时，俱是一惊。

“胡闹，你怎么跟来了？”左护法呵斥。

阿九被他斥得又缩了缩身子，小声催促着唐小左：“你快帮我说句话……”

说啥呢？唐小左有些尴尬：“啊，对啊，左护法问你话哪，你怎么跟来了？”

阿九见唐小左不帮自己，也不好再躲在她身后，便怯怯地走出来，可怜巴巴地望着凤林染：“门主，你和左护法都不在天戮门，我也不想待在那里，蓝羽姑娘对我可凶了，我怕她。”

“她有什么好怕的，不过是平日里严肃了些，心地还是好的。”左护法拧着眉头，不悦地说。

“不是这样，蓝羽姑娘对我真的比对其他人凶，她以前是不是也不喜欢小左？所以连同对小左的不满，一同发泄到我身上。”阿九可怜巴巴地说。

这话说得突如其来，唐小左觉得有些莫名其妙。凤林染眉头一紧，显然很不高兴她把唐小左也拉下水：“本座怎么不知道蓝羽对小左有什么不满，你不要为了给自己找理由而撒谎，蓝羽不是那么不明事理的人。”

“门主你不相信我哦？”阿九气鼓鼓地瞪着眼睛，“那我给你学学，我从蓝羽姑娘那里听到的话。”

她说着，拿架作势端起脸来，学着蓝羽的口气说：“你是怎么蛊惑门主让你进天戮门的？先前是那个假茯苓，现在是你，天戮门都被你们搞得乌烟瘴气，你若识趣，就赶紧滚出天戮门……”

唐小左愣愣地看着她。

阿九学完了，瘪嘴耸眉，一双泪眼汪汪的眼睛望着凤林染：“门主，我要不偷偷跟你们出来，你们回来就见不到我了。见不到我的话，你们多伤心啊。”

左护法将信将疑地看着她：“蓝羽真的跟你说过这样的话？这难道不是你信口乱编的吗？”

“我是那种人吗？”阿九做出一副受伤的样子，左护法便没再说什么了，“再说，我出来还能与小左做个伴，你们一群大男人心糙，有时候难免不能想到一些姑娘家的事情，您说是吧，门主？”

凤林染思忖片刻，想来现在将阿九送回去也不切实际，便沉着脸允了：“你可以留下来，但是倘若途中遇到危险，可是没人会保护你。”

“那不怕，我向来命大，不会有事的。”阿九信誓旦旦地说。

如此，她便留了下来。

但是方才阿九学蓝羽说的话，唐小左听得很分明，她与阿九聊天时，又说起这个：“蓝羽姑娘真的这么说过我吗？真的不是你瞎说的？”

“当然是真的。”阿九翻了个白眼，“你也是笨，人家讨厌你，你都看不出来啊？”

“她现在还讨厌我吗？”唐小左愁苦道，“前些日子我在唐门养伤的时候，她还拎着好多水果来看我，我觉得她已经不讨厌我了啊。”

“那她为什么讨厌你啊？”阿九好奇地问。

“大概是因为……”唐小左挠挠头，不好意思地说道，“因为她也喜欢门主吧。”

阿九恍然大悟地“哦”了一声。

“看不出来哦，像蓝羽姑娘这样冷酷的人，也会争风吃醋哦。那她干吗讨厌我呢，我又不喜欢门主。”

“这个哦……”这个原因唐小左是知道的，她眨巴眨巴眼，摸摸阿九的脸，“大概是因为咱俩的性格很像吧，所以，才会引来她的迁怒。”

阿九托着下巴，若有所思地点头：“那我确实挺冤的。”

3.

阿九的存在确实给他们一行人增添了很多欢乐，原本凤林染夹在唐小左和左云舒之间有些尴尬，自从阿九出现以后，唐小左一看到左云舒和凤林染说话或者离得近的时候，她就跑过去黏着阿九。

阿九对于她和左云舒的关系并不是十分了解，只是听左云舒说过几次唐小左是他的妹妹，所以只是以为他们是一对关系不太好的兄妹而已。

唐小左也无意与阿九说太多关于他们的事情，毕竟那些往事她也不想再提。

他们一路走来还算顺利，只是偶尔有一次因为骤降的雷雨天气让他们其中几个受了些寒，耽误了一天的行程，白天也只能住在客栈里休息。其中病得最厉害的当属凤林染和左云舒，唐小左和左护法也有些不适，但并不严重，唯一一个没有生病的是阿九。

刚给凤林染送完药，阿九跑来唐小左的房间向她抱怨：“为什么不是左护法病得最厉害，这样我就可以多一些机会去接近他了。”

唐小左看着她，暧昧地笑：“他不生病你也可以多接近他啊。”

阿九捏着衣襟羞涩道：“那样显得我多不矜持啊。”

她忽然想到什么，拉着唐小左的手说：“你跟我说说呗，你和门主是怎么在一起的？”

“啊？这个啊？”唐小左回想起她和凤林染从相识到相遇的过程，捂嘴笑道，“我当初比你大胆多了，我第一次见门主，就和他表白了。”

那时候她明明是因为第一次见他紧张得眼皮直跳，他却认为她是在勾引他，她也只好稀里糊涂地说喜欢他。

“原来你是这般大胆？”左云舒不知何时站在门口，脸色有些苍白，笑容淡淡的，带着病气。

唐小左的表情当时就不好了：“左少庄主，你不在房间里好好休息，跑来这里偷听算什么？”

左云舒忽略她不善的语气，只拣中听的话来听：“谢谢关心，我出来透透气。”

唐小左没好气地说：“那你出去透透气吧，我这儿空气也不好。”

阿九不知道她和左云舒的关系坏到什么地步，于是好心说道：“小左，你和左少庄主之间是不是有什么误会啊？”

唐小左还未张口说什么，便被左云舒夺去话语：“是有些误会，我想和小左聊聊，阿九姑娘可否让我们兄妹二人单独待一会儿？”

他话都说到这个份上了，加之阿九本就同情他，自然不会留下来打扰他们单独聊天，于是立即起身出去，唐小左拽了几次都没拽回来。

唐小左委实觉得不想和他说话，于是站起身来，准备去凤林染的房间待一会儿。

只是她还没走几步，手腕忽然被左云舒捉住，一个受力便被他拖了回去。

唐小左立即甩开他的手，厌恶道："你做什么？"

左云舒比她冷静太多，轻鄙道："你慌什么？"

唐小左瞪他："你哪只眼睛看见我慌了？"

"既然不慌，坐下来我们谈谈吧。"左云舒点了点下巴，示意她坐回去。

他这般淡然自若，倒真显得她慌了阵脚。于是她便坐在他的对面，压下暴躁的情绪，冷眼看着他。

左云舒给她倒了杯茶，笑着说："你是不是在怨恨我，那时候没有选择救你？可我那时候不知道你真的是云栀，所以才放弃了你，给你赔个不是。害你在林云龙那里，吃了那么大的苦头。"

"你是该给我赔个不是。"唐小左话里有话。

"可是你也有错，倘若你早些承认你是左云栀，我又怎么能弃你于不顾。"左云舒脸上的笑容渐渐冷却，"明月山庄里的那个'左云栀'是真是假你最清楚，可是你不说，我和凤兄都被蒙在鼓里。我那时候请你帮我扮演云栀，你看着我爹去世也不肯说出真相。我带着另一个云栀东奔西跑想治好失忆，带她去空灵岛找寻记忆，你明知道这些都是徒劳却不肯说，你是不是觉得很好玩？"

唐小左听他说完这些，恍惚明白了一件事情：左云舒之所以在将她救回来以后一直没有露面，不是因为他愧疚，而是因为他愤怒，他恼怒于她一直不肯说出自己的身份，恼怒他自己一直在"左云栀"身上做的努力全都白费了。

可是这怨不了她，怨只怨他另有所图。

想到这里，唐小左心情反而好了一些："对啊，我就是不想告诉你，我就是想看你的笑话。"

左云舒被她一激，又咳了几声，面上表情显然不如之前那般轻松。他沉声说："你这次与凤林染一起去空灵岛，你宁愿把秘密告诉一个外人，也不愿意告诉我，你果真是个忘恩负义的人。"

唐小左怒了："你没资格说我！什么忘恩负义，明月山庄对我的养育之恩，和你对我做的恶事，早就已经抵消了，你们根本没有什么恩情可让我报答的。”

“还有我母亲的命呢？”左云舒冷静不再，他终于激动起来，“你娘亲害得我母亲跳崖，这笔账要怎么算？”

“你胡说！”唐小左抓起茶杯就丢了过去，泼了他一身的茶水还不解恨，冲上去举起拳头就打，“明明是你母亲先下毒想害我娘亲，是你母亲害死了我的娘亲！”

左云舒挨了她两记拳头便不再忍让，站起身来，抓住她的手臂别在她的背后。唐小左嘴里咒骂他一句，立即被他捂住了嘴巴。

“你当真以为，是我母亲害死了你的娘亲？”左云舒微微眯了眯眼睛，透出危险与不屑的神情，“你母亲本就有病，不是风寒，是一种怪病，大夫都说治不好。我爹四处为她求医问药，可是她却故意把她这条命赖在我母亲头上。你说，你娘亲是不是很坏？她明明就是个坏女人！”

唐小左不敢相信他说的话是事实，她不许他这样诋毁自己的娘亲。她张口咬在他捂住自己嘴巴的手上，狠狠地、不留余地地咬。

左云舒终于吃痛，抽回自己的手来。

唐小左哭着骂他：“浑蛋！不许你……”

她未骂完，嘴巴又重新被他捂住。

“这就是事实，你娘亲亏欠我们的，就该由你来偿还。我想你一定不希望看到你娘亲的尸骨被人挖出来糟践吧？”左云舒附在她耳边，呵地笑了一声，“所以，拿《玄机妙解》来换吧。”

第二十章 上空灵岛

WOYOU
TEBIE DE
WODI JIQIAO

1.

凤林染和左护法他们听到声音冲过来的时候，左云舒正拿了帕子，给唐小左擦脸上的血。他方才被她咬破了手心，捂住她的嘴巴时，流出的血也将她的脸染脏了。

凤林染一把将左云舒推开，捧着她的脸左右地看："是哪里伤到了？疼吗？"

唐小左呆呆地摇了摇头，不用她开口，一旁的左云舒淡淡地解释："凤兄，她没事，是我的手受伤了，不小心沾到她的脸上一些。"

凤林染倏忽转身，与左云舒面对面地站着，十分不满："左兄，这是怎么回事？你为什么来她的房间？你的手怎么会受伤？"说着，他拿起左云舒的手看了看，脸色顿时变得更加难看，揪着他的衣襟质问，"这是谁咬的？小左咬的吗？她为什么咬你？你对她做什么了？"

"凤兄为什么说是我对她做了什么，而不是她对我做了什么？"左云舒又恢复了一派云淡风轻的模样，看着自己尚还流血不止的手，嘲讽道，"果然在凤兄眼里，兄弟之情抵不过一个女人罢了。"

"你欺负我的女人你还有理了！"凤林染拽着他的衣襟往外走，"出去打架！"

左云舒也不反抗，跟着凤林染出去了。

唐小左却还只是怔怔坐着，回想方才左云舒对她说的话。

他说娘亲是坏女人，娘亲早就知道自己命不久矣不能照顾年幼的她，所以才会在左夫人送来药时，将计就计，早几日葬送自己的性命。

娘亲一定以为，她死了以后，左浩天会因为心中愧疚，将她年幼的女儿抚养成人。诚然左浩天确实想尽心尽力将唐小左抚养长大，只是没有想到，在左夫人不堪他的休妻与指责而跳崖以后，这一切都被左云舒看在了眼里，恨在了心里。

倘若这一切都是真的，倘若左云舒没有骗她，倘若……

唐小左真的头疼了，抱着脑袋爬到床上，躲在被窝深处不愿出来。

良久，她听见推门的声音，不一会儿身上的薄被就被人扒拉开，凤林染将她扯了出来。

“捂这么严实，是想憋死自己吗？”

他刚打完架，眼窝处有点红，嘴角处有点青。唐小左伸手小心地摸了摸，训他一句：“脸都打得不好看了……”

凤林染握住她的手，有意逗她：“你方才怎么不去劝架，这会儿知道心疼了？”

唐小左恍然大悟般，挤出一个笑来：“对哦，我还可以去劝架呢，我怎么给忘了？”

“没良心。”凤林染逗了她一会儿，见她心情好了些，才正经地问了起来，“怎么了，左兄又怎么招惹你了，把人家的手咬成那样？”

“我咬了吗？”唐小左开始装傻起来，“哎呀，我最近脑子不太好使，记不起来了呢。”

凤林染一眼就看穿了她：“不想说？”

“嗯。”唐小左扑进他怀里，小声地恳求，“门主你先别问，我自己都还没有理清楚……”

凤林染摸摸她的头，宠溺道：“那不问了。”

“嗯。”唐小左又往他怀里拱了拱，凤林染干脆搂着她一并躺了下来。

唐小左听他鼻音有些重，忽然想起他还病得厉害，便抬起脸来问他：“门主，你是不是很难受？”

“不至于难受，至多是身子不太爽利。”凤林染捏捏眉心，“我一会儿不在你身边看着你就出事，你是不是故意的？”

“不是故意的。”唐小左很认真地回答他，而后爬起身来，抱住他的脸在他唇上啄了一口，“你把病气渡给我一些，这样咱俩就一样了。”

凤林染翻身，将她压在身下，坏笑道：“既然想跟我一样，那只这一下是不够的……”

唐小左：“唔……”

第二日赶路时，唐小左挂着两行清涕，双眼无神，一会儿一个大喷嚏。

阿九觉得很奇怪：“为什么大家的病都是恢复得越来越好，你的病怎么反而严重了？”

唐小左捏着帕子，泪汪汪地回答：“我记得有句话叫自作孽来着……”

阿九继续追问：“你作啥孽了？”

唐小左脸一红：“我……我蹬被子了。”

她其实没蹬被子，只是把凤林染蹬下去了。要不是她蹬得及时，指不定凤林染抱着她啃到什么时候。

阿九冲着她意味深长地笑。

经过多日来的辛苦赶路，他们终于抵达海岸。

马车都暂时寄存在客栈里，他们租了一艘船，在第二天风平浪静的早上，坐船出发去空灵岛。

左云舒因为之前来过，所以这次带了一个掌舵人，在海上行驶了大半天才到空灵岛。

踏上空灵岛的那一刻，唐小左的脚步就虚浮了起来，脸色也越发苍白：这里有她最美好和最残忍的记忆，两种记忆交叉，让她的情绪一时有些打架。

凤林染揽着她的肩膀：“还好吗？”

“没事。”唐小左挤出一个笑来，“方才有些晕船……”

刚说完，她喉中一恶，推开凤林染，弯腰吐了起来。

2.

凤林染先扶着唐小左坐在一边休息，然后和左云舒他们一起，忙着搭建帐篷。

阿九是个姑娘家，力气小，搭帐篷的活儿她帮不上忙，便跑过来陪唐小左聊天。她问唐小左：“我们为什么要来这个岛？这里也没有好玩的地方啊？”

她把这次出行当成一次远游，并不知道其实这里的每个人心中都藏了自己的算盘。

唐小左望了望四周，寻找以前熟悉的痕迹，然后对阿九说：“怎么没有好玩的？我带你找去，你且扶我一把……”

阿九一听，眼睛就亮了起来，兴冲冲地扶着唐小左走。

凤林染和左云舒的目光一直追随着她们，凤林染自然是因为关心，而左云舒，大概多了一丝观察和监视的意味。

其实唐小左也没走远，她和阿九都尚在他们的视线范围内。唐小左找到一些闾丘客前辈留下的一些机关，这些机关都在地底下，大多已经在五年前被侵入岛上的那些人破坏掉，已经不能运转。唐小左在岛上待过一段时间，自然知道一些，便一一介绍给阿九。

不一会儿，左云舒也走了过来，他对这些机关显然十分感兴趣。

唐小左出乎意料地没有排斥他，还主动说给他听：“这个机关虽然当初被人为损坏，但内里结构还算完好，我们站在上面看它虽然好像很普通的样子，但是下面其实是很精妙的，这是闾丘客前辈最得意的作品之一……”

她一边说着，一边暗暗去观察左云舒的表情。

果然，左云舒在听完她说的话以后，明显更有兴趣了些。

唐小左想，像他这般对机关之术痴迷到如此地步的人还真是不多。她走到左云舒身边，笑道：“左少庄主，你不下去看看吗？”

左云舒将信将疑地看了她一眼，她继续激励他：“底下绝对有你想象不到的东西……”

左云舒往下面张望了几眼，许是下面未知的东西的确吸引了他，他耐不住好奇，小心翼翼地跳了下去。

阿九问她：“底下到底有什么？”

唐小左坏坏道：“有死人……”

这些机关都是为了阻止那些侵入者，被机关吞噬掉的人并不在少数，他们的尸骨至今长眠在这孤岛上，无人认领，有家却回不去，这也算是上天对他们的惩罚。

唐小左听见左云舒在下面大大地抽了一口凉气，料想是被吓得不轻。她又扔了一个火折子下去，喊道：“左少庄主，既然下去了，也不能白走一趟，你仔细查探一番吧，看看能不能从这些尸骨上找出一些证据来……”

不一会儿，底下便有亮光透过来，应该是左云舒拿了火折子，真的查看了起来。

凤林染那边忙得差不多了，过来找她，问：“左兄怎么下去了？”

“他找证据呢。”唐小左搂住他的胳膊，顺势攀到他的背上，“门主，你背我去一个地方好吗？”

凤林染将唐小左托了托，问她：“去哪儿？”

“那儿！”唐小左往哪边指，凤林染就往哪边走。

他们几乎围着岛转了大半圈，饶是凤林染体力再好，背着唐小左这么一个大活人也是累了。

“你要去的地方，还有多远？”

唐小左指着不远处：“那儿！”

凤林染身子一仰，将她往地上一杵：“本座听着你说话时底气挺足的，这会儿身子应该缓过来了吧？自己走！”

唐小左看了看他，一转身就跪了下来。

凤林染一愣，忙弯腰想将她扶起来：“你不想走直说就好了，大不了本座再背你一程。别动不动就下跪，再说你还跪错了方向。”

唐小左摆摆手不让他扶：“我没跪你，我跪闾丘客前辈。”

凤林染疑惑：“他……葬在这里？”

唐小左看着前方，幽幽道：“不是葬在这里，是在这里葬身。”

前方不远，半个山体倾倒，那些没来得及跑开的侵入者，陪同闾丘客前辈一起被覆盖。五年时间过去，断裂的山石上有青草矮灌丛生，长在断骨残骸上，在阳光下展现出最鲜活茁壮的一面，让唐小左心里五味杂陈。

凤林染问她：“那我们再往前走走？”

“当然。”唐小左朝着那个方向磕了个头，抓着凤林染的手站了起来，“不磕个头我都没有勇气过去。”

凤林染拉起她的手，牵着她一起走。

周边有倒塌的碎山石，唐小左一一掀开来看。她倒不是期望能找到闾丘客的尸骸，毕竟一来她不知道闾丘客具体在哪个位置，二来尸骸大多破碎，她也看不出哪个是闾丘客前辈的。她只是想着找出一些证据，去追查当年的真相。

没过多久，左云舒也带人过来了。

唐小左问他：“左少庄主，可是找到一些线索？”

她不过是调侃地问一问，并没有抱太大的希望，没想到左云舒目光沉着，伸出手来摊开：“找到了这个……”

那是一支生了锈的飞刀，唐小左拿过来瞧瞧，并未看出什么来，又递给凤林染。

凤林染看了看，问左云舒：“不过是支飞刀罢了，又是市面上常见的，能证明什么呢？”

左云舒又拿出另一支飞刀来，摊在手里做对比：“这种飞刀的确是市面上常见的，也是江湖中人比较喜欢使用的一种类型，不过，”他举了举那支新一点的飞刀，“小左，这个是上次掳走你的人留下的，你看，一模一样。”

唐小左慢慢张大了嘴巴：是的，可是当初掳走她的那人是奔着“左云栀”去的，他掳走左云栀是为了《玄机妙解》。

江湖上觊觎左云栀的人很多，这些人不尽然都是凶手，有可能只是单纯地想得到《玄机妙解》；而江湖上使用这种飞刀的人士也有很多，他们大多也不可能是凶手。但是这两件事情叠加在一起，便是将凶手的范围又缩小了一点，当日掳走她的那个断眉人，很有可能和空灵岛的事件相关。

唐小左忽然想起那断眉人曾经说过的一番话，他当时把她当作茯苓送给了林云龙，他说他明白林云龙不会真的将武林盟主之位让给他，但是林云龙会欠他一个人情，对他来说，这个人情会让他多一个庇护。

所以他所说的庇护，会不会就是空灵岛这件事？

唐小左把自己的猜测说给凤林染和左云舒他们听，他们也觉得那断眉人的嫌疑很大。

果然，这趟没白来，这件事情总算开始展露出眉目来。

3.

凤林染和左云舒带着几个人，又将山下调查了一番，找出许多长刀短剑，其中还有一把匕首，小巧玲珑的样子，把上面的尘土擦干净了，竟是一点锈斑都没有。

唐小左看到这把匕首的时候愣了一下，也不伸手去捡，蹲在地上看得出神，好半天都没起来。

凤林染抽空过来看她，问她："这把匕首有什么不对吗？"

唐小左抱着膝盖，怔怔地说："当年那人，好像就是拿着这把匕首刮花我的脸的……"

凤林染呼吸一窒，伸手摸了摸她的脸，心疼道："别想了，所有的疼痛都过去了，以后不会再有这种事。"

唐小左却好似没听到他的话，继续说："不知道那人有没有被压在这里，我希望他没死……"

"为什么？"

"他是我唯一一个近身看到的人，我应该能想起一些关于他的体貌特征来，他或许也是一条线索。"

唐小左握住凤林染的手，给自己一些勇气，然后闭上眼睛回想当时的场景："那人左手执匕首，在我左脸上划了四道，在右脸上划了两道，应该是个左撇子。他虽蒙着半张脸，可是我看见他的眼睛了，他眼睛里好像有一个小小的红点，是在左眼，不对，应该是在右眼……"

她从记忆深处去挖掘那一段让她战栗恐惧的记忆，每说一句，手上就多一分力道。

"还有，他们其中有些人，也被火灼伤了。闾丘夫人被丢进火里的时候，大火烧断了她身上的绳子，她变成一个火人冲了出来，有几个人躲避不及，他们身上也着火了……"

唐小左慢慢睁开眼睛，她浑身发冷，脸上湿漉漉的全是汗。好在看见凤林染就在眼前，她的心绪便稍稍稳定了些。

左云舒也过来了，他是第一次听见她提及岛上的事情，虽然她方才说的不过是冰山一角，但却足以让他震惊，眸中流露出几分愧疚："云栀，你受苦了，倘若那时我……"

他说出这样的话来，唐小左却并不领情："左少庄主，你知道我最大的痛苦是什么吗？"

"是什么？"

唐小左深深地吸了一口气，良久，才说：“为什么偏偏是在我来到空灵岛以后发生这样的事情？我一直都觉得，是我的到来给闾丘客前辈他们带来了噩运，我觉得自己就是一个罪人，我不该来空灵岛的。许是我不来，他们就不会发生这样的事情。”

她使劲盯着他，恨恨道：“你知道这是什么感觉吗？”

“云栀……”

“小左……”

“我把《玄机妙解》给你，用来交换我娘的遗骨，不过，你还会和我一起找出那些尚还逍遥自在的凶手吗？”唐小左问他。

左云舒点头：“当然。”

“谢谢。”唐小左站起身来，“今天天色不早了，明天一早，我带你去找《玄机妙解》。”

左云舒一惊：“你知道书在哪里？”

“嗯，知道的。”唐小左望向闾丘客前辈长眠的地方：爷爷，她这样做，应该是对的吧？

她把那本书交给左云舒，不仅是因为私心，更是因为她需要左云舒的帮助。

《玄机妙解》重现于世不尽然是件好事，这本书在谁手里，谁就会成为众矢之的，所以，唐小左并不打算将它交给凤林染或者师父。

但是她又需要一个靶子，吸引凶手现身的靶子。一旦那些觊觎《玄机妙解》的人知道这本书在左云舒手里，必将会想尽办法前来抢夺，而凶手也一定在这些人之中。

这样，找到真正的凶手就快多了。

“所以，你真的要把《玄机妙解》给左兄？”晚上的时候，凤林染过来找她，“那么多人争破头都想要的东西，闾丘客前辈拼死都要守护的，你真的就这般轻易地拿出来？”

唐小左无奈道：“不然门主你有什么别的好办法吗？舍不得孩子套不着狼。”

凤林染用审视般的眼光看着她，目光越逼越近：“为什么本座觉得，你心里还有别的小九九呢？”

“没什么小九九，我哪有那么多心眼……”唐小左搂住他的腰身，挨在他胸前蹭。

空灵岛四面环海，晚风携着大海的气息扑面而来，吹得人有些冷。

唐小左往凤林染怀里又拱了拱，突然说：“门主，你大概不知道，其实闾丘客前辈并没有将《玄机妙解》看得很重，在他看来，那左右不过是本书，是一个死物，上面记载的机关阵法都在他的脑袋里，即便是没有了，他也可以创造出更多更巧妙的机关阵法来……”

她苦笑道：“那些说他将这本书看得比命都重要的人，不过是自己的猜测罢了，世上能有什么东西，是比命还重要的呢？”

“那为何闾丘客至死都不愿交出这本书来保命？”凤林染问她。

“因为即便是交出这本书，那些人也不会放过我们的。”她也曾在恐惧中问过闾丘客前辈这样的问题，这是他回答她时说过的原话。

唐小左说：“对方来的人太多了，倘若只是几个人，或者几十个人，那么闾丘客前辈与他们还有商量的余地。可是对方来了数百人，手段又使得那般残忍，显然是不会留下活口的，如此，闾丘客前辈才抵死不愿交出来。他说这本书不能交给这群人，他们不配……”

“闾丘客前辈是值得敬佩的，他不该是这样的结局……”凤林染唏嘘道。

第二天一大早，唐小左便依照昨天的承诺，带左云舒去找《玄机妙解》。凤林染和左护法他们，则忙着帮闾丘客前辈和他的家人立衣冠冢，虽然找不到他们的遗骨，但是总要让闾丘客前辈他们在这世上留下些痕迹。

唐小左带左云舒去了之前她和闾丘夫人他们藏身的暗道，许是之前下过雨的原因，暗道里积了水，刚没脚踝。

她举着一个火把走在前面带路，没过一会儿，忽然感觉脚上有滑腻冰凉的触感，当即僵住了身子。

“怎么了？”后面的左云舒问。

唐小左几乎吓得浑身冷汗：“有……蛇……”

“在哪儿？”

“缠在我的脚腕上了。”唐小左一动也不敢动，不晓得这蛇有没有毒。

左云舒让她把火把放低一点，观察了一下，立即下手去捉，将那东西扯了下来：“嘶……”

他没有捉对位置，被蛇反咬了一口，本能地吸了口凉气，另一只手迅速扼住蛇的七寸，将它掐死，然后扔到一边。

唐小左去看他被咬到的地方，在手背上有两个小点似的牙印，很快渗出血来。

“是毒蛇吗？”唐小左有些担忧。

“便当是毒蛇处理吧。”左云舒将伤口的血吸出来一些吐掉，“这样应该没事了。”

“哦。”唐小左没有太过关心，准备硬着头皮继续走，却被左云舒拉住了。

“这里面不晓得还有没有蛇，既然我已经被咬了，也不怕被咬第二次。”他走到她的前面，“你上来，我背你。”

“为了《玄机妙解》你也是拼了。”唐小左揶揄他一句，趴到他背上，想想还是说了一句，“谢谢。”

她给左云舒指着方向，一直拐进暗道深处，在尽头停了下来。

唐小左从他背上下来，然后拿出之前准备好的榔头，去敲头顶上方的黏土。那土落了她一身，不一会儿就敲出一个洞来。她摸进洞里，掏出一个铜质的匣子来。

左云舒眼睛一亮。

那匣子密封得极好，外面设了一个小机关，唐小左把它递给左云舒：“不是很复杂的机关，你试试能不能解开？”

左云舒果然也是机关能手，他接过匣子鼓捣几番，不一会儿就将其打开了。

里面是用羊皮纸包着的东西，拆开便是《玄机妙解》。

左云舒迫不及待地翻了几页，上面精巧的图画让他的眸光立即大放异彩。他抬头，兴奋地看着唐小左，显然有些不敢相信，这本让江湖人士趋之若鹜的书，现在竟然就这样落在他手里。

唐小左平静道："我把书给你了，你要记得你的承诺，把我娘的遗骨还给我，还有，帮我找寻凶手。"

"我既然答应你，就一定会做到。"左云舒忽然抱住她，吓了她一跳，"你随我一起回明月山庄可好，过去欺负你是我不对，我会好好补偿你的。"

"不了。"唐小左推开他，"我不想做回左云栀，我做唐小左就挺好……"

一顶火焰飘忽不定，左云舒将她望了几许时刻，眸中的光彩稍稍暗淡："走吧，我背你回去。"

第二十一章 声东击西

WOYOU
TEBIE DE
WODI JIQIAO

1.

他们原本打算下午回去，只是海上突然起了大风，舵手担心强行出海会有危险，便只能再耽搁一日，明天再走。

晚上的时候风力更甚，连带着也下起暴雨来。雨水浸透了地面上的木桩，狂风揭了几顶帐篷，唐小左和阿九的帐篷也没能幸免于难，她们只好和凤林染、左云舒还有左护法他们挤在一起。

外面风雨交加，帐篷里又湿又冷，地上全是水，他们根本没有办法躺着睡觉，只好从船上搬了些箱子，当成凳子坐。凤林染调侃，他这辈子都没有这么狼狈过，左云舒面色清淡，无声附和。

阿九穿得有些少，冻得打了个喷嚏，然后小心翼翼地往左护法身边靠去。左护法见她冷得打哆嗦，便脱了外袍给她披着。

凤林染也瞧见了，将唐小左捞到自己怀中，问她："你冷吗？"

唐小左不解风情："不冷。"

凤林染并没有放开她，反而又将她往怀里揉进几分："哦，那我冷。"

五个人凑了两对半，只剩左云舒一人形单影只，左云舒看了唐小左一眼，好似隐隐有些不痛快，但也没说什么。

下半夜的时候，大家才发现左云舒有些不对劲，他脸色变得青白，嘴唇也褪了色，抿得紧紧的，似乎在忍受着身体的不适。

唐小左忽然想起早上的时候他受伤被蛇咬了一口，心里当即叫了声"不好"。

此时凤林染也察觉到了，唤了两声“左兄”，左云舒才迟迟看了过来：“凤兄，有事？”

“你是不是不舒服？”凤林染问他。

左云舒点点头：“许是受寒了，无碍。”

唐小左附在凤林染耳边，小声地说：“他今早被蛇咬了，好像是毒蛇。”

“咬到哪儿了？”凤林染站起身来，上前查看左云舒的伤口。

唐小左也跟了过去，指了指左云舒的手：“咬到手背了。”

凤林染拾起他的手一看，伤口周围已经有些泛黑，不由得皱起眉头来。

唐小左也是吃了一惊，她以为左云舒将毒血吸出来就没事了，没想到还是让毒素蔓延了。想起他还背着自己走了那么久，他撑到现在也是奇迹。

凤林染与唐小左对视一眼，问他：“左兄，你带的人里，可有人懂得医术？”

左云舒摇头。

他们此番出来，为了避免危险，带的人多是武功高强的，并未想着带一个懂得医理的人，船上倒是有一些药，但是除了创伤药，便只是一些治寻常的风寒发热的草药，根本无济于事。

“岛上既然有这种蛇，说不定也会有治蛇毒的草药，我出去找找。”凤林染说，“南星，你随我一起去吧。”

“外面下着雨，黑灯瞎火的根本什么也看不见，你们又不认得草药，怎么可能找到？”唐小左拦住他们，“等到天亮再出去吧。”

凤林染担忧地看了一眼左云舒：“他能撑到天亮吗？”

左云舒想来已经极为不舒服，但仍是咬紧牙关硬撑着：“云栀说得对，你们现在出去也无益，我尚还能坚持得住。”

可是半个时辰以后，左云舒的情况就更坏了，他的意识开始有些不清明，偶尔会呓语，说些莫名其妙的话。

凤林染和左护法他们一脸紧张，虽然着急万分，但又无可奈何。凤林染说：“不若我还是出去一下，管是什么草药，先拔来再说，死马也当活马医了。”

外面猎猎风声，帐篷刚被解开一条缝，大风携带着豆大的雨珠便砸了进来，连带着帐篷也抖了抖，摇摇欲坠的样子简直雪上加霜。

唐小左忽然瞥见昨日找到的那把匕首，心中一动。

“门主，或许我有办法救他。”

凤林染、左护法还有阿九齐齐看向她。

唐小左拿起匕首，放在蜡烛上慢慢烤了起来。

“我吃过菩提蛇胆，说不定我的血也可以解这蛇毒……”

“菩提蛇胆？”他们好似第一次听到这个名字。

“是用菩提蛇的蛇胆炼成的一种东西，可以激发人的潜能，好像也可以解毒，上次林云龙喂我吃的断肠草毒都被这个给化解了。”唐小左同他们解释，“其实，这也是为什么当初我能凭借一己之力要了林蓁蓁和鸣鹤山庄十八条人命……”

他们一时震惊而疑惑。

她看了左护法一眼，有些愧疚地说：“我那时确实不是故意的，是林蓁蓁先要杀我，我被逼到没有办法才这样做的。那时已经神志不清，所以醒来以后才会忘了自己的所作所为……”

左护法神色复杂地看着她，半晌才开口说：“我知道，我不该怪你……”

唐小左将匕首烤得差不多了，便攥着朝左云舒走去。

凤林染心疼地看着她，但是为了救人，也只好让她这么做了。

唐小左唤了几声左云舒，想确认他是否还有意识。

左云舒听见她的声音，缓缓睁开眼睛。他眼神微微有些涣散，看见她手里的匕首，又看了看她，幽幽道：“你要……杀我吗？”

“不是，我要救你。”

他却好似没有听见她说的话一样，沉浸在自己的臆想里，自嘲道：“你该是恨我的，我伤你、害你、威胁你……”

唐小左往自己手腕上划了一下，疼得她直抽凉气。她将手腕横在左云舒唇前，催促他：“你快喝，这个可以解毒！”

显然手腕上猩红的血让左云舒意识稍稍回来了些，他忽然握住她的手，说：“你受伤了？”

唐小左看着自己的血滴滴答答地流，手腕疼，心也疼：“别啰唆了，赶紧喝！”

凤林染和左护法看不下去，过来帮忙，好歹将血给左云舒喂了进去。

唐小左从左云舒手里抽回自己的手来，抱着手臂疼得半天没缓过来，阿九忙着去找布给她包扎。

伤口包扎好了以后，他们便端着蜡烛观察左云舒的情形，唯恐她的血也清不了他体内的蛇毒。

庆幸的是，左云舒的情况很快好转，他们都松了一口气。凤林染和左护法将箱子拼在一起，让左云舒躺在上面睡上一觉。

凤林染将唐小左搂进怀里，问她：“你体内的菩提蛇胆，可有什么副作用？”

唐小左一愣，笑容有些干涸：“也没什么副作用，至多是有时候情绪波动得厉害了，又无须激发潜能时，身子会害冷僵硬而已，你也见过的。”她耸耸肩，“凡事有利有弊嘛。”

“可会对身子有其他的损害，毕竟让身子处于极限状态这种事，有些逆背天命……”凤林染话未完全说白，但还是透着深深的忧虑。

自然是存在一定的隐患的，倘若她再一次使用菩提蛇胆激发潜能，身体到达极限的同时，生命大概也就到尽头了。

不过，这种情况并非不可避免。

“我以后不会再轻易使用菩提蛇胆的，门主你放心好了……”

唐小左冲他笑笑。

第二日清晨，经过风雨洗礼的空灵岛又恢复了平静，除了左云舒，大家都困得两眼冒金星，唐小左更是困得原地打转。

潮水正在慢慢退去，舵手说一个时辰后就可以驾船离开，然后大家赶紧让他先睡一会儿，免得等会儿疲劳驾驶。

船舱里也灌进了水，左护法带人去将水舀出来，凤林染和左云舒在商量后面的事情，唐小左和阿九则跑去甲板上，抱团打瞌睡。

唐小左睡得正迷糊，忽然觉得昨晚割伤的那只手腕被人轻轻拾起，腕上缠着的布被解开，应该是要给她上药。昨晚雨下得太大，凤林染想回船上给她拿创伤药，她舍不得他淋雨，便没让他出去，反正第二天再上药应该也不迟。

她困得睁不开眼睛，以为是凤林染，便咕哝着叫了声疼，让他动作轻一些。

昨晚她割自己的时候不知道轻重，那一刀下去，伤口并不浅。已经干涸的血与布黏在一起，又与皮肉连着，撕下最后一层的时候，她“嗷”地叫了一嗓子，顿时清醒了。

“左云舒？”她呆呆地看着眼前正在低头给她上药的人，“怎么是你？”

“很奇怪吗？”左云舒淡淡地说。

唐小左下意识地想抽回手来，可她越是抽，左云舒攥得越是紧。

“再动的话，伤口就挣开了。”他说。

唐小左狐疑地盯了他半晌，看着他认真地给自己包扎完，然后顺势伸手摸了摸她的脑袋，才起身走了。

唐小左有点蒙：夭寿啦！左云舒这是被毒蛇咬得性子都变了吗？他不可能这么温柔！

2.

在回去的路上，凤林染问唐小左，是不是真的将《玄机妙解》给左云舒了。唐小左点头称是：“给了啊，你也想要吗？”

“本座要来做什么？招惹是非吗？”凤林染闭目养神，“闾丘客前辈已经不在人世了，虽然江湖上很多人以为他只是失踪，但是此时谁拿到《玄机妙解》，不就是往自己身上泼脏水吗？”

“可至少拿到书了啊。”唐小左倚靠在他怀里，揪起他一缕头发缠在指上玩，“对了，门主，你能不能给我点银子？我想给我娘买块墓地。”

“嗯，买块最好的。”

他们回去的路程还算顺利，路上也未曾遇到什么大的危险。凤林染让左护法带着阿九先回天戮门，他则陪同唐小左去挑选墓地，选好以后和唐小左一起去了明月山庄。本想现在就把她娘亲的墓移走，只是他们才刚到山庄，就听说了一个消息——茯苓离家出走了。

其实也算不上离家出走，毕竟明月山庄并不是茯苓的家。也正是因为这一点，茯苓觉得她一个外人不好留在山庄里，便留了一封书信，告知左云舒她走了。

看看时间，正好是他们刚出发去空灵岛不久。

在左云舒回来之前，明月山庄的阿珂已经带着人四处找过了，可是没有找到。茯苓与唐小左长得一模一样，如今她们两人的身份都很敏感，倘若茯苓再遇到像上次一样的情况，处境可就太危险了。

左云舒同唐小左商量，他现在忙着找茯苓，关于移墓之事，可否过几日再说。

唐小左坚持今天就要做这件事：“我们移我们的，不耽误你找人。”

凤林染也说：“左兄，茯苓毕竟也是我天戮门的人，我让天戮门的人也帮着找。至于移墓之事，就别再往后拖了。”

他们已经将话说到这里，左云舒也不好再坚持，派人带他们过去了。

唐小左前前后后忙了一整天，终于将她娘亲的事情安排妥当，心里总算有一块石头落了地。她跑去找凤林染，神秘兮兮地说：“门主，我告诉你一个秘密……”

凤林染捏着袖子擦擦她脏兮兮的脸蛋，笑道：“你还有什么秘密？”

唐小左左右瞅了瞅没人，便踮起脚来，凑到他耳边说：“其实，我骗了左云舒。”

“哦？”

唐小左笑得贼贼的：“其实，《玄机妙解》有好几本，毕竟是闾丘客前辈一生的心血，一本怎么够？我只不过是拿了其中一本给左云舒而已……”

到底那是闾丘客前辈的东西，她又怎么能都拿出来给别人呢。

凤林染戳戳她的额头：“你什么时候长了这么多心眼……”

唐小左吐吐舌：“一本也不少了好不好，不晓得闾丘客前辈会不会怪我呢？”

“我倒是觉得，倘若闾丘客前辈这些心血同他一样永远地长埋于地下，也挺可惜的。”凤林染感叹。

“那就交给上天来决定吧，或许剩下的那些书，会等到它们的有缘人。”唐小左伸了一个懒腰，“等过两天我们找到茯苓姑娘，就把《玄机妙解》在左云舒手上的消息放出去，我就不信那些凶手不眼馋，不会主动找上门来？”

“嗯。”凤林染拥着她上了马车回天戮门，“找茯苓的事情我已经交代给南星和穆烈了，你就别操心了，回去好好睡一觉，瞧你那黑眼圈，都快垂到膝盖了。”

唐小左懒懒地窝在他怀里，是有些困了。这些日子脑中一直绷着一根弦，谁也睡不好，如今总算能放松一些，但她还是打起精神同他说：“门主我觉得茯苓姑娘的行踪，可以去问问三师兄。毕竟他和茯苓姑娘相互喜欢过，茯苓姑娘说不定会去找他。”

后来听左护法回来禀报说，茯苓真的很有可能和唐遇在一起，因为唐遇也一起不见了。

唐小左疑惑道：“他和茯苓姑娘私奔了吗？不对啊，他们私奔做什么？”

“我问过唐门的人，他们并未见茯苓去找过唐遇，所以我也只是推测而已。”左护法说。

凤林染沉思片刻，分析道：“倘若来做最坏的打算，唐遇并没有和茯苓在一起，茯苓从明月山庄出走后被人捉住，捉住她的人应该会认为她是左云栀。‘左云栀’这个身份对她来说是一个庇护，暂时应该不会有生命危险，当然前提是她没有傻到坦白自己真实的身份。可如果是这样的话，唐遇是因为什么不见的呢？”

他们找了几天仍旧没有茯苓和唐遇的消息，唐门那边也着急了，三师兄不是那种一声不吭就失踪的人，师父也认为他带着茯苓失踪了，气得直骂白眼狼。

却是这个时候，茯苓回来了。只她一人，并未见三师兄唐遇。

她没有回明月山庄，而是选择回天戮门。她哭着告诉凤林染，唐遇被人抓走了。

唐遇居然真的和她在一起。

凤林染与唐小左对视一眼，对茯苓说：“你先别哭，把事情说清楚……”

茯苓一边抽泣，一边断断续续讲出了事情的原委。

她说她从明月山庄出走以后，本想回天戮门，却在半路遇到了唐遇。她本就心情不好，唐遇便带着她去散心，没想到却被一些不明身份的人抓了起来。

“他们以为我是左少庄主的妹妹，所以逼我说出《玄机妙解》的下落。可是我根本就不是，哪里会知道这个……”

果然又是因为这个。

凤林染眉头一皱：“那你告诉他们你是茯苓不是左云栀了？”

茯苓点点头：“我说了，可是他们不信，他们以为我是为了保命而撒谎……”

“那后来他们为什么将你放出来了？”唐小左着急道，“三师兄呢？”

“他们把唐遇哥哥关起来了，威胁我说，如果三天之内我不把《玄机妙解》给他们，他们就把唐遇哥哥杀了。”茯苓无助地望着凤林染，“门主，你快救救唐遇哥哥吧。”

唐小左也有些慌了：“怎么办啊门主？”

“先别慌。”凤林染又问了茯苓一些问题，比如是否看清抓他们之人的样貌？唐遇现在被关在哪里？

茯苓说那些人脸上都系着面巾，看不清面容。她也不知道那些人在哪里。

“他们告诉我，三日后去城外的城隍庙，用《玄机妙解》换人……”

凤林染沉思半晌，忽然对茯苓说：“这几天你应该也吓坏了，先回房休息一下，本座和南星、穆烈商量一下接下来该怎么做……”

茯苓抽噎着走了，凤林染看着她的目光很是意味深长。他遣走了房中其他人，只留下左右护法、蓝羽还有唐小左。

蓝羽心思细腻，第一个察觉凤林染表情的微妙之处：“门主，有什么不对吗？”

她这样一问，大家的表情也都更加严肃起来。

这件事情确实有点不对，但是唐小左一时又想不出哪里不对。

凤林染看了看左护法：“南星，你先说说……”

左护法思索一会儿，才将将开口：“茯苓应该是……在撒谎。”

凤林染点点头：“你也看出来了？”

唐小左和右护法互相瞪眼：看出啥了？茯苓怎么就在撒谎了？

左护法继续说：“倘若那些人真的认为茯苓就是左云栀，是绝对不会把她放走却把唐遇留作人质的，而是反过来，他们会把茯苓留下来，然后想办法从她嘴中问出《玄机妙解》的下落，这样做比放走她让她拿书换人风险要小得多……”

凤林染扬唇笑了笑：“确实是这样……”

蓝羽十分赞同地看着左护法，而唐小左则和右护法一起恍然大悟地“哦”了一声：对哦，一般留作人质是为了拿捏别人的把柄，所以这个人质一定要有一定的分量，如今他们把三师兄扣留在那里却放走茯苓，不正好说明，他们也知道茯苓不是左云栀，所以放她出来是为了传递消息……

“那我们接下来怎么办啊？”唐小左问凤林染。

“先别拆穿茯苓。”凤林染沉着冷静地开始分工，“穆烈，你找几个人去城隍庙那边守着，看看是否有埋伏。南星，你去一趟明月山庄，把这件事告诉左云舒，邀他来天戮门一趟。蓝羽，你去唐门一趟，去找唐门主或者他的大弟子唐延。至于小左你……”

唐小左立即斗志昂扬地看向他：“门主我需要做什么？”

凤林染一本正经地命令道：“这三天寸步不离本座身边！”

“为什么？”

“因为你身份太敏感。”

“那你如厕的时候怎么办？”

“这种小问题不需要考虑！”

3.

师父派大师兄过来与他们商量救三师兄的事宜，他老人家则在唐门继续想别的办法。

左云舒来天戮门以后，凤林染同他商量，能不能先把《玄机妙解》拿出来当个幌子，先把唐遇救出来。

左云舒干脆道：“当幌子可以，拿出来是不可能的。”

唐小左翻了个白眼：就知道他舍不得。

大师兄表示很吃惊：“小左，你把《玄机妙解》给他了？”

唐小左给他一个少安毋躁的眼神，点头道：“被逼的。”

左云舒觑她一眼，说：“就算我们做一本假的《玄机妙解》去换人，那些人说不定也看不出真假来，没必要拿真的去犯险。”

“敢情那是我师兄不是你师兄，所以你才这么不把他的性命当回事。”唐小左没好气地说。

左云舒性子一向清冷孤傲，不屑与人耍嘴皮子，没想到今天竟出人意料地同她拌起嘴来：“你未免将你师兄看得太重了些，就不怕凤兄吃醋？”

“门主才不会吃醋，就算今天被人抓住的不是三师兄，是左护法、右护法，是大师兄，是阿九，我也照样心急！”

这话一出，大师兄倒是没有什么表情变化，好似这是理所当然的事情，但是左右两大护法表情顿时微妙地明朗几分。

凤林染扶额：“小左，你这心有点大呵……”

左云舒不再理她。

这个时候，茯苓忽然跑了进来，她看到左云舒，冲口而出叫了声“大哥”，可是随后又发觉这样的称呼已经不合适了，于是失落道：“左少庄主……”

左云舒站起身来，走到茯苓身边，关切地问：“谁叫你擅自离开明月山庄的，难道不知道我会担心？”

此话一出，唐小左和其他人都惊呆了：倘若左云舒不是以一个兄长的角度同茯苓说这句话，未免也太暧昧了些。

果然，茯苓听完这句话，一下子红了脸，羞怯地望着他：“左少庄主……”

“跟我回去吧，云栀。”他唤她云栀的时候，看了一眼唐小左，意有所指地说，“你比她更适合做我的妹妹。”

唐小左心中冷笑一声：说得好像她非要给他做妹妹似的。

茯苓呆住了：“你说的是真的？”她看向唐小左，期期艾艾，“可、可明明她才是你的妹妹啊。”

“我不是，你随意。”唐小左烦躁地站起来，叉腰嚷道，“左云舒，你究竟是来想办法救三师兄的还是来认妹妹的？”

“自然是来……认妹妹。”

“你是来气人的吧？”唐小左使劲瞪他。

左云舒似乎很乐于看到暴躁不安的唐小左，笑道：“那是你的师兄，你自己想办法吧。”他拥着茯苓，作势要走，“云栀，我们现在就回去！”

唐小左摸起桌子上的杯子就要丢他，凤林染及时制止，然后开口叫住左云舒：“左兄，莫要闹小左了，救人要紧。”

茯苓也扯着他的袖子央求他：“大哥，求求你了，唐遇哥哥是因为我才落入险境的，我们不能不管他啊。”

左云舒宠溺地揉揉她的头发：“既然是你要求的，那我一定做。”

茯苓绽出一个乖巧温顺的笑来。

唐小左心里火大又不好发作，偏偏站在唐小左旁边的大师兄故意调侃唐小左，凑近她对着她的耳朵补刀一句：“看吧，这样性子的姑娘才讨人喜欢。”

拉倒吧，她唐小左才不屑于去讨左云舒的喜欢。

左云舒重新坐回去，开始同他们认真商量起救人的事情来。先前左护法已经将事情的来龙去脉告诉了他，自然也把茯苓有可能被威胁而不得已说谎这件事情也说与他听了。所以真正该如何救出唐遇，自然不能说给茯苓听。

暂时商量出来的结果是，拿真的《玄机妙解》去换人，但是提前设好埋伏，叫对方得不偿失。

说完这些，凤林染便打发茯苓回去休息了。

然后他们才开始真正地分析起这件事情。

之前右护法派出去的人回来告诉他们，城隍庙附近毕竟荒凉，确实有人在搞一些小动作，但是看起来似乎并没有太大的威胁性。

凤林染辗转着手中的杯子，沉眉思索，尔后，对左云舒说：“难不成这是……”

“声东击西。”左云舒将他的话说完。

凤林染又说："所以这'西'是……"

左云舒将唐小左一盯："你！"

其他人也齐刷刷地将目光集中在她身上。

"我？"唐小左惊异地指了指自己，"怎么又是我？"

"可不又是你？"凤林染呵地一笑，"麻烦精……"

左云舒跟着附和："从小就是。"

唐小左气鼓鼓地横他一眼："小时候才不是！"

这左云舒今天是怎么回事？怎么老在言语上针对她？他打空灵岛回来的时候就不对劲了。

唐小左看左云舒的眼神夹着雷电火花，左云舒倒是一派坦然，凤林染咳嗽两声："好了，继续说正事吧。"

凤林染觉得，既然那些人的目标在唐小左身上，他们也知道茯苓不是真正的左云栀，所以说到底，他们与之前掳走唐小左的人是同一个目的，甚至有可能，他们根本就是同一群人。

而假如他们真的是同一群人，他们三番五次为了《玄机妙解》而犯险，说不定他们也是当年入侵空灵岛并残害闾丘客前辈的凶手之一。

之前在空灵岛上收集的证据，凶手会使飞刀，他们其中一人眼中有红色的斑点，还有的人身上有被火灼伤的痕迹，倘若他们都符合这三点的话，说不定真的是凶手。

"正愁着找他们呢，他们倒是自己送上门来了。"凤林染胸有成竹，"不若将计就计，凭天戮门、明月山庄和唐门联手，还怕解决不了他们？"

"那如果他们不是当年屠岛的凶手呢？"大师兄提出疑问。

凤林染冷笑道："就算不是，也得收拾他们一顿。"

"顺便把《玄机妙解》的下落栽在他们身上，也省得以后江湖上的人都把我当成靶子。"左云舒幽幽道，意味不明地冲唐小左笑了笑。

想来他一开始就看透了唐小左的心思，在唐小左决定把《玄机妙解》送给他的时候。

他们商讨完以后，凤林染便让左云舒和大师兄先回去稍作等待，三日以后再行动。唐小左随他一起送他们出天戮门，左云舒身边跟着茯苓，他之前说让茯苓做他的妹妹，居然是真的。

倒是茯苓，面上仍是一片忐忑：“大哥，你真的要带我去明月山庄吗？我们没有血缘关系，我如何做你妹妹？”

左云舒指着唐小左道：“就算是她，也与我们左家并无血缘关系。”茯苓不解地看着他和唐小左，正要问，左云舒却是温文一笑，“以后慢慢跟你解释。”

他走前，趁着凤林染不注意，忽然在唐小左耳边说了一句话：“其实，你不做我妹妹也挺好的。”

他笑得意味深长，唐小左听得一脸迷茫：挺好？哪里挺好？为什么挺好？

第二十二章 拂云山庄

WOYOU
TEBIE DE
WODI JIQIAO

1.

左云舒命人制作了一本假的《玄机妙解》，并做旧处理，然后交给茯苓，想让她拿着先去哄骗一下那些人，借此拖延一下时间，他们也好去救人。

可是茯苓却因为胆小，有些不敢冒险。

三日后，原本约好派茯苓去城隍庙，凤林染和左云舒会派人偷偷跟着保护她，但是在最后一刻她却怯弱了："大哥，我害怕，可不可以不去？"

听她这样说，大家都静默了。

唐小左自告奋勇："那我替你去好了，反正咱们俩长得这么像，别人也看不出来。"

茯苓立即满是感激地望着她。

凤林染却是睨她一眼："你不行，这事你别掺和了。"

唐小左不高兴了："我为什么不行？"

凤林染将她拉到一边，确定他们的声音不会被别人听到，才小声说："你难道看不出，茯苓就是在逼你去吗？"

"我看出来了啊。"这是很显而易见的事情，起先茯苓哭着要救唐遇，可是到了关键时刻却打起退堂鼓，怎么能不叫人生疑？"可我们事先就说好要将计就计的，她想让我替她去，我就替她去啊，有你们保护我，我有什么好怕的？"

"那也不行，本座不同意你冒这个险！"凤林染态度坚决，"就算救不出你那三师兄，本座也不想你有任何差池。”

“现在不只是救三师兄那么简单好不好？”唐小左有些抓狂，“那些人有可能就是害闾丘客前辈的凶手，这件事情马上就要有眉目了，怎么可以放弃？”

凤林染眸中阴云沉沉，骂她一句：“怎么会有你这么执拗的丫头……”他忽然指了指左云舒，“你看他！”

他怎么了？

唐小左扭头望去，忽然后颈一痛，一阵眩晕随即袭来。

“门主你……”

凤林染将软下身子的她捞在怀中，哼道：“叫你不听话，非逼着本座使用暴力。看什么看，赶紧晕！”

“你……不要脸！”唐小左在他怀中，眼睛一翻，没了意识。

唐小左后来是被蓝羽和阿九的声音吵醒的，这两个人正在她床前吵架，半晌才发现已经坐起来的捂着脖子的唐小左。

阿九立即停止和蓝羽吵架，朝唐小左扑了过去。

“小左你醒啦！”

唐小左“咣”的一声就被她扑了回去。

阿九窝在她怀里委屈得直哼哼，她拍拍阿九的背，示意阿九先起来再说。

唐小左方才听见了一些她们吵架的内容，但是她们之间你来我往的斗嘴之词大多是比较含蓄的人身攻击，所以她尚还没有听出她们吵架的原因。

阿九哼唧哼唧地起身，瞪着蓝羽的眼神也重新恢复了气势，一副“我有帮手了我不怕你”的姿态。

然而，唐小左此时并不关心她们为什么吵架，她关心的是：“蓝羽姑娘，门主呢？他们是不是走了？他们离开多久了？”

“快一个时辰了。”蓝羽心平气静，根本不把旁边的阿九放在眼里，她对唐小左客气道，“门主让我留下来看着你，你就算现在追也追不上了，安心在这里等着吧。”

“臭门主，真讨厌！”唐小左懊恼地捶了一下床板。

她们一直等到夜里也不见凤林染他们回来，唐小左开始坐不住了，蓝羽也时不时揉揉蹙起的眉心，可是揉平了又皱。阿九心里一直牵挂着左护法，窝在床角叹气。

直至下半夜，外面忽然传来一阵喧闹声，唐小左立即蹦了起来，阿九连滚带爬从床上跳下去，蓝羽与门挨得最近，几乎在一瞬间就把门打开了。

她们冲去大堂，看见挂了彩的凤林染他们，三师兄一身是血地坐在椅子上，倚靠在大师兄身上，闭着眼睛呻吟。左云舒将抱在怀里的茯苓也放下来，茯苓哭得不轻。左护法捂着胳膊，右护法按着额头，两人看起来还好，指挥着其他人去拿药，并打些热水来。

唐小左跑到凤林染身边，见他衣衫破碎几处，还有简单包扎的伤口，急坏了：“门主你受伤了，谁伤的你？严不严重？”

凤林染冲她安定一笑：“不严重，别担心。”

蓝羽驻足，看了唐小左和凤林染一眼，没再上前。

阿九比唐小左更急，以至于她刹不住步子，一头撞在了左护法的背上，差点将左护法撞出大堂。

左护法稳了稳身子，转过来看着阿九，轻斥她一句：“别总是莽莽撞撞的……”

阿九像是没听到他的斥责，一门心思盯着他捂着的胳膊：“是这里受伤了？很疼吧，我帮你包扎……”

左护法难得没有拒绝：“嗯。”

唐小左也正准备重新给凤林染包扎伤口，左云舒却拥着茯苓走过来。他好像真的很关心茯苓的样子，对她说：“小左，茯苓中毒了，你能不能帮她解这毒？”

中毒？唐小左询问他：“什么毒？找不到解药吗？”

左云舒盯着她，回答道：“暂时不知道是什么毒，所以才需要你……”

唐小左听明白了：所以需要她的血来解毒。

“这个好说。”不过是放点血而已，很快就补回来了，毕竟茯苓这次也不容易。不过，唐小左还是顺便问了一句，“她是怎么中的毒？”

“早前就中毒了，那些人也是凭这个想控制她。”凤林染替左云舒解释。

他瞥了左云舒一眼，然后将唐小左拉到自己怀里，拾起她之前为给左云舒解蛇毒时割破手腕的那只胳膊，不忍道：“你别再割伤自己了，本座去寻个好大夫，若是能解茯苓身上这毒，也便不用你的血了。”

茯苓的身子僵了僵，似乎有些不高兴。

左云舒反应不大，也没说什么。

唐小左看着因为害怕自己会毒发身亡而脸色灰白的茯苓，咬牙道：“不碍事，又用不了多少血。”

“可是除非迫不得已，否则哪能老是在自己身上动刀子。”凤林染劝了她一句，又抬头对左云舒说，“不若先去找唐门主，他见多识广，想来解这毒应该不在话下。”

茯苓扯扯左云舒的袖子，讪讪道：“大哥，我暂时没事的，别为难小左姑娘了。”

并不是唐小左觉得为难，是凤林染不舍得她割伤自己。她看着茯苓，觉得有些尴尬。

左云舒见是这样，也没有再坚持，便安抚茯苓：“我现在就带你去唐门。”

“我找人送你们。”凤林染扫视一圈，最后定在蓝羽身上。因为其他人都多多少少受了伤，只有留在天戮门的蓝羽毫发无损，“蓝羽，你带几个人，先送左兄和茯苓去唐门吧。告诉唐门主，唐遇兄弟外伤较多，暂时不便移动。如果有什么事情，你派人及时回来告诉本座。”

蓝羽点头应下，立即派人去准备马车。

茯苓幽怨地看了唐小左一眼，跟着左云舒走了。

2.

三师兄是伤得最重的一个，所以天戮门请来的唯一一个大夫在检查他的伤势。唐小左负责给凤林染处理伤口，阿九则围着左护法打转，额头受伤的右护法落寞地拿起纱布，笨手笨脚地给自己包扎。

他担忧道：“门主，你只派蓝羽出去，不会有什么危险吧？林云龙不会再追过来？”

唐小左一听，吃惊道：“你们不是去救三师兄吗，怎么还有林云龙的事情？”

“他居然包庇那些人！”右护法激动道，“我们去追那些人，明明看见他们逃进了鸣鹤山庄，可是林云龙死活不承认，也不让我们进去找，于是我们跟他又干了一架……”

唐小左惊愕不已：“难道林云龙和他们是一伙的？”

“现在还不能确定，只能确定林云龙和那些人一定认识。”凤林染目光冷冽而坚定，“这林云龙一而再再而三地挑战本座的底线，本座真想明天就把他的鸣鹤山庄端了。”

右护法兴奋道：“门主，要不咱们明天就去端了吧。”

“明天不行。”凤林染揉揉眉头，“后天吧，明天大家休息一天，后天给本座铆足了劲去闯鸣鹤山庄！”

这个决定下得太冲动，想把林云龙拉下马来，这件事须得慢慢地来。

唐小左将凤林染身上的伤处理利索了，又过去将右护法头上乱七八糟的纱布拆下来重新缠上一遍，这才问起今天凤林染将她敲晕以后发生的事情。

凤林染说，他们先是跟着茯苓去了城外的城隍庙，果然那里没有什么奇怪的人出没，只是有人给茯苓塞了字条，让她去三里外的长风亭。

也就是在这个时候，茯苓崩溃了，哭着同凤林染他们坦白，其实早在她和三师兄被那些人捉住的时候，那些人确实已经知道她不是左云栀。所以她才被喂下毒药，放她出来引诱真的左云栀。倘若她没有成功，不但救不了三师兄，连她也会毒发身亡。

可是凤林染将唐小左敲晕了留在天戮门，茯苓除了依赖他们，再没有别的办法了，所以才在这时候说出真相来。

左云舒劝慰她："这件事情我们早就猜到了，可是这样戏还得演下去，你现在就是左云栀，以后也是左云栀，我的妹妹。"

茯苓的情绪这才好了一些。

所以假到真时真亦假，茯苓便继续扮演左云栀，依照字条上的留言，去了三里外的长风亭。

自然长风亭也不是最后一个场所，有人提前在那里留了字条，吩咐她去下一个地点。

就这样兜兜转转了好久，去的地方越来越偏僻，可隐藏的地方越来越少，凤林染和左云舒只好商量着，少跟些人，不然容易暴露目标。

最后是在一个山洞里结束了这场迂回游戏。

茯苓战战兢兢地走了进去，凤林染和左云舒还有大师兄随即也跟着冲了进去。奈何对方人多，他们拼力也只能先救下三师兄，然后将三师兄交给大师兄和茯苓，凤林染和左云舒继续去追那些人，直到在鸣鹤山庄被林云龙打了回来。

虽然铩羽而归，但也并非没有收获，因为他们途中也捉住了几个人。其中有个胆子比较小的，没敢立即咬舌自尽，所以被活着带回来了。

"一会儿把那人丢蛇窟里去，就不信他不说实话。"凤林染一脸冷酷，胸有成竹。

凤林染没有亲自去逼问那人，而是派左护法和右护法去的，他们性子一静一燥，一个扮白脸一个扮黑脸，阿九也跟着去凑热闹，结果没一会儿就吓得嗷嗷窜了出来，抱着唐小左可劲地哆嗦：“好多蛇，吓死宝宝了。”

逼问的过程很顺利，一刻多钟以后两位护法便回来了，向凤林染禀报情况。

“他说他是拂云山庄的人，他们庄主确实一直很想找到左云栀。还有，五年前空灵岛的事情，也是他们做的……”左护法如是说。

“拂云山庄？”凤林染似乎很震惊，“为何是拂云山庄呢？”

不仅凤林染不敢相信，连同唐小左在内的其他人，都觉得不可思议。

拂云山庄在江湖上一向低调，但名声却是非常好。拂云山庄庄主叫穆云平，江湖上出了名的大善人，乐善好施，江湖上有人遇到困难时，如果向拂云山庄求助，拂云山庄绝对倾力相助，这也使得拂云山庄得到了越来越多江湖人士的认可，在武林中也渐渐有了话语权。

所以当左护法一脸淡定地说出穆云平的名字时，唐小左表示惊呆了：“真的是拂云山庄做的吗？”

右护法性子急，不愿磨磨蹭蹭：“管他说的是真是假，咱们先将拂云山庄调查一番，万一他说的是真的呢？”

“那就先去试探一下。”凤林染吩咐道，“南星，你找人去一趟拂云山庄，查探一下穆云平现在是否在山庄里，顺便打听一下拂云山庄的信息，看看这几年拂云山庄是否有异常动作；穆烈，你去守着明月山庄，那些人应该还躲在明月山庄里，一旦他们出来，先别惊动，暗中跟踪即可。”

左右护法和蓝羽一起应“是”。

凤林染又安排人去了一趟唐门，将这条线索告知唐门主和左云舒。

次日，右护法派人传信回来，告诉他们，那些躲在明月山庄的人尚未见影，应该还在山庄里。又过半日，左护法回来，说他派去拂云山庄的人见到了穆云平，只不过穆云平称自己近几日染疾，面色不好，所以他们只是隔着一方屏障聊了一会儿。除此之外，拂云山庄并无其他异样。

这样说来，拂云山庄很有可能是被冤枉的。

这时候，师父托人送了一些卷册过来，说是一些关于拂云山庄的信息，比如山庄多大规模、人员多少、以何为生，和庄主穆云平的一些介绍，比如年龄、样貌、家室……

这些信息看起来平平无常，凤林染翻了一遍也没有找出一些有用的东西来，正心烦气躁地准备阖上，目光却忽然盯在了一段文字上。

那段文字是对穆云平样貌的描写：皮肤偏黑、厚唇大鼻、眼窝深邃、左眉有间断，是为克弟之相……

凤林染猛地抬头，问唐小左："你之前说掳走你并把你送给林云龙的人有一条眉毛是断眉，你可记得是左眉还有右眉？"

唐小左想了一会儿，伸出手指了指自己左边的眉毛："好像是……这边？"

凤林染将卷册往案上一砸："那就是了！"

他们早在空灵岛的时候，就推断出断眉之人很有可能就是杀害闾丘客前辈一家的凶手，或者是凶手之一，所以当这个凶手有可能就是拂云山庄庄主穆云平时，他们既兴奋又愤怒。

左云舒听闻这个，也从唐门赶了过来。

三师兄问他，茯苓身上的毒是否解了。左云舒点头："唐门主很厉害，茯苓身上的毒没有难到他。"

唐小左松了一口气，下意识地摸摸手腕：可以少挨一刀了。

左云舒的眼睛稍稍往她身上瞥了一眼，就立即撤回去，继续和凤林染谈论穆云平的事情。他说拂云山庄有一点比较奇怪的地方，就是拂云山庄非常有钱，所以才能有充足的钱去帮助别人。可是从卷册上的信息来看，拂云山庄虽有良田几百亩，也做些生意，但是并不足以支撑山庄的支出。

所以，问题来了，拂云山庄是从哪里得来这么多的钱？

“这个很重要吗？”

唐小左不是很明白左云舒为什么要纠结这个。

“很重要！”左云舒说，“倘若不是从正规渠道得来的钱财，就一定是在暗中做些什么不能见人的事情来赚钱。或许我们可以推测，他处心积虑想要得到《玄机妙解》，或许也是与人交易，用这个来换取银两。凤兄，你觉得呢？”

“倒是有些道理，可终究只是推测罢了。”凤林染捏捏眉心，忽然想到了什么，“左兄，听风楼你熟吗？”

“还可以。”左云舒回答完，便立即明白了凤林染的意思。

听风楼是一个以搜集江湖上各门各派信息为生的地方，只要能使足够的银子，就可以从中买到一些珍贵的、鲜为人知的信息。

“我去一趟听风楼，”左云舒对凤林染说，“凤兄，你不是捉了一个活口吗，想办法再从他口中挖出点什么吧。”

凤林染眸子眯了眯：“会的。”

左云舒立即赶去听风楼，凤林染则亲自去审问那个被关起来的活口。

上次左护法审问那人只用了一刻多钟的时间，可凤林染却在里面足足待了两个时辰。两个时辰后，他从悠长昏暗的通道里走出来，阳光往他身上一洒，他身上的煞气便褪去，嘴角的笑容昭示着结果让他很满意。

“人证已经有了，现在就看左兄能不能找到物证了。”凤林染眉头上的愁虑终于卸下几分，将唐小左抱在怀中揉揉，“不容易啊，兜兜转转这么久，老天终于开眼了……”

3.

左云舒没有叫他们失望，他真的从听风楼带来了一个要害信息，足以回答拂云山庄为何那么有钱、穆云平究竟是什么人、穆云平究竟是不是凶手。

“他是。”左云舒说，“是他主使了空灵岛的那场屠杀。”

凤林染与他对视一眼，仿若明了，笑道：“你得到的答案，应该和我得到的差不多。”

左云舒也笑：“我觉得我们可以理直气壮地去找林云龙要人了。”

唐小左瞅瞅凤林染，再瞅瞅左云舒，憋不住气道：“你们能不能不要只用眼神和精神交流，偶尔考虑一下我们这些吃瓜群众好吗？”

左云舒朝唐小左的方向转过身子，黑眸如曜：“穆云平他算是披着江湖人的外衣，实则是为朝廷效力，这也是为什么他的拂云山庄明明并无多少家底，收入却源源不断的原因。”

唐小左歪了歪头：“所以？”

“所以，其实并不是穆云平想要《玄机妙解》，而是朝廷想要。”左云舒眸光微烁，“这就是听风楼告诉我的信息。”

凤林染补充道：“确实是朝廷想要闾丘客前辈的这本书，我虽不是朝廷人士，但也关心一些国家大事，这些年国家一直不甚安稳，边境常有强敌来犯，国君也是困扰得很。听闻闾丘客前辈的《玄机妙解》不仅记录了一些机关技巧，还有一些阵法可用于行军打仗，所以国君才想要这本书。”

唐小左倒是理解国君想要《玄机妙解》的心情，却不能理解后面发生的事情：“倘若是朝廷想要，便直接要就好了，到底关乎国家的稳定和百姓性命，想来闾丘客前辈也不会拒绝的，为何却要了前辈的性命？”

左云舒笑容渐冷：“我猜想朝廷并不想要闾丘客前辈的性命，却因穆云平从中作梗，才最终导致了这场悲剧……”

“事实也确实是这样。”凤林染说，“倘若朝廷直接向闾丘客前辈讨要《玄机妙解》，闾丘客前辈或许是会给的。但是朝廷在做这件事之前，却是先征询了穆云平的意见，穆云平觉得可以从中捞取一定的利益，便扭曲事实，撒谎告诉朝廷闾丘客前辈痛恨朝廷，倘若提及朝廷，闾丘客前辈定然会拒绝……”

“最终朝廷将这件事交给穆云平的拂云山庄来做，并给了一笔相当可观的银子。”说到这里，左云舒面露一丝不屑，“可惜穆云平把这件事办砸了，闾丘客前辈死了，《玄机妙解》却还没有到手，所以他才会把唯一的希望都放在你身上，小左。”

“竟然是……这样？”唐小左难以控制地暴怒起来，气得浑身颤抖，“竟然是为了银子！”

这场灭门的惨案，说到底，竟然是图财害命！

凤林染派人将这件事情的真相告诉唐门主，然后，他们便去了鸣鹤山庄。

此番前去带了不少人，因为只要林云龙肯将那些人交出来，他们就必须有绝对的胜算将那些人捉住。

可是鸣鹤山庄大门紧闭，守门的人想来也早就被人交代过，不许给他们开门。凤林染和左云舒正准备把门踹开时，唐门主来了。

唐门主示意凤林染和左云舒让开，他拎着一个袋子，心平气和地对守门那人说：“你去转告林盟主，老夫给他一刻钟的时间，若是一刻钟以后还不开门，老夫就把袋子里的毒粉撒满整个山庄，保管你们山庄连只小鸡都不剩……”

唐小左偷笑：好久没看到师父这么斯文地威胁人了。

守门那人看到唐门主不像是开玩笑，当即跑回去转告林云龙了。

说来林云龙虽是武林盟主，但唐门主也算是江湖上一位德高望重的老人了，他总归对唐门主还存有几分忌惮与尊重，所以不到一刻钟，他便亲自出来了。

“唐门主，”林云龙一脸愠怒之色，“你这是何意？”

唐门主对他亦是没有什么好脸色：“别啰嗦，快点把穆云平交出来！”

林云龙在听到“穆云平”这个名字的时候，眼神有一瞬间的闪烁，随即呵地一笑掩去：“唐门主说笑了，穆庄主怎么会在鸣鹤山庄里？”

唐门主伸手就往袋子里掏，左云舒拦住唐门主，对林云龙说：“盟主你当真要袒护穆云平，一个江湖叛徒，朝廷走狗？”

“叛徒”和“朝廷”两个词太过敏感，很显然让林云龙愣了一瞬：“你这话是何意？”

“我们这里有一个拂云山庄的人，加上听风楼给的信息，只这两点便知道了穆云平和拂云山庄的秘密。”左云舒冷笑，“您也许觉得证据不足，但是听风楼的消息，您知道的，不可能是假的，我们会找出足够的证据，也只是时间长短的问题……”

林云龙脸色稍变，底气明显不足：“倘若真有这样的事情，林某一定会追究到底。只是，穆庄主确实不在这里，你们去别的地方找吧。”

“林盟主，再装下去可就没意思了。”凤林染斜眸睨他，“若是我们硬闯进去，将穆云平找出来，恐怕这事就复杂多了。你堂堂一个武林盟主，居然包庇一个朝廷的人，不晓得其他武林中人该怎么想你……”

不等林云龙说什么，凤林染继续道：“林盟主，现在有两条路在你面前，要么我们硬闯，将穆云平揪出来，届时您的地位和名声，我们绝对会负责败坏的；二是您和我们合作，我们一起捉住这个武林的败类。届时您还是高高在上的江湖之主，还请盟主您向武林中人昭告穆云平的真实身份和恶行。这样一来，想必大家对您这个武林盟主会更加敬佩，您选哪个呢？”

林云龙终于犹豫了，约莫在心中掂量起其中的利益要害来：“让我想一想……”

“您莫要拖延时间，让穆云平跑了。”凤林染显然并不相信他。

如林云龙这般小心的人，想必就算现在被他们唬住了，但心里肯定也是有怀疑的。他约莫想自己将这件事情调查一番再决定，但是凤林染和左云舒根本不打算给他时间。

唐门主也沉不住气了，连“盟主”都不喊了，直接叫他的名字：“林云龙，你想好了吗？这一刻老夫还能好声好气地同你商量，但保不准下一刻老夫就后悔了。况且你三番五次伤害我的徒儿，这笔账还没和你算完，今天一并讨了也利索！”

他抖了抖手里的袋子，意思是你再婆婆妈妈，老夫就要不客气地放毒了。

“唐门主！”林云龙立即唤了一声，情急之下也便下了决定，“林某同你们一起，捉拿武林逆贼！”

唐门主没好气地哼了一声：“带路！”

第二十三章 神仙难救

WOYOU
TEBIE DE
WODI JIQIAO

1.

林云龙带着他们找到穆云平的时候，他正和自己的手下喝茶，想来在鸣鹤山庄也并未受什么为难。

唐小左几乎一瞬间就认出他们来了：穆云平就是那时劫持她的人，她不仅认识他的断眉，还认识他的眼睛。

再往穆云平身边的几人扫视一眼，唐小左又发现了一个人，一个眸中有红斑的人。

她怎么也不能忘记，在空灵岛上那个拿着匕首在她脸上割了一刀又一刀的人，眼中的红斑让他像是从地狱爬出来的恶鬼。

“就是他们！”唐小左低声嘶吼，“那群凶手！”

凤林染将她的手握了一下：“知道了，交给我！”

而穆云平看到林云龙身后的凤林染和左云舒他们，当即掀了桌子，对林云龙怒吼：“林云龙，你言而无信！”

林云龙既然已经选择站在凤林染这边，便不再为他们的话所动，反而斥责道：“你们犯下如此恶行，林某怎么可能助纣为虐！穆云平，你莫要反抗了，今日你逃不了的。”

穆云平甩过一双飞刀来，其他人也立即拔刀，向他们扑了过来。

但，不过是困兽之斗而已。

有了林云龙相助，加之凤林染、左云舒，还有老而益壮的唐门主，穆云平那些人，如何是他们的对手。

不出一会儿，穆云平便被凤林染踩在脚下，他手下的其他人也都被制住，挣脱不了。

三日后，林云龙邀请武林各门各派，在鸣鹤山庄召开武林大会。各派掌门人、各山庄庄主应邀而来，俱是一头雾水。

而这三天的时间，足够让凤林染去找寻关于穆云平的更多证据。于是在各门各派的注视下，那些从拂云山庄找出来的、还未来得及熔铸的带有官印的银两，那个在蛇窟里被询问了两遭的拂云山庄的人，那张从听风楼里要来的信息，一一被展现在众人面前。

饶是穆云平再如何为自己狡辩，林云龙最后一锤定音，指出他就是朝廷安排在江湖里的人，他为了金钱谋害闾丘客一家，他做善庄、行善事、广施财都是为了在江湖上巩固自己的地位和话语权，进而获得更多的利益。他这样一个虚伪的人，竟然到现在才被揭露……

在凤林染和左云舒的要求下，林云龙撒了一个谎。他告诉大家，那本《玄机妙解》早已被闾丘客送给了朝廷。

这样说无非是想断了大家对《玄机妙解》的念想，省得以后再有人找唐小左的麻烦。

显然，对于林云龙的话，在座的人都是比较相信的，尽管穆云平极力反驳，但是他从一开始就错了，大家又如何相信他。

在座的人先是震惊于穆云平的所作所为，而后是被欺骗后的愤怒，纷纷要求绝不能饶了他。

正当林云龙准备宣布要如何惩处穆云平等人时，忽然，山庄外面拥进来大批的官兵，将他们团团围住。

不用问，这些人自然是来救穆云平的。

因为被五花大绑的穆云平在看到这些官兵时，原本已经颓败的眼睛里重新泛起亮光，甚至猖狂地大笑起来："林云龙，我劝你最好现在就放了我，免得一会儿吃苦头！"

众人见他如此，气得捏紧了拳头怒骂："果然是朝廷的走狗，无耻之徒！"

林云龙还算淡定，他走到官兵面前，说："各位官爷，这是我们江湖人的事情，你们还是不要插手了。”

为首的一名官兵不屑道：“普天之下莫非王土，你们胆敢在此乱用死刑，当心把你们都抓去送去衙门！”

林云龙当众被驳了面子，面上隐隐透出不悦：“那敢问，你们将他带走，会如何处置？”

那官兵扬着下巴，傲慢道：“自然是有罪治罪，无罪释放。”

“呵呵……”唐门主冷笑着站了出来，指着穆云平问那官兵，“五年前他造成了空灵岛的灭门惨案时，你们这些人在哪里？如今我们费尽九牛二虎之力将真凶捉住，你们二话不说就要带走，怎么能这么厚颜无耻呢？你们咋不上天呢？”

“休得无礼！”那官兵将剑一指，横眉竖目，“我们这么做自然有这么做的道理，你这老匹夫若再阻拦，我们就不客气了！”

“黄口小儿，今日只要有老夫在，你们休想把人带走！”唐门主怒目圆睁，毫不退缩。

凤林染和左云舒不约而同地抽出剑来，径直走向穆云平。

在他们二人看来，不让官兵把穆云平带走的最好的方法，就是当场让他毙命。

而那些官兵显然也察觉出他们的意图，立即大叫：“住手！”

他们怎么可能住手？

凤林染和左云舒根本不理会官兵的叫嚷，几步走向穆云平，手腕一转便将剑送了出去。

那些官兵与穆云平之间隔了些距离，根本不能立即上前搭救穆云平。就在大家以为穆云平必死无疑时，忽然“砰”的一声响，左云舒身子一个趔趄，捂着自己的手臂倒了下来。

突如其来的状况让凤林染一愣，在第二声响声出现的时候，凤林染反应极快地躲了过去，而穆云平也因此滚到一边，暂时保住了自己的性命。

唐小左惊愕地顺着声音看去，看到一个官兵举着一个黑色的、长长的、铁管一样的东西。

“是火枪！”

人群中不知是谁叫了一句，大家的脸色顿时变了。

唐小左知道火枪是什么东西，听说是从西洋买来的武器，能隔百步伤人。江湖中人从来都不屑于用这种东西，他们更喜欢凭自己的本事，而不是凭借一个什么人都可以摆弄的物件。

可是万万不能想到，有一天他们会因为这个而胆怯。

凤林染躲过一劫后，迅速扶起左云舒：“你还好吗？”

左云舒捂着自己的右臂，鲜血从指缝中不断溢出，他脸色煞白，额头上是因为难忍的疼痛而渗出的汗。饶是如此，他还是忍耐着不喊一声痛：“还好……”

唐门主见状，立即冲到那个伤人的官兵面前，在他尚来不及反应的时候，将他手中的黑家伙一脚踢飞。

可是没有用的，因为不止一个官兵带了这个家伙。当他们用这家伙抵住唐门主的脑袋时，唐门主也不敢轻举妄动了。

仍是那个傲慢的士兵，鄙夷地看着他们：“我说过，你们若是不配合，休怪我们不客气。”他示意旁边的那个士兵将穆云平带过来，“不好意思，人我是一定要带走了。各位放心，倘若他真的犯了不可饶恕的罪，我们也不会放过他的。”

可是他这样说，谁会信呢？就连穆云平本人，在听到这句话的时候，不仅面色不改，反而嘴角的笑容更加嚣张。

那些士兵用唐门主做人质，唐小左他们只能眼睁睁地看着穆云平被带走。

唐小左不甘心啊。

她双眼死死地盯着渐渐走远的穆云平，因而没有及时注意到她旁边的凤林染盯着她的目光变得决然起来。

“小左，”凤林染忽然唤她，将左云舒推了过来，“帮左兄简单包扎一下伤口吧。”

唐小左堪堪将目光从穆云平身上收回来，咬着嘴唇，默默地撕了一块衣服，低头给左云舒包扎起来。

就在这时，腾出手来的凤林染忽然踮脚冲了出去，不过一个眨眼的时间，他便冲到了被那些士兵保护在中间的穆云平身后，一剑割喉。

“门主……”唐小左大惊失色，“不要！”

她只看到凤林染尚未转过身子的侧颜，在午后秋阳的照射下，绝美得让她想哭。

“砰！砰！砰！”

三声令人窒息的声音之后，一道凄厉的叫声直直窜入鸣鹤山庄的上空，叫所有人听了都沉默——

“门主！”

唐小左眼前顿时红彤彤的一片，身体里的血液躁动得让她整个人都兴奋起来。她开始分不清眼前的人是谁，听不清身边各种惊恐的声音，只记得不远处那些穿着几乎一样衣服的人，该死！

2.

唐小左记得，那时她被穆云平掳走送给林云龙时，她是想通过体内的菩提蛇胆和林云龙同归于尽的，她甚至还想倘若是这样，那么她一定会成为江湖上的一个传奇，奈何林云龙喂了她断肠草，让她体内的菩提蛇胆没有发作出来。就算她最后化解了断肠草的毒，也只是成为唐门的一段奇事。

可是现在，唐小左真的成为江湖上的一个传奇了，因为她凭一己之力，把那些官兵打得落花流水。

江湖人盛传，唐门弟子唐小左，武功奇高、招式狠厉、快如闪电，连那些西洋玩意儿，都被她掰折了……

只是她打起架来有些脸盲，伤了几个无辜的人，不过并不妨碍大家对她的崇拜。

这些都是唐小左醒来以后，阿九告诉她的。

她又一次间歇性失忆了，在她看到凤林染那张绝美面孔以后，后面的事情她都不记得了。

意识再次清明的时候，她就已经在唐门了，躺在床上不能动弹。

这种目不能视、耳不能听的感觉太熟悉了，可不就是菩提蛇胆发作后的后遗症嘛。

等到她的感官渐渐恢复以后，她第一眼看到的是凤林染。她用沙哑难听的嗓音哭着说："门主，我以为你死了……"

凤林染那双通红的眼睛忽然就泛起水泽："坏丫头，我以为你死了……"

"你们都没死，是为师要死了。"师父从门外进来，端着一瓮药，走到床前，吹胡子瞪眼睛的，"小左，为师不是警告过你，菩提蛇胆不能使用第三次的，你这是不要命了！"

"我当时控制不住自己嘛。"唐小左用粗哑的声音撒娇，"再说我这不是醒过来了嘛，过段时间就好了。"

"你倒是有脸说，吓死为师了。"师父瞥了一眼凤林染，"徒女婿没有了可以再找，你要是没了，为师、为师……唉……"他叹了一口气，不往下说了。

唐小左知道师父是真的担心她，但是他有句话说得不对："徒女婿没了，你徒弟我还活着有什么意思？"

"你们这些年轻人啊，都把爱情看得比自己的性命还重要，啧啧，"师父无奈地摇了摇头，"为师不是很懂你们年轻人的心思。"

唐小左咧嘴笑笑，看到他手中端着的那一瓮还冒着热气的药，问："师父，这么多的药，都是给我喝的吗？"

"不是给你喝的。"他将药往桌上一放，对凤林染说，"交给你了。"

师父走之前意味深长地看了唐小左一眼，一脸褶子地挤出一个为老不尊的坏笑来："小左，一会儿别害羞啊。"

"啊？"害羞什么，为什么要害羞？她看着那瓮药，忽然想到什么，"门主，这个药是给你喝的吗？你伤到哪儿了？严不严重？"

"我没有受伤。"凤林染摸摸她的脸，既心疼又忍不住笑了起来，"当时那家伙并未打到我，我用穆云平做了人肉盾牌，还未反击呢，就看见你捏着拳头冲过来了……"

他忍不住俯下身来，在她脸上吻了又吻："可是即便我真的死了，我也不希望你来救我，我想你活着……"

"可我不要你死。"唐小左咕哝着又落下泪来，"我们都要好好地活着。"

"好，都活着。"凤林染亲亲她的嘴唇，随即站起身来，端起桌上的药，转身倒进几步开外的浴桶里。俊美的容颜上忽然飞来一道红霞，他看着她，有些气息不稳，"现在，你该泡药浴了。"

"嗯……嗯？"啥？药浴？

唐小左看了看氤氲着热气的浴桶，又看了看凤林染，呆呆道："要脱衣服吗？"

"要。"

"能保留一件吗？"

"最好不要。"

"那就是能了？"

凤林染犹豫一瞬，才说："其实进去以后，穿一件和一件不穿，你的身子在我看来差不多的。"

唐小左抓了抓背角，惊呼："你要待在这里看？"

"你泡药浴的时候，我也要同时给你输真气。所以其实，我也泡在里面……"凤林染眼神开始飘忽，好似想到了什么不得了的画面，脸上红得就差鼻孔冒热气了，"反正以后我也要娶你的，你的身子也是要给我看的，大方些，现在就别害羞了……"

这是能大方得了的事情吗？

唐小左羞得直想往被子下面缩，奈何她的身子尚不听使唤，蠕动了半天也只是藏了半个下巴而已。

凤林染长腿一跨就走了过来，弯腰毫不费力地就将她抱了起来，然后熟练地剥她的衣服。

唐小左羞涩得无地自容："门主，你能不能闭上眼睛？"

"闭上了就看不见了。"

"我本来穿得也不多。"

"……"

在唐小左的强烈要求下，凤林染拿了一块绫子将自己的眼睛蒙住了，这才抱着她，双双进了浴桶。

3.

一个月以后，唐小左能下床走动了，三个月后，她的身子已经与正常人无异，至少外表看上去和普通人差不多，只不过她一身的武功都废了。

本来她的武功也不见得多高，即使废了也不可惜，毕竟自己还活着，对她来说就是上天最好的恩赐。

她也曾跑去问师父："师父，你之前不是说菩提蛇胆只能用三次了，为什么三次过后，我还好好的？我是不是太幸运了？老天爷一定是见我这么善良可爱，所以对我特殊照顾，对不对？"

师父笑眯眯道："对对对，你说什么都对……"只是背过身去，那和蔼的、宠溺的笑容，瞬间就垮了下来。但愿老天爷真的会开眼，但愿……

凤林染认真准备了聘礼送来唐门，准备迎娶唐小左。

"婚期定在哪一天？"师父问他。

"明天。"凤林染搂着唐小左的肩膀，笑融融的，"我其实一天都等不了了。"

"好，好……"师父拍了拍他的肩膀，语重心长，"以后一定好好照顾她。"

“您放心！”

凤林染宠溺地看了一眼唐小左，唐小左捂着脸颊害羞。

次日清晨，唐小左早起梳妆，阿九和蓝羽一左一右，帮她打扮。

唐小左一眼相中了一对灯笼耳坠，小巧圆润的，很讨喜。她拾起来一左一右地戴上，然后扭头问阿九和蓝羽：“好看吗？”

“好看！”她们俩说。

唐小左忍不住又摸了摸耳垂上的坠子，许是她不小心失了力道，耳垂突然有点疼。

她赶忙拿回手来，却瞧见方才摸耳坠的手指上，沾了一抹血色。

唐小左心中倏忽一跳。

天戮门中张灯结彩，红绸映得人面如桃花。凤林染站在门口翘首以盼，旁边的左云舒打趣他：“你天还没亮就站在这里了，是想站成望妻石吗？”

凤林染搓着手道：“你不懂我的心情，小左她一会儿不在我身边，我就心里不安……”

左云舒赶紧制止他：“大喜的日子，别说这种话。”

凤林染也自知方才的话不合适，赶紧收回：“这话当我没说，我现在的心情，是迫不及待……”

左云舒笑笑，将眸中的几许逞强与苦涩隐去。

接亲的队伍终于回来了，凤林染绽开笑颜：虽比不得十里红妆，但那里有他深爱的姑娘。

他看着她被阿九扶着踏出花轿，他如获至宝般地牵住她的手，满怀欢喜地、小心翼翼地与她一起慢慢走向大堂，他们即将结拜为夫妻的地方。

唐小左的身子忽然不稳地往他身上靠了一下，他立即扶住。

“小心些……”他小声叮嘱。

“头好沉……”鸳鸯盖头下，唐小左的声音小小的，像是没有什么力气。

一定是凤冠太沉了，谁叫他选了一个最贵的呢。凤林染想。

“再坚持一下。”他鼓励她，扶着她的肩膀，将她一部分的重量揽到自己身上。

“嗯。”

凤冠霞帔，红裙旖旎，一双人儿相偎相依，缓缓地走，幸福仿若触手可及。

阿九捧着脸，激动道：“门主真的很喜欢小左哎，他们一定会很幸福。”

蓝羽表情微微动容，轻轻应了一声。

“不过，”阿九忽然指着唐小左身后，长裙划过的地面，不解道，“门主给小左定做的嫁衣，掉色吗？”

蓝羽疑惑地望去，忽然僵住：“那好像是……血。”

她话音刚落，一双壁立的玉人世界里忽就倾塌了一角，唐小左软绵绵地倒在了凤林染的怀中。

唢呐丝竹声尚在，怀中的人儿却没了回应。

—完—

番外

WOYOU
TEBIE DE
WODI JIQIAO

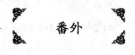

阿九从后山采了一捧花，准备放在唐小左的房中给她增添些香气。刚踏进院子，便看到凤林染抱着唐小左，靠坐在藤椅上，有一句没一句地说着话，只不过都是凤林染在说，说给安静的唐小左听。

阿九笑嘻嘻道："门主，又抱着小左晒太阳啊。"

"嗯。"凤林染瞧瞧怀里熟睡的姑娘，小声道，"经常晒太阳对她身体好。"

阿九也跟着放低声音，扬了扬手里的花："我采了些鲜花，放小左的窗台上。这样小左一醒来，就能看到美丽的风景。"

凤林染冲她点头微笑："阿九有心了。"然后又继续低头去瞧唐小左了。

阿九将花放进花瓶中，又顺手把房间打扫了一下才离开。刚出院子，便看到迎面走来的左护法与左云舒。她兴冲冲跑过去，对左护法笑得甜甜的："你们要去找门主吗？"

左护法点点头。

"他在小左的院子里，他们一起晒太阳呢。"

"知道了。"左护法拾起她的手，捏了捏，"以后采花的时候小心些，别再扎着手了。"

"我下次会注意的！"阿九眸子笑得弯弯的，他偶尔的关心总能让她高兴得见牙不见眼。

"我不打扰你们了，我去忙别的。"她迈着小碎步跑开。

左护法注视着她蹦蹦跳跳的背影，心情好似也跟着好了许多。左云舒咳嗽一声，示意他回过神来。

左护法微赧，端了端神色，对左云舒说：“这边请……”

他将左云舒送过去，又同凤林染汇报了一些天戮门的事情，便离开了。

凤林染抱着唐小左不好起身，当然他也没打算起身，对左云舒说：“石桌上有茶，自己倒来喝吧。”

“不渴。”左云舒笑笑，望了一眼唐小左，问他，“她身子怎么样了？”

“好多了。”提及唐小左，凤林染的眸子里又满满地溢出一片柔情来，“这几日我同她说话，她偶尔会动动睫毛来回应我……”

“这也能让你满足成这副模样？”左云舒调侃他。

“总归是有进步的，她在一点一点地好转……”凤林染像是在说给他听，又像是在说给自己听。他抬手去戳戳唐小左的脸颊，“你看，她最近是不是胖了？”

左云舒倒是没瞧出唐小左胖没胖，反而担忧起凤林染来：“我总觉得你快魔怔了，你把所有的精力几乎都花在小左身上，对天戮门也没见你这么上心思？”

“天戮门有南星和穆烈呢，蓝羽也能顶起半边天，我不需要担心。”凤林染终于从唐小左身上转移了些注意力给左云舒，揶揄他，“每个人都有自己追求的东西，我现在追求的就是小左能早点醒来，不像你，野心这么大，都做武林盟主了，也不见你清闲几分？”

“林云龙留了不少烂摊子，我收拾都来不及，哪像你这般有闲情逸致地晒太阳……”左云舒眼窝下一片青色，想来也是压力大到睡不好。

那时官兵要带穆云平走时，除了凤林染他们，林云龙和其他人几乎都被官兵手中的武器吓坏了。最后唐小左几乎让官兵团灭，一时之间在江湖上声名鹊起，当时畏缩于人后的林云龙没了面子，左云舒便趁势使了些手段，将林云龙拉下盟主之位，自己坐了上去。

诚然这个结果大家喜闻乐见，林云龙几乎没有东山再起的可能。

凤林染问他："你来找我，是有什么事情吗？"

左云舒掏出一张喜帖递过去："有桩喜事，你要不要参加？"

凤林染打开一看，抬眸笑道："你居然真的把茯苓当成妹妹了，还把她嫁给了唐遇？"

"他们互相喜欢，我又怎好阻止？再说我这也是帮你解决了一个隐患，不管唐遇是因为什么而娶了茯苓，对你来说都不是一件坏事，不是吗？"左云舒抬了抬下巴，"你到底去不去？"

"再说吧。"凤林染将喜帖收好，转而问他，"你呢，你自己的终身大事可有着落了？"

左云舒笑了笑："不急……"

凤林染将怀中的唐小左搂了搂，盯着他不客气道："别以为我看不出你的心思，你可以对小左存有愧疚之情，其他的感情就算了，毕竟她是我的女人。你把茯苓当成妹妹也挺好，毕竟是一样的脸，不过小左这边，你就断了念想吧……"

"没有的事……"左云舒笑得有些逞强，又坐了一会儿，便说自己还有事，告辞了。

凤林染看了看喜帖上的日期，唤来右护法："三日后是茯苓和唐遇的大喜之日，我怕触景伤情，你替我去吧。"

右护法接过喜帖，唏嘘道："要是小左也像茯苓这般好命就好了……"

凤林染替唐小左捋了捋头发，没说话。

他又想起那日，主婚那人尚没有说出"一拜天地"，身边的人就倒在了他身上。他揭了她的盖头，才发现她嘴角的血比凤冠霞帔还要红艳……

"经脉俱断，失血过多，请节哀……"这是大夫说的话。

"老夫一开始就觉得不对劲，老夫应该早点察觉出来的！"这是唐门主说的话。

谁都没有想到，老天爷从来不会对任何人眷顾，唐小左三次使用体内菩提蛇胆的后遗症，居然在三个月后爆发。

想到唐小左醒来时以为自己居然活下来的欣喜与感激，现在却躺在床上一动不动、面如纸白、血色尽失，他可怜的小左，上天何苦给了她希望，又给她带来毁灭。

凤林染跪在唐门主面前："唐门主，请您再想想办法……"

"凤林染，你也是习武之人，你知道经脉俱断对一个人意味着什么……"唐门主像是一下子苍老到进入暮年，"你以为老夫不想救吗？老夫的徒儿，老夫的乖徒儿啊……"

一向老没正经的唐门主都哽咽了。

他跪地不起，唐门主也没有别的办法了，但他的坚持终于让唐门主想出了一个办法："倘若老夫能保住她的性命，但是她会因此成为一个全身不能动、五感尽失的废人，只能一个人沉浸在无边的意识深处的黑暗中，你可……同意？"

凤林染抬头，惊愕地看着唐门主。

细思极恐，倘若换作是他，变成这样的一个废人，他会愿意吗？

他想了很久，才说："唐门主，也许你会觉得我很自私，可是我想她活着，求您……"

唐门主叹息："也对，只要还活着，说不定会有醒来的一天。"

凤林染也这样觉得，并用这句话支撑了很久。他每日会抽出大部分的时间来陪唐小左，担心她孤独，陪她聊天，给她讲有趣的故事，抱她晒太阳，给她买漂亮的衣服……

他一个人，生生活出了两个人的模样。

他不再关心时间过得快慢，有时候也会有颓然丧气的时候。每当他觉得坚持不下去的时候，就劝自己：说不定她明天就醒了呢……

就这样过了一天又一天，盼了一个明天又一个明天，不记得是哪年哪月，他仍旧习惯性地抱着她晒太阳，明明方才还晴空万里，忽然就变了天，下起小雪来。他初时没有感觉，抱着她正在小睡，忽然听见耳边有一个弱弱的声音："门主，冷……"

他忙将怀里的人抱紧了些："这样有没有暖和一点？"

他说完这句话，忽然就愣住了。

怀中的人儿微微蠕动了一下，睁开了双眸，眸光清澈而楚楚可怜："还是冷……"

那天，天戮门的人都说，他们的门主高兴得像个疯子。